정상에 오르기 3미터 전

KB153667

SEOUL, 2009

정상에 오르기 3미터 전

초판 제1쇄 발행일 2009년 8월 10일
초판 제4쇄 발행일 2014년 8월 10일
지은이 롤랜드 스미스 옮긴이 김민석
발행인 이원주 발행처 (주)시공사
주소 서울시 서초구 사임당로 82
전화 영업 2046-2800 편집 2046-2821~4
인터넷 홈페이지 www.sigongsa.com

ISBN 978-89-527-5573-5 43840
ISBN 978-89-527-5572-8 (세트)

*홈페이지 회원으로 가입하시면 다양한 혜택이 주어집니다.
*잘못 만들어진 책은 구입하신 서점에서 바꾸어 드립니다.

정상에 오르기 3미터 전

롤랜드 스미스 지음
김민석 옮김

시공사

모든 걸 아낌없이 베풀어 준 마리를 기리며

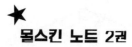

몰스킨 노트 2권

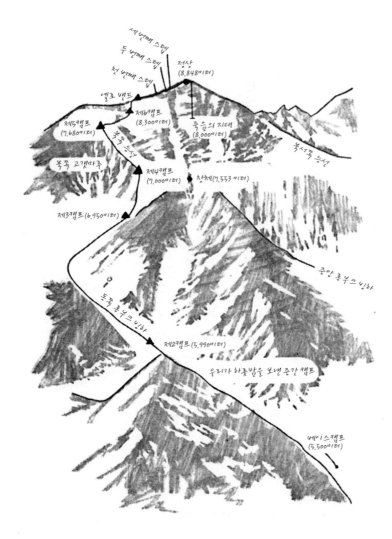

세 번째 스텝

두 번째 스텝

첫 번째 스텝

정상
(8,848미터)

옐로 밴드

제6캠프
(8,300미터)

죽음의 지대
(8,000미터)

북서쪽 능선

제5캠프
(7,680미터)

북쪽 고갯마루

북동 능선

제4캠프
(7,000미터)

창체(7,553미터)

제3캠프(6,950미터)

중앙 롱부크 빙하

동쪽 롱부크 빙하

제2캠프(5,990미터)

우리가 하룻밤을 보낸 중간 캠프

베이스캠프
(5,500미터)

에베레스트 산 북면 루트

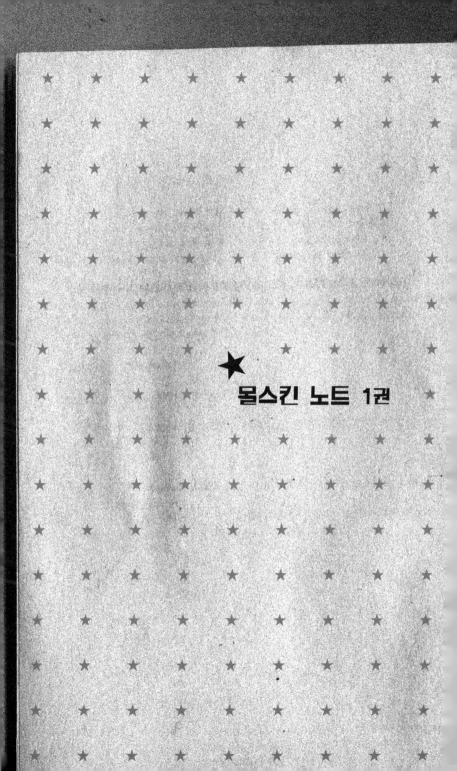

★

몰스킨 노트 1권

숙제

내 이름은 '피크'(Peak, '산꼭대기'라는 뜻의 영어 단어와 철자가
같다 : 옮긴이)이다. 이름이 이상하다는 건 나도 안다. 이름이나
부모를 마음대로 고를 수는 없는 법이다. (살면서 자기 마음대로
고를 수 없는 건 얼마든지 있다.) 상황은 더 안 좋아질 수도 있었
다. 우리 엄마 아빠는 내 이름을 '빙하'나 '심연'이나 '아이젠'
이라고 지을 수도 있었다. 농담이 아니다. 엄마는 그 이름들이
후보 명단에 있었다고 했다.

위의 문장은 문학 스승(여러분이 다니는 학교에서는 국어
선생님이라고 부를 것이다.)인 빈센트 선생님이 내 준 학기
말 숙제(내가 다니는 학교에는 학년 구분이 없다.)의 도입부
이다.

빈센트 선생님이 위의 문장을 읽는다면 아마 이렇게 말할
것이다.

'피크, 이 글에는 접속사도 없고 삽입구가 두서없이 사용

되었어.'

(빈센트 선생님은 이런 식으로 말한다.) 내 글이 일관성이 없고 헛갈린다는 뜻이다. 그러면 나는 빈센트 선생님한테 내 인생 자체가 그렇고(삽입구이고), 글이 두서없는 이유는 티베트에서 도요타 픽업트럭의 짐칸에 앉아 지우개도 없는 샤프펜슬로 이 숙제를 시작했기 때문이라고 설명할 것이다. 지금도 지우개가 없다.

빈센트 선생님 말대로라면 이야기의 중간 부분부터 시작해 독자를 '낚아챈' 뒤 앞부분에 무슨 일이 벌어졌는지 적어야 좋은 작가이다.

'일단 독자를 낚아챘으면 낚싯줄을 천천히 감으면서 이야기하고 싶은 걸 하면 돼.'

빈센트 선생님은 독자를 물고기로 생각하는 게 틀림없었다. 그게 사실이라면 선생님은 물고기를 대부분 놓치고 만 꼴이다. 빈센트 선생님은 스무 권의 소설을 썼는데, 모두 절판되고 말았다. 빈센트 선생님이 자기가 한 말을 행동으로 옮겼다면 내가 왜 금방이라도 무너질 것 같은 헌책방의 어두운 통로에서 선생님의 소설을 찾아야 했을까?

(지금까지는 선생님이 시키는 대로 했어요. 하지만 빈센트 선생님, '작가는 개인이든 사회든 영향력 있는 사람이 시키는 대로 받아 적는 게 아니라 자기의 목소리로 엄연한 진실을 말해야 한다.'는 말을 잊지 마세요. 수업 시간에 선생님

강의를 듣는 학생이 없다고 생각하실 거예요. 하지만 제가 선생님 소설을 정말 좋아한다는 건 아실 거예요. 그렇지 않다면 헌책방에서 선생님 책을 찾느라 시간을 낭비하지는 않았을 거예요. 티베트의 트럭 짐칸에서 이 이야기를 쓰려고 애쓰지도 않았을 거고요.)

말이 나왔으니 말인데…….

오늘 아침에 우리가 탄 트럭은 도로 한복판에 떨어진 스쿨버스만 한 호박돌을 피해 가느라 속도를 줄였다. 미국에서라면 다이너마이트나 중장비를 동원해 돌을 치웠을 것이다. 티베트에서는 남루한 누비 코트 차림의 죄수들이 곡괭이와 대형 망치로 돌을 산산조각 냈다. 죄수들은 족쇄를 차고 있었는데, 좁은 도로에서 자기네 발을 치지 않으려고 안간힘을 쓰는 우리를 보고 씩 웃었다. 죄수들의 밝은 얼굴이 돌 파편으로 뒤덮였다. 돌을 깨지 않는 죄수들은 나무로 조악하게 만든 외바퀴 손수레에 돌 조각들을 실어 도로에 난 구멍으로 가져갔다. 그러면 늙은 죄수들이 닳아빠진 삽과 갈퀴로 구멍을 메웠다. 진초록 군복을 입은 중국 군인들은 어깨에 총을 멘 채 불 지핀 드럼통 옆에서 담배를 피우고 있었다. 죄수들은 군인들보다 행복해 보였다.

내가 돌아올 때까지 돌을 치울 수 있을지 궁금했다. 다시 돌아온다는 보장은 없었지만 말이다.

낚싯바늘

벽을 3분의 2쯤 올라갔을 때 진눈깨비가 검은 테라코타에 얼어붙기 시작했다.

손가락이 곱고 콧물이 흘렀다. 하지만 손을 쓸 수 없어서 콧물을 닦지 못했다. 또 바닥까지 150미터가 넘는 거리를 수직으로 타고 내려갈 밧줄도 없었다. 주도면밀하게 계획을 세웠지만 날씨를 미처 생각하지 못했다. 이제 와서 후회해 봤자 소용없다.

돌풍이 내 몸을 벽에서 떼어내려 했다. 벽 틈에 손가락을 찔러 넣고 돌풍이 지나갈 때까지 테라코타를 붙들었다.

6월까지 등반을 미뤘어야 했다. 3월에 등반을 하는 건 멍청이나 하는 짓이었다. 왜 그랬을까? 모든 게 준비되었고, 기다릴 수 없었기 때문이다. 벽을 살피고, 장비를 챙기고, 날짜를 골랐다. 나는 준비를 마쳤다. 날짜를 놓친다면 영영 시도하지 못했을 것이다. 이런 곳예에서 손을 떼라고 자신을 설득하는 건 쉬웠다. 60억 명이 넘는 사람들이 집 안에 안전하게 틀어박혀 있는데 왜 혼자만…….

"멍청이!"

나는 소리쳤다.

첫 번째 선택. 끝까지 등반한다. 100개가 넘는 위태로운 홀드를 잡고 80미터를 올라가야 한다. (손가락이 고드름처럼 깨지지 않는다면 말이다.)

두 번째 선택. 내려간다. 지상까지의 거리는 150미터가 조금 넘고, 홀드가 250개 정도 된다.

세 번째 선택. 구조를 기다린다. 이 선택은 제외한다. 내가 이 벽에 올라와 있다는 걸 아는 사람이 없다. 나는 아침이면 꽁꽁 얼어붙은 홈통 주둥이가 되어 있을 것이다. 누가 고개를 들어 나를 발견한다면 말이다. 내가 그때까지 살아 있다면 엄마가 직접 나를 벽에서 끌어내릴 것이다.

일단 올라가 보는 거야.

지독한 돌풍이 잠든 틈을 타 다시 등반을 시작했다. 올라갈수록 돌풍이 잦아졌다. 진눈깨비가 싸락눈으로 바뀌어 얼어붙은 호박벌 떼처럼 달려들었다. 하지만 정상이 10미터 정도밖에 안 남았을 때 최악의 사태가 벌어졌다. 15개의 빈약한 홀드가 사라졌다.

나는 너무 힘을 주는 바람에 딱딱하게 굳은 어깨와 팔이 풀리도록 잠시 등반을 멈추고 쉬었다. 입을 벌려 숨을 쉬면서(반은 힘들어서, 반은 무서워서였다.), 호흡이 가라앉는 대로 마지막 공격을 시도할 거라고 중얼거렸다.

기다리는 동안 짙은 안개가 밀려들었다. 벽의 정상도 자취를 감췄다. 지치고 무서울 때는 10미터가 미식 축구장 두 개만 해 보이면서 혼란에 빠지게 된다. 손으로 잡고 발을 디딜 홀드를 차근차근 찾으면서 벽을 올라갔다. 너무 먼 앞일을 생각하면 마음이 약해질 수 있다. 그리고 정상까지 올라가는 데 필요한 건 근력과 등반 기술이 아니라 의지이다.

콧물이 흐르기는 했지만 마침내 코로 숨을 쉬기 시작했다. 숨을 쉰다기보다 콧김을 내뿜는 것처럼 두 번 숨 쉴 때마다 한 번씩 입을 다물었다.

'그래. 홀드 열다섯 개만 잡고 올라가면 정상이야.'

다음 번 틈을 잡으려고 손을 뻗었을 때 뜻하지 않은 작은 문제에 직면했다. 사실 커다란 문제였다.

오른쪽 귀와 뺨이 벽에 얼어붙었다.

정상에 오르려면 결단력과 근력과 기술이 있어야 하고, 또……

얼굴이 있어야 한다.

내 얼굴은 볼트처럼 벽에 고정되어 있었다. 굳게 마음먹고 얼굴을 떼어 냈지만 아직 일부가 벽에 붙어 있었다. 나는 제정신이 아니었다. 당장 등반을 끝내야만 했다.

나는 욕이란 욕은 다 해 댔다. 꼭대기를 1미터쯤 남기고 멈췄다. 목덜미에 흐르는 피로 이 괴물 같은 벽에 낙서를 하고 싶었다. 하지만 배낭에서 산 모양 틀을 꺼내(스프레이 페인트를 뿌리는 게 속임수라는 건 안다. 하지만 그림을 직접 그리려면 두 손을 자유롭게 쓸 수 있어야 한다.) 벽에 대고 파란 스프레이 페인트를 뿌렸다.

바로 그때, 갑자기 헬리콥터가 내 뒤로 다가오는 바람에 놀라서 떨어질 뻔했다.

"너를 체포한다!"

귀청이 떨어질 것 같은 헬리콥터 날개 소리와 함께 증폭된 고함 소리가 들렸다.

아래를 내려다보았다. 헬리콥터의 날개 때문에 안개가 소용돌이치며 흩어졌다. 그 덕분에 처음으로 고층 빌딩에서 250미터 아래에 있는 번화가를 볼 수 있었다.

검은 밧줄이 내 옆으로 떨어졌다. 놀라고 화가 난 얼굴로 옥상 난간에 기댄 두 사람이 보였다.

"밧줄 잡아!"

목표 지점을 1미터 남겨 놓고 밧줄 신세를 지고 싶지는 않았다. 다시 벽을 타고 올라갔다.

"밧줄 잡으라니까!"

난간 꼭대기 높이까지 올라가자 두 사람은 나를 끌어 올린 뒤 내 손을 등 뒤로 해서 수갑을 채웠다. 두 사람은 모두 '경찰 특수기동대(SWAT)' 유니폼을 입고 '뉴욕경찰청(NYPD)' 야구 모자를 쓰고 있었다. 옥상에는 두 사람 말고도 경찰이 많았다.

경찰 기동대원 한 명이 허리를 굽혀 내 피투성이 귀에 대고 말했다.

"도대체 무슨 생각으로 이런 거야?"

기동대원은 나를 획 당겨 일으켜 세운 뒤 일반 경찰한테 넘겼다.

"이 멍청이를 응급실로 데려가세요."

소년원

엘리베이터에서 내려 로비로 갔을 때 여기저기서 터지는 카메라 플래시 세례에 깜짝 놀랐다. 기자들이 어떻게 이렇게 빨리 도착했을까?

"애야."

"이름이 뭐니?"

"피를 흘리고 있어."

"왜 그런 짓을 했니?"

"꼭대기까지 올라갔니?"

나는 질문에 대답하지 않았다. 사실 기자들의 얼굴도 제대로 쳐다보지 못했다. 기자들이 관심을 갖는 건 낙서라는 예술 활동이 아니라 어떻게 그 높은 곳에 낙서를 했는지에 관한 것뿐이었다.

지하철 승객들은 철도 대피선에 버려 놓은 열일곱 칸의 화차 앞을 매주, 매년 지나다닌다. 그러던 어느 날 아침 화차가 전부 멋진 낙서들로 도배되어 있는 걸 발견한다. 아니면 교

19

통 정체가 심한 고가도로 밑을 수천 번 지나다닌 운전자가 어느 날 아침에 오렌지색과 초록색 데이글로(Day-Glo, 형광 안료를 포함한 인쇄용 잉크의 상표명 : 옮긴이)로 색칠된 기둥들을 발견하는 것과 마찬가지다.

어떻게 칠했을까?

건축용 발판을 썼을까?

하룻밤 만에 그린 걸까?

몇 사람이서 그린 걸까?

경찰은 뭘 하고 있던 걸까?

요점이 뭘까?

미스터리. 그게 바로 요점이다. 하지만 질문은 끝이 없을 것이다.

내가 빌딩 벽에 그린 푸른 산 그림이 크지는 않았다. 하지만 따분해서 창 밖을 쳐다보는 직장인이나 유리창을 닦다 어쩔 수 없이 그림을 보게 되는 창문닦이들이 아니더라도 누구나 쉽게 볼 수 있는 곳에 그렸다. 올워스 빌딩은 여섯 번째로 오른 건물이었다.

나는 아홉 번째 건물까지 정복할 계획이었다. 왜냐고? 그건 나도 모른다. 이제 사람들은 내가 어떻게 건물 벽에 올라갔는지 다 알게 될 것이다. 미스터리는 밝혀지고 말 텐데, 그건 체포되어 겪게 되는 최악의 결과였다.

내 생각만 그런 건지도 몰랐다.

엄마가 응급실로 달려와 내 왼쪽 귀를 찢어 버릴 거라고 생각했지만 엄마는 그러지 않았다. (오른쪽 귀와 뺨도 멀쩡하게 얼굴에 붙어 있었다.)

이스트 인디언 병원의 응급실 의사는 1~2분 동안 불빛에 내 얼굴을 비쳐본 뒤, 무슨 일이 있었는지 물었다. 의사는 문간에 서 있는 경찰관 두 명이 나를 이 모양으로 만든 장본인이라고 생각하는지 경찰관들 얼굴을 빤히 쳐다보았다.

"얼굴이 벽에 얼어붙었어요."

"미지근한 물로 녹였어야지."

"미지근한 물이 있었으면 그렇게 했겠죠."

"일단 씻어 내고 몇 바늘 꿰매야 할 것 같구나."

한 시간 만에 응급실에서 나왔다. 경찰관들은 나를 경찰서로 데려가 거울이 있는 지저분한 방에 집어넣었다. 내 꼴은 가관이었다. 기분도 안 좋았다. 머리가 욱신욱신 쑤셨다. 팔다리가 아팠다. 손톱 네 개의 가운데가 끝까지 갈라졌다. 누군가 불로 손톱을 지진 것만 같았다. 응급실 의사는 손톱을 보지도 않았다.

이틀 후에 취조실 문이 열리더니 옷은 주름투성이에 얼굴은 피곤에 찌든 형사가 내 배낭과 두꺼운 서류철을 들고 나타났다. 형사는 책상에 배낭의 내용물을 쏟아 놓은 뒤 샅샅이 조사했다. 형사는 조사가 다 끝나자 배낭에 내용물을 다시 쓸어 담은 뒤 나를 보면서 고개를 절레절레 흔들었다.

"피터, 무모한 짓을 했더구나."

"피크인데요."

"산봉우리라고 할 때의 피크?"

"맞아요."

"이상한 이름이구나."

"이상한 부모죠."

"그래, 방금 너희 엄마하고 이야기했어. 널 늘씬하게 때려 줘도 좋다고 하시던데."

대단한 엄마야.

"다른 전화도 받았어. 시장님 전화였지. 35년 동안 경찰 생활을 하면서 시장님한테 개인적으로 전화 받는 건 처음이 란다. 시장님은 당황하셨지. 울워스 빌딩의 환영회에 참석하 신 참이었대. 네가 테러리스트인 줄 알았나 봐. 그냥 멍청이 라는 게 밝혀졌지만 말이야."

형사는 나를 빤히 쳐다보며 내 반응을 기다렸다. 나는 아 무 반응도 보이지 않았다. 나는 형사 말대로 멍청이였다. 건 물을 타고 오르기 전에 거기서 저녁에 무슨 행사가 있는지 꼼꼼하게 점검했어야만 했다. 그렇게만 했다면 기자들이 득 달같이 달려들어 사진을 찍어 대는 일은 없었을 것이다. 시 장이 환영회에 참석하는 바람에 기자와 경찰들이 미리 준비 하고 있었던 것이다.

"조금 있다가 너를 JDC로 데려갈 거다."

"JDC가 뭔데요?"

나는 한번도 체포된 적이 없었다.

"소년원(Juvenile Detention Center). 법정에 소환될 때까지 거기서 지내게 될 거야."

나는 형사가 무슨 말을 하는지 몰랐다. 형사도 내가 알아듣지 못하는 걸 눈치챘는지 소년 피고한테는 별도의 공판 제도가 있다는 설명을 덧붙였다. 지방검사가 죄목을 결정하면 재판정에 나가 죄가 없다고 변론을 해야만 하는 것이다.

"그럼 저를 풀어 주겠네요."

"그럴 수도 있고 아닐 수도 있지. 보석금 액수가 얼마냐에 따라 다르고, 네 부모님이 그 돈을 지불하느냐 안 하느냐에 따라 다르지. 법원에서 보석으로 내보낼 수 없다고 하면 재판이나 판결일까지 소년원에 갇혀 있어야 하는 거야. 몇 달이 걸릴 수도 있어. 재판이 많이 밀려 있거든."

입이 바싹바싹 타 들어갔다.

"저는 지금까지 한번도 문제를 일으킨 적이 없어요."

"잡힌 적이 없다는 뜻이겠지."

형사는 서류철을 펼치더니 사진 세 장을 꺼내 책상에 펼쳐 놓았다.

"꽤 오랫동안 이 낙서를 한 술래를 찾고 있었어. 이제 현행범 술래를 잡은 것 같은데."

사진은 선명하지 않았다. 망원 렌즈를 끼고 찍은 게 틀림없었다. 하지만 푸른 산 모양은 선명했다.

　정복 경찰 두 명이 취조실 밖에서 엄마와 함께 나를 기다리고 있었다. 엄마는 흥분해서 거의 말을 하지 못했다. 엄마는 내 얼굴의 붕대를 보더니, 간신히 입을 열어 괜찮으냐고 물었다.

　"응, 괜찮아."

　"아드님을 소년원으로 데려갈 겁니다."

　경찰이 말했다.

　엄마는 고개를 끄덕인 뒤 나를 쳐다보았다.

　"피크야, 걱정하지 마. 근데 이번에는 네가 진짜 큰일을 저질렀어."

　엄마가 말했다.

　경찰이 나를 데리고 갔다.

　소년원으로 간 뒤 사흘 동안 카운슬러(여기서는 교도관을 그렇게 불렀다.)가 그만 하라고 할 때까지 (글자 그대로) 벽을 기어 올라갔다.

　'거미 소년', '파리 소년', '도마뱀 소년' 같은 제목이 매일 아침 뉴스의 첫 페이지를 장식했다. 기사는 우리 가족의 과거를 점점 더 깊이 파고들었다. 엄마, 아빠, 새아빠, 쌍둥이 여동생들이 표적이 되었다. 내가 고층 빌딩을 올라가는 모습을 찍은 적외선 사진, 학교에서 찍은 사진, 산악인 시절의 엄마와 아빠 사진이 실렸다. 그리고 내가 고층 빌딩에 그려 놓았던 푸른 산 그림 두 개가 더 발견되었다.

나는 두 번째 날부터 신문 기사를 읽지 않았고 텔레비전에 나에 관한 뉴스가 나오면 휴게실을 빠져나왔다.

소년원에서는 전화를 마음대로 할 수 없었다. 일이 어떻게 진행되고 있는지 알아보려고 엄마하고 한 번 통화를 했는데, 엄마는 마침 변호사를 만나는 중이라 나와 이야기할 시간이 없었다.

네 번째 날 카운슬러가 내 방으로 와서 (여기서는 감방을 그냥 방이라고 부른다.) 방문객이 있다고 했다. 마침내 누군가 찾아온 것이다.

방문실에서 나를 기다리고 있는 사람은 엄마가 아니라 빈센트 선생님이었다. 나는 크게 실망했다. (빈센트 선생님, 악의는 없어요.) 빈센트 선생님은 딱지가 앉은 내 얼굴과 귀를 보고 적잖이 놀라는 눈치였다.

"읽을 책 좀 가져왔다."

빈센트 선생님은 책상 너머로 책을 몇 권 내밀었다.

"여기는 지루할 것 같구나."

빈센트 선생님이 말했다.

"어쨌든 고마워요."

"몰스킨 노트도 두 권 가져왔어."

빈센트 선생님은 가방에서 수축포장을 한 검은 노트 두 권을 꺼내서 마치 성경책이라도 되는 듯 조심스레 책상 위에 올려놓았다.

"이탈리아에서 만든 노트야. 반 고흐, 피카소, 어니스트 헤밍웨이, 브루스 채트윈이 이 노트에 그림을 그리거나 글을 썼대."

"정말이요?"

내가 다니는 학교에 대해 조금 설명을 하는 게 나을 것 같다. 우리 학교는 특별 학교이다. 학교가 어찌나 특별한지 공식 이름도 없었다. 그냥 학교가 있는 거리 이름을 따서 그린 스트리트 학교(Green Street School)라고 불렀다. 유치원부터 고등학교까지 맨해튼 전역에서 온 학생 백 명이 다니고 있었다. 대부분의 학생들은 신동이었다. 즉 학생들은 연주하고 노래하고 춤추고 연기하고, 컴퓨터가 풀지 못하는 수학 문제를 풀고…… 그리고 나처럼 고층 빌딩에 낙서를 했다. 내가 이 학교에 들어간 건 새아빠인 롤프 영 때문이었다. 새아빠는 학교의 자문 위원이어서 학교의 법률 문제를 무료로 처리한다. 학교는 우리 집에서 두 블록 떨어져 있는데, 쌍둥이인 두 여동생도 이 학교에 다닌다. 하지만 동생들은 나와 달리 이 학교에 다닐 만하다. 동생들은 피아노의 귀재들이다.

학교가 내 재능을 확인하는 데는 1년이나 걸렸다. 학교는 새아빠한테 무료 법률 자문을 받으려고 내가 재능이 있다고 판단한 것 같았다.

"피크는 우리 학교의 작가야!"

어느 날 여교장 선생님이, 내가 그날 아침 학교 가기 전에 시리얼을 급히 먹으면서 대충 갈겨쓴 에세이를 치켜들고 말했다.

학교의 작가가 아니라 산악인이 되었으면 더 좋았을 것이다. 하지만 그린스트리트 학교는 스포츠를 인간이 노력을 기울일 만큼 가치 있는 일로 생각하지 않는다.

오해를 할까 봐 말하는 건데, 나는 그린스트리트 학교를 좋아한다. 학생과 교사들은 변덕스럽지만 유쾌하다. 나도 학교에서라면 용케 무언가를 배운다. 문제는 학교에 친구가 없다는 것이다. 누구의 잘못도 아니다. 내 주된 관심사는 등산이다. 다른 아이들은 정수론이나, 바이올린과 첼로의 활에 쓴 줄의 종류나, 그림 그리는 방법 따위에 관심이 많다.

어쨌든 이렇게 해서 빈센트 선생님과 사귀게 되었다. 국어교사로서 빈센트 선생님은 장래의 작가인 나를 가르치는 일에 몰두했다.

빈센트 선생님은 몰스킨 노트 한 권을 꺼냈다. 그러고는 노트 뒤쪽에 있는 작은 주머니에 메모를 보관하는 방법과, 고무 밴드로 노트를 닫거나 사용하던 곳을 표시하는 방법을 알려 주었다.

"볼펜도 가져왔어."

선생님이 말했다.

"하지만 교도관들이 너한테 볼펜 주는 걸 허락하지 않을 거야. 볼펜으로 벽에다 낙서할까 봐 걱정하는 거지."

내 생각에는 교도관들이 볼펜으로 누구를 찌를까 봐 걱정하는 것 같았다. (아니면 다른 사람이 볼펜을 빼앗아 나를 찌를까 봐 걱정하는 건지도 몰랐다.)

"어떻게든 네가 그 안에서 쓸 필기구를 마련해 보마."

선생님은 늘 천천히 말하면서 단어 하나하나를 똑똑히 발음했다. 선생님이 단어를 줄여 말하는 걸 들어 본 적이 없다.

"최고의 문학 작품들은 감옥에서 쓰인 게 많아."

나는 하나의 작품을 완성할 만큼 소년원에 오래 있을 생각은 없었다.

"네가 학교로 돌아오든 아니든 올해 과정은 마쳐야 돼. 교장 선생님한테 말씀드려 놓았어. 나하고 다른 작가 네 명이 노트에 쓴 내용을 평가할 거야."

평가를 받는다는 건 학교를 졸업한다는 뜻이다.

"네 작품이 길어지는 걸 대비해 몰스킨 노트를 두 권 가져왔어. 일기나 일지가 아니라 소설이어야만 해. 발단과 전개가 있고 결말 부분에는 이야기를 하나로 묶는 대단원이 있어야 돼. 소설은 네 생활이나 다른 사람의 생활을 토대로 써도 되고, 순전히 상상력에서 나온 사건을 다뤄도 돼. 지난 한 해동안 내가 가르쳐 준 작문 기법을 활용해서 요건을 충족시키며 노트 한 권을 채우면 돼."

"전 학교로 돌아갈 거예요."

선생님은 내 말을 믿지 못하는 것 같았다.

"어쨌든 숙제는 해야 돼."

그날 아침에 두 번째 방문객을 맞이했다. 여자였다. 긴 머리카락은 갈색이고 눈동자는 연한 푸른빛이며, 피부가 황록색이고, 여행용 양복 커버를 들고 있었다. 여자는 키가 작았지만 체격이 건강하고 팔의 근육이 잘 발달되었다. 등이 약간 뻣뻣하다는 점을 제외하면 (등만 봐도 여자의 정체를 알수 있을 것이다.) 여자의 유일한 약점은 손이었다. 오랫동안 등반을 하느라 손에 흉터가 생겼다.

엄마가 말했다.

"빨리 못 와서 미안. 쌍둥이를 돌보고 나서 변호사를 만나느라."

"괜찮아요."

맨해튼에 있는 우리 집에서 소년원까지 오는 데 1시간 30분이 넘게 걸렸다. 그리고 엄마는 친구와 동업으로 운영하고 있는 서점에서 하루 종일 일했다. 하지만 엄마가 조금 더 일찍 찾아오기를 바랐던 건 사실이었다.

엄마는 앉아 있는 내 곁으로 걸어와 얼굴의 딱지를 살폈다.

"보기 흉해."

"괜찮아요."

엄마가 서성였다.

"쌍둥이는 어때요?"

"네가 체포된 뒤로 울음을 그치지 않아."

나는 움찔했다. 엄마를 당혹스럽게 만들기는 했지만 쌍둥이 여동생 패트리스와 폴라까지 당혹스럽게 만들고 싶지는 않았다.

'붕어빵이야.'

엄마와 새아빠 롤프는 쌍둥이 딸을 두고 그렇게 말하곤 했다. 내가 '완두콩 자매'라고 부르면 동생들이 낄낄거리며 웃었다. 동생들은 여섯 살이었는데, 세 번째 완두콩인 나를 신처럼 떠받들었다.

"피크, 이번에도 참 잘해 줬구나. 여섯 번째 고층 빌딩이야. 사람들이 너를 잡아먹으려고 으르렁거리면서 욕을 해 대고 있어. 네 아빠가 도움이 될 만한 사람들에게 부탁하고 있기는 한데 힘이 될 것 같지가 않아. 아빠는 기소사실인부절차(arraignment, 공판정에서 피고인에 대하여 공소 사실에 관한 유죄 또는 무죄 답변을 요구하는 절차로서, 공판 절차를 간편하게 하기 위하여 영미법에서 채용하고 있는 절차 : 옮긴이)를 미뤘고, 또 한 번 미뤄 보려고 해."

(엄마가 안절부절못하는 모습을 본 적이 있지만, 이런 모습은 처음이었다. 엄마는 철창에 갇힌 표범처럼 아들이 갇힌 감옥을 왔다 갔다 했다.)

"언론이 잠잠해지길 바랐는데, 간밤에 망치고 말았어. 새 아빠와 대학 동기인 지방검사와 판사가 거절했어."

"잠깐만요. 간밤에 무슨 일이 있었어요?"

엄마는 발을 멈추고 입을 벌린 채 눈을 부릅뜨며 나를 빤히 쳐다보았다.

"못 들었니?"

나는 고개를 저었다.

"한 아이가 플랫아이언 빌딩에서 떨어져서 죽었대."

나는 엄마를 빤히 쳐다보았다.

"그게 나하고 무슨……."

"너하고 무슨 상관이 있냐고?"

엄마가 고함을 질렀다.

"피크, 너 때문이야. 그 아이가 침실에 네 신문 기사를 핀으로 꽂아 놓았대. 배낭에는 푸른색 스프레이 페인트 통이 들어 있었고. 그 아이는 지금까지 살면서 한번도 등산을 해본 적이 없었대. 그러니까 20미터밖에 못 올라갔지. 하지만 그 정도 높이에서 떨어져도 죽을 수 있어. 네가 3년 동안 교도소 신세를 질 정도로 충분하고."

"뭐라고요?"

나는 벌떡 일어섰다.

"믿을 수가 없어. 너는 빈사 상태이고, 그 아이 일은 알지도 못하는데."

엄마가 쓴웃음을 지으며 말했다.

빈사 상태. 서부에 살 때 쓰던 말이었다. 몇 년 만에 그 말을 들었다.

"3년이라니 그게 무슨 말이에요?"

엄마가 대답했다.

"그리고 석 달 더. 그러면 네가 열여덟 살이 될 테니까."

이제는 내가 서성였다. 내가 한 일이라고는 울워스 빌딩을 오른 것밖에 없다. 그 사실을 자랑하거나 인터넷에 올린 사실도 없다. 내가 울워스 빌딩에 올라간 이유는 나도 모른다. 플랫아이언 빌딩에서 떨어진 아이가 불쌍했지만, 내 잘못은 아니었다.

"아빠한테 내 얘기 했어요?"

새아빠 롤프가 아니라 친아빠를 말하는 거였다.

엄마는 이 말에 다시 쓴웃음을 지었다.

"그 사람은 네팔에 있어. 영어를 한마디도 못하는 셰르파(Sherpa, 네팔 동부 히말라야 산맥에 사는 셰르파 족 사람. 히말라야 등반대의 짐 운반과 길 안내로 유명하다 : 옮긴이)한테 메시지를 남겼지. 왜 그 사람한테 연락을 했는지 몰라. 지푸라기라도 잡고 싶은 심정이었던 것 같아."

엄마가 심호흡을 했다.

"난 이제 가 봐야겠다. 새아빠와 함께 변호사를 만나기로 했거든."

"변호사라고요?"

나는 새아빠가 내 변론을 맡을 거라고 생각했다.

"변호사들 가운데 두 사람을 만날 거야. 롤프는 너를 변호할 수 없어. 롤프는 네 새아빠여서, 이해 당사자가 되거든."

"엄마 생각에는……."

엄마는 내가 겁을 집어먹고 있는 걸 알아차리고 태도를 바꾸었다. 엄마의 부드럽고 엷은 눈에 눈물이 그렁거렸다.

"피크야, 잘 되기를 바랄게."

엄마가 나지막하게 말했다.

"하지만 낙관은 못 해. 사람들은 너한테 엄한 벌을 내려 본보기로 삼고 싶어 해."

엄마는 고개를 돌린 채 눈물을 닦고 나서 여행용 양복 커버를 건넸다.

"네 양복이야. 내일 입어야 돼. 아래층에서 간수들한테 얘기했어. 오늘 오후에 이발사가 올 거야."

나는 의자에 털썩 주저앉았다.

"기운 내."

엄마가 애써 유쾌한 척하며 말했다.

"네 머리를 망쳐 놓지는 않을 거야. 이발을 잘해 놓으면……."

"머리 걱정을 하는 게 아니에요. 3년을 걱정하고 있어요. 저는 이미 미칠 지경이에요. 도저히 3년을……."

등반과 체포, 그리고 플랫아이언 빌딩에서 추락한 아이가 떠올랐다. 나는 주저앉아 울음을 터트렸다.

엄마가 나를 껴안았다.

빈사 상태

나는 어둠 속에서도 한 손으로 바흐만 매듭, 옭매듭, 나비 매듭, 8자형 매듭, 이중 피셔맨즈 매듭과 그 외에 여섯 가지 매듭을 더 맬 수 있다. 그런데 정작 넥타이는 제대로 맬 수가 없었다. 몇 번인가 넥타이를 매야 할 때는 새아빠가 매 주곤 했다. 이 문제는 호송을 맡은 교도관 덕분에 해결됐다. 교도관이 넥타이를 매 준 뒤 나를 법정으로 데리고 갔다.

재판관의 왼쪽 책상에 앉은 지방검사들(남자와 여자)은 자기들이 인생을 망쳐 놓을 피고인의 얼굴은 쳐다보지도 않고 서류만 뒤적이고 있었다.

오른쪽 책상에는 변호사들(다른 남자와 여자)이 앉아 있었다. 변호사들도 서류를 뒤적이고 있었지만, 교도관이 나를 데리고 가자 웃으면서 나와 악수를 하고 자기 소개를 했다.

변호사들의 이름을 제대로 듣지 못했다. 나는 변호사들 뒤에 앉아 있는 다섯 명에게 정신이 팔려 있었다. 새아빠는 넥타이를 완벽하게 매고 있어 말쑥하고 지적으로 보였다. 그 옆에는 패트리스와 폴라가 앉아 있었다. 쌍둥이 여동생들은 눈물을 글썽거렸지만, 나를 보고 흥분했다. 여동생들은 자기들이 가장 좋아하는 옷을 입고 있었다. (오해는 하지 마시라. 농담할 기분은 아니었지만, 여동생들이 영양제라도 먹은 것 같았다. 여동생들은 지난 며칠 동안 훌쩍 자라 있었다.)

그 옆에는 엄마가 앉아 있었는데 얼굴에 걱정이 가득했다. 하지만 그저께 소년원으로 면회를 왔을 때보다는 확실히 긴장이 풀린 것 같았다. 엄마 옆에 앉아 있는 남자 때문에 그런 것 같았다. (물론 확실하지는 않지만 말이다.)

그 남자의 이름은 조슈아 우드로, 세상에서 가장 뛰어난 산악인이었다. 바로 내 친아빠였다.

나는 아빠를 7년 동안 만나지 못했다. 아빠는 양복을 입었는데, 나만큼이나 불편해 하는 것 같았다. (그 모습으로 보아) 아빠는 트레이드마크인 턱수염을 깎았다. 바람과 햇볕에 그을린 잘생긴 얼굴 위쪽에 비해 턱은 창백했다. 또 입술은 트고, 코는 껍질이 벗겨졌다. 전체적으로 방금 눈사태에 깔렸다가 빠져나온 것만 같았다.

아빠의 눈동자는 엄마와 마찬가지로 엷은 푸른색이었다. 아빠는 고개를 끄덕이며 웃음을 지었다. 하지만 나는 너무 놀라서 아빠한테 인사도 못했다.

"일동 기립!"

법정 경위가 말했다.

나는 멍하니 앉아 있다가 그 소리에 깜짝 놀라 깨어났다.

여자 변호사가 나를 보며 환하게 웃음 지었다.

'넥타이 멋진데.'

그렇게 말할 줄 알았지만 변호사는 다른 말을 했다.

"내가 하라고 하기 전까지는 한마디도 하지 마. 양심의 가책을 느끼는 척해."

그 여자는 내 선임 변호사였다. 내 기억으로는 이름이 트레이시였다.

백발에 스포츠머리를 한 완고해 보이는 판사는 판사석에 앉은 뒤 우리를 앉히라고 법정 경위한테 고개를 끄덕였다.

"착석!"

법정 경위의 목소리가 약간 떨렸다.

엄마 말이 맞았다. 판사는 나를 본보기로 엄한 벌을 내리려 했다. 판사는 안경을 쓴 채 원고를 보며 큰 소리로 죄명을 읽었다.

"무단 침입, 공공시설 파괴, 중과실치상……."

판사의 낭독은 계속되었다.

판사는 목록의 맨 마지막 항목에 도달하자 안경을 코끝에 걸친 뒤 원고의 맨 첫 장 너머로 나를 빤히 쳐다보았다.

"뭐라고 변론할 겁니까?"

판사가 물었다.

트레이시는 나를 일으켜 세운 뒤 귀에다 대답을 속삭였다.

트레이시의 말을 제대로 들었는지 확실하지 않았다. 트레이시는 방금 전과 같은 미소를 띤 채 다시 한 번 똑같은 말을 속삭였다.

나는 심호흡을 하고 대답했다.

"무죄입니다."

"모든 죄목에 대해 말입니까?"

판사가 믿을 수 없다는 표정으로 물었다.

"그렇습니다. 존경하는 판사님."

트레이시가 한결같이 미소를 띠며 대답을 가로챘다.

"날 놀리는 겁니까? 피고가 울워스 빌딩을 올라가는 걸 찍은 비디오테이프가 있어요. 23명의 경찰이 옥상에서 피고가 난간을 잡고 올라오는 걸 목격했고요. 피고는 사실을 인정하는 진술서에 서명까지 했어요."

"강요에 의한 것입니다. 피고는 당시 지치고, 부상을 입고, 동사 직전이었습니다."

"제발 그런 말 마세요. 본 법정은 피고를 충분히 배려했어요. 기소사실인부절차도 연기해 줬어요. 이제 와서 무슨 소립니까!"

"재판으로 가고 싶습니다."

트레이시가 대답했다.

판사 목의 혈관이 터져 버릴 것만 같았다. 판사는 검사의 책상을 노려보았다.

"두 사람도 알고 있었어요?"

검사들이 세차게 머리를 흔들었다.

"판사실로 가서 이야기하는 게 좋을 것 같습니다."

검사 중 한 명이 제안했다.

"좋아요."

트레이시가 기분 좋게 말했다.

"당신들이 다 들어오면 비좁아서 안 돼요. 여기서 얘기하죠. 이야기를 들어서는 안 될 사람이……."

판사는 잠시 말을 끊고 둘러보다가, 엄마와 새아빠 사이에 앉아 있는 패트리스와 폴라를 발견했다.

"세상에."

판사는 엘리베이터로 나를 데려온 교도관에게 말했다.

"이 어린 숙녀들을 밖으로 데리고 나가 아이스크림이라도 사 주세요."

"피고인은 어떻게 할까요?"

교도관이 물었다.

"피고인은 이 순간을 기다린 것 같은데."

판사가 말했다.

"아이스크림 좋아하니?"

판사가 쌍둥이 여동생들을 쳐다보며 물었다.

"난 초콜릿."

폴라가 말했다.

"난 바닐라."

패트리스가 말했다.

"그 정도는 사 줄 수 있을 것 같은데."

판사가 말했다.

"오빠 아이스크림도 사 올까?"

폴라가 물었다.

"딸기 아이스크림이 좋을 거야."

패트리스가 말했다. (그건 내가 제일 좋아하는 아이스크림이었다.)

하지만 패트리스의 발음은 '딸기' 가 아니라 '알기' 처럼 들렸다. 패트리스는 최근에 앞니가 빠져서 발음이 샜다.

"난 됐어. 아침에 큰 사발로 아이스크림 먹었어."

내가 말했다.

"거짓말!"

쌍둥이 여동생들은 교도관이 법정 밖으로 데리고 나갈 때 낄낄거리면서 합창을 했다.

판사는 문이 완전히 닫힐 때까지 기다렸다가 속기사에게 고개를 끄덕이며 말했다.

"비공식으로 진행하겠습니다."

속기사는 녹음기를 끄고 타이핑을 멈췄다.

"이제 우리들뿐입니다."

판사가 트레이시를 바라보며 말했다.

"당신도 이 사건을 재판으로 끌고 가고 싶지는 않겠죠? 매스컴이 흥미 위주로 보도하고 있어요. 한 소년이 이틀 전에 죽었습니다. 당신이나 피크나 피크의 부모가 그런 사건이 다시 일어나지 않길 바랄 거라고 생각합니다만."

"물론이에요. 하지만 이를 바꿔 말하면, 매스컴을 통제하지 못해 의뢰인을 불공정하게 죄인으로 만들 수는 없다는 뜻이기도 하죠. 경찰서나 시장 사무실에서 이 사건을 제대로 처리하지 못했습니다."

판사가 잠시 트레이시를 쳐다보다 검사를 바라보았다.

"변호사가 논지를 충분히 입증했어요. 검찰 측 생각은 어떻습니까?"

두 명의 검사 가운데 나이가 많은 여자 검사가 일어났다.

"기소사실인부절차에 앞서 2년 징역에 6개월의 근신 형량을 유죄 답변 교섭(plea bargain, 피고가 유죄를 시인하는 대가로 검찰 측이 형량을 줄여 주는 협상 : 옮긴이)으로 제안합니다. 죄명에 비하면 18개월의 형량은 가벼운 편입니다."

'당신이 복역하는 게 아니니까 가볍겠지.'

내가 마음속으로 중얼거렸다.

하지만 18개월이라면 3년보다는 나았다. 트레이시가 책상에서 서류를 집어 들었다.

"지난 5년 동안 뉴욕 시에서 15명의 성인이 고층 빌딩을 등반하다 체포되었습니다. 가장 긴 형량이 6개월이었고, 그

중 몇 명은 복역조차 하지 않았습니다."

트레이시가 판사를 쳐다보았다.

"법정으로 가면 무죄 선고를 받을 수 있습니다. 재판으로 진행하겠습니다."

검사가 못마땅하다는 표정으로 트레이시를 바라보았다.

나는 빈사 상태에서는 벗어났지만 완전히 기력을 회복한 건 아니었다.

"결론이 뭐예요?"

판사가 물었다.

"집행유예에 벌금형입니다. 복역하지 않고요."

트레이시가 말했다.

"말도 안 돼."

판사가 퉁명스럽게 말했다.

"오늘 피크가 뉴욕을 떠나는 것으로 합의를 보면 어떻겠습니까? 눈에서 멀어지면 마음에서 멀어진다잖아요. 그러면 신문에서도 멀어질 거고. 인터뷰도 없을 테지요. 이야깃거리가 사라지니까 기사도 없어질 것 같은데요. '팟!' 하고 말이에요."

트레이시가 말했다.

판사의 얼굴에 보일락 말락 웃음기가 떠올랐다.

"그러니까 모습을 감춘다는 거죠? 자세히 얘기해 보세요."

"피크의 친부가 피고인을 보호하겠다고 제안했습니다."

트레이시가 말했다.

나는 갑자기 고개를 돌리는 바람에 목이 아팠다.

아빠가 일어났다.

"당신이 피고인의 아버지입니까?"

"예. 조슈아 우드입니다."

"산악인 조슈아입니까?"

"예."

판사는 새아빠와 엄마를 흘긋 본 뒤 조슈아한테 다시 눈길을 돌렸다.

"우드 씨, 최근에 아드님과 몇 번이나 함께 시간을 보냈습니까?"

"지난 수 년 동안은 몇 번 되지 않습니다."

아빠가 인정했다.

'지난 7년 동안 한번도 없었어요.'

내가 마음속으로 소리쳤다.

아빠가 말했다.

"테리와 롤프가 결혼했을 때 제가 눈에 띄지 않는 게 아들한테 좋을 거라고 생각했습니다."

나는 그런 이야기를 처음 들었다. 사실 법정에 오기 전까지 아빠는 엄마와 새아빠가 결혼한 사실을 몰랐을 수도 있다고 생각했다. 엄마가 아빠한테 엽서 같은 걸 보냈던 것 같다. 아빠는 엄마의 결혼식에 초대받지 못했던 게 틀림없었다.

"왜 아드님을 보호하겠다는 겁니까?"

"피크는 제 아들입니다. 이제 한 발 앞으로 나아가 책임을 질 때입니다."

나는 엄마와 새아빠를 쳐다보았다. 두 사람은 무표정한 얼굴로 앞만 바라보고 있었다.

"네 생각은 어떠니?"

판사가 물었다.

트레이시가 팔꿈치로 내 옆구리를 찔렀다. 나는 깜짝 놀라 고개를 돌렸다.

"저요?"

판사가 고개를 끄덕였다.

"그, 그러니까…… 그렇게만 된다면 정말 좋을 것 같습니다. 존, 존경하는 판사님."

판사가 다시 고개를 돌려 아빠를 바라보았다.

"14세 소년을 부양하고 양육할 자금이 있나요?"

판사의 물음에 트레이시가 나섰다.

"여기 완벽한 재무제표를 준비했습니다."

트레이시는 책상에서 서류 한 뭉치를 챙겨 판사석으로 가져갔다.

판사는 서류를 훑어보았다.

"보시다시피 우드 씨는 매우 성공한 사업가입니다."

트레이시가 말했다.

"서류상으로는 그렇군요."

판사가 마지못해 말하고 다시 아빠를 쳐다보았다.

"우드 씨, 거주지가 어디입니까?"

"치앙마이(Chiang Mai, 타이 북부 지역에서 가장 큰 도시 : 옮긴이)에 살고 있습니다."

"어느 나라에 있지요?"

"타이에 있는 도시입니다."

이 대화가 끝난 뒤 오랫동안 침묵이 흘렀다. 나는 조금씩 기운이 빠지는 게 느껴졌다. 판사가 마침내 입을 열었다.

"아드님의 학교는요?"

아빠가 대답했다.

"집에서 8킬로미터 정도 떨어진 곳에 국제 학교가 있습니다. 벌써 피크를 입학시켰어요. 8월부터 다닐 겁니다."

트레이시가 덧붙였다.

"피크는 지금 그린스트리트 학교에 다니고 있습니다. 올해의 과정을 모두 마치기 위해서는 한 가지 과제만 남았습니다. 타이에서도 손쉽게 그 요건을 달성할 수 있을 겁니다."

"그린스트리트 학교라고요?"

판사가 처음으로 웃었다.

"세상이 좁군요. 나도 어려서 그 학교를 다녔는데."

나는 그린스트리트 학교에 법률 신동도 다닌다는 건 몰랐다. 판사는 손짓으로 검사를 판사석으로 불렀다. 두 사람은 목소리를 낮춘 채 오랫동안 이야기를 나눴다. 이야기가 끝나자 판사는 법정에 있는 사람들을 한 사람씩 쳐다보았다.

"좋아요. 이렇게 하죠. 피크, 너는 18세가 될 때까지 집행유예야. 그 기간 내에 뉴욕 주에서 죄를 지어 집행유예를 위반하면 그 즉시 소년원에서 나머지 기간을 복역하는 거야. 무슨 말인지 알겠지?"

"네.".

"본 법정은 피고인을 15만 달러의 벌금형에 처한다."

내가 충격을 받은 게 표정에 드러난 게 틀림없었다. 판사는 손을 들어 진정하라고 신호를 보냈다.

"벌금은 뉴욕 주에서 보관하고, 집행유예 기간이 끝나면 돌려준다."

판사는 엄마와 새아빠와 아빠를 쳐다보았다.

"세 사람이 돈을 마련할 수 있으리라고 믿어요."

"문제없습니다. 판사님."

세 사람이 동시에 대답했다.

그러자 판사가 다시 말했다.

"피크를 석방시키려면 그럴듯하게 꾸며야 됩니다. 모두 입을 다물어야 해요. 이 사건과 관련해서 매스컴과 이야기를 나눠서는 안 됩니다. 특히 환불 벌금 말이에요. 사람들이 피크의 멍청한 곡예를 따라하지 못하게 해야만 합니다. 이런 곡예가 사라지게 만들어야만 해요."

판사는 트레이시와 나를 쳐다보았다.

"'팟' 하고 말이에요."

쌍둥이

판사는 소년원 정문에 기자들이 떼를 지어 기다리고 있을 테니 뒷문으로 빠져나가라고 귀띔해 주었다.

아빠가 맨 먼저 나갔다. 아빠는 심부름을 가야 한다며 공항에서 만나자고 했다. 고맙다는 말을 하고 싶었지만, 아빠는 이미 복도를 중간쯤 지나가고 있었다. 아빠는 넥타이가 아나콘다라도 되는 듯 급히 풀어헤쳤다. 앞으로 3년 동안 같이 지낼 걸 생각하면 고맙다는 말은 나중에 천천히 해도 될 것 같았다.

엄마는 옷을 쑤셔 넣은 작은 배낭과 여권을 건넸다. 새아빠는 쌍둥이 동생들을 찾으러 밖으로 나갔다.

"공항에 같이 가실 거예요?"

내가 약간 멍한 상태로 물었다.

"물론이지. 하지만 네가 비행기를 탈 때까지 있지는 못할 거야. 새아빠가 재판이 있어서."

나는 여권 페이지를 획획 넘겼다.

"제가 떠날 걸 알고 있었어요?"

"아냐. 네 아빠가 어제 늦게 와서는 밤새 계획을 세웠어."

"엄마도 이 계획에 찬성했어요?"

"아니. 조금 더 여유를 가지고 대책을 세웠으면 좋았겠지. 하지만 네 아빠가 돌아가야 해서. 아주 운이 좋았던 건지도 몰라. 판사가 이런 판결을 내린 데는 네가 오늘 떠난다는 이유가 가장 크게 작용했을 거야."

"'팟' 하고 말이죠."

엄마가 웃음을 지었다.

"네가 떠난 뒤 최대한 빨리 돌아올 수 있도록 조치를 취할 거야."

엄마는 지갑에서 신용카드와 국제전화카드를 꺼내 나에게 내밀었다.

"일이 잘못되거나 집으로 돌아오고 싶으면 이걸 써."

배낭 안에 들어 있던 몰스킨 노트의 주머니에 카드를 집어넣었다.

"곧 네가 입을 옷들을 챙겨 보내 줄게."

"얼마나 있어야 돼요?"

"너한테 달렸겠지. 여름이 끝날 때까지 있으면 우리가 다시 알아볼게. 하지만 더 빨리 돌아오고 싶으면 전화만 해. 판사는 네가 돌아오는 시기에 제한을 두지는 않았으니까."

"아빠는? 그러니까……."

"무슨 뜻인지 알아. 아빠는 지난번에 만난 뒤로 성숙해진 것 같아. 너를 도우려고 먼 길을 여행했거든. 아빠가 트레이시의 변호사 사무실에 나타났을 때 내가 얼마나 놀랐는지 몰라. 당시에 우리는 절망적이었거든. 트레이시가 생각하기에 최선의 방법은 형량을 낮추는 거였어. 네 아빠는 상황 설명을 듣더니, 오늘 법정에서 벌어진 일에 대한 대략적인 계획을 말했어. 네가 벼랑 끝에 섰을 때 조슈아 우드가 큰일을 해낸 거야. 네가 벼랑에 매달리기 전까지 신경을 쓰지 않았던 게 유감스럽기는 하지만 말이야."

엄마가 웃었다.

"새아빠와 트레이시는 네 아빠가 산악인이 아니라 변호사가 되는 게 더 나을 뻔했다는 말까지 했어."

"동생들하고 얘기 좀 해야겠어요."

새아빠와 엄마가 떠나자마자 패트리스와 폴라가 울음을 터뜨렸다.

"이제 학교는 누구하고 같이 가?"

"집에 갈 때는?"

"공원에서 누구하고 놀아?"

"우리 생일 파티는?"

"오빠는 왜 그런 시시한 빌딩에 올라간 거야?"

쌍둥이 동생들 사이에 있으면 순식간에 정신이 없어진다. 동생들은 사물을 신비한 방식으로 바라보았다. 동생들은 머리를 나눠 쓰기라도 하는 듯 서로의 말을 마무리 짓곤 했다.

이쯤에서 동생들과의 관계를 설명해야 할 것 같다. 동생들은 내 여덟 살 생일 때 태어났는데, 처음에는 나하고 사이가 좋지 않았다. 엄마와 안절부절못하는 새아빠가 병원에서 쌍둥이를 낳는 동안 여덟 번째 생일을 다락방에서 보모와 함께 지내는 걸 원하는 사람은 없을 것이다. 그때부터 누군가의 특별한 날이 쌍둥이들의 특별한 날이 되었다. 쌍둥이들은 2년이 지나자 내 편이 되었다. 동생들은 똑똑하고 유쾌한 데다가 내가 하는 모든 행동을 좋아했다. (동생들은 정말 도움이 많이 되었다.) 처음 몇 년 동안은 보모가 동생들을 돌봤기 때문에 나는 동생들과 많은 시간을 보냈다. 엄마와 새아빠는 보모를 내보낼 정도였다. 폴라와 패트리스는 내가 지금까지 받은 것 가운데 최고의 생일 선물이었다.

내가 체포된 후 처음으로 시시한 빌딩에 올라갔던 걸 후회했다. 동생들이 없다면 무슨 일을 할 수 있을까?

"우리도 오빠네 아빠하고 우리 아빠가 다른 사람이라는 걸 알게 되었어."

패트리스가 코를 훌쩍거렸다.

나는 움찔했다. 멍청하게 고층 빌딩을 올라가는 바람에 얻은 가혹한 결과였다.

나와 동생들의 아빠가 다르다고 이야기한 사람은 아무도 없었다. 새아빠와 엄마는 동생들을 혼란스럽게 할 거라며 쉬쉬했다. (새아빠와 엄마는 늘 동생들을 과소평가했다.) 하지만 동생들이 신문을 통해 내가 친오빠가 아니라는 사실을 알게 하고 싶지는 않았다. 그럼에도 기자들은 얼마 지나지 않아 '거미 소년'이 조슈아 우드의 아들이라는 사실을 알게 되었다.

"우리는 반쪽짜리 동생이야."

패트리스가 말했다.

폴라가 고개를 저으며 눈을 크게 떴다.

"내가 말했잖아. 2분의 1 더하기 2분의 1은 1이라고. 완전한 거야. 우리는 오빠의 진짜 동생이야."

"맞아. 내가 깜박했어."

패트리스가 말했다.

(이미 말한 것처럼 동생들은 신비한 방식으로 사물을 바라본다.)

"오빠 성하고 우리 성이 다른 이유가 늘 궁금했어. 우리는 쌍둥이고 오빠는 쌍둥이가 아니어서 그런 줄 알았어. 이름의 규칙 같은 거라고 생각했거든."

폴라가 말했다.

엄마하고 새아빠가 결혼했을 때 나는 엄마의 처녀적 성인 마르첼로를 계속 썼다. 새아빠는 나를 합법적으로 입양하고 싶어 했지만 내가 괜찮다고 했다. 나는 내 성이 좋았고, 바꾸고 싶지 않았다. 그리고 새아빠를 그다지 좋아하지 않았다.

(새아빠한테 문제가 있었던 건 정말 아니다. 그저 아빠가 아니었기 때문이다. 나중에 자세히 말하겠다.)

"오빠는 타이로 갈 거래. 이걸 만드는 곳이야."

패트리스가 넥타이를 잡아당기며 말했다.

"그렇지만은 않아. 타이는 동남아시아 국가야. 중국의 남쪽에 있는 나라지."

"언제 돌아올 건데?"

폴라가 물었다.

"확실히는 몰라."

내가 말했다.

"우리 생일에 올 수 있어?"

폴라가 물었다.

"생일들이지."

패트리스가 고쳐 말했다.

"올 수 있어?"

"나도 그러길 바랄게. 하지만 타이에서 뉴욕까지 비행기 타고 오려면 돈이 많이 들 거야."

"돈은 우리한테도 있는데."

"64달러 35센트."

폴라가 고개를 저었다.

"64달러 47센트."

"그 정도면 돼?"

"글쎄, 너희들이 보고 싶을 거야. 편지 자주 해."

"약속할게."

동생들이 동시에 말했다.

엄마와 새아빠가 방으로 돌아왔다.

"가야겠다."

새아빠가 말했다.

새아빠가 공항의 출발 연석에 차를 세웠다. 우리는 차에서 내렸다. 엄마가 울음을 터뜨리자, 그 모습을 지켜보던 쌍둥이들도 덩달아 울었다.

나는 엄마와 동생들을 한꺼번에 껴안았다. 그리고 새아빠를 흘긋 쳐다보았다. 새아빠는 여느 때처럼 거북한 표정으로 멀찌감치 떨어져 있었다. 나는 새아빠도 보고 싶어질 거라는 걸 깨달았다. 천천히 포옹을 풀고 새아빠한테 걸어갔다.

"소란을 피워 죄송해요."

새아빠는 내 어깨에 손을 얹은 뒤 웃음을 지었다.

"네가 없으면 심심할 거야. 몸조심해. 필요할 때 언제라도 신용카드 쓰고."

새아빠는 엄마와 여동생들을 바라보았다. 나는 처음으로 새아빠의 눈가에 맺힌 눈물을 보았다.

"우리 모두 네가 보고 싶을 거야."

다람쥐

공항에 도착했을 때 아빠는 항공 카운터에 없었다. 우리가 탈 비행기는 세 시간 뒤에 이륙할 예정이었기 때문에 걱정은 하지 않았다.

화장실에 가서 가방을 열어 보니 엄마는 (내가 좋아하는 옷뿐만 아니라) 엄마가 좋아하는 옷들까지 가방에 채워 넣었다. 하지만 내가 쓰레기통에 쑤셔 넣은 신사복보다는 나았다. 신사복은 너무 작았다.

출발 시각까지 2시간 55분 남았다. 공항에서 사람을 기다리는 건 끔찍한 일이었다. 감옥에서 기다리는 것보다는 나았지만 말이다.

별로 맛있어 보이지 않는 핫도그를 김빠진 소다수와 함께 게걸스럽게 먹었다.

2시간 53분 남았다.

배낭의 내용물을 뒤지다 몰스킨 노트 두 권을 발견했다. 빈센트 선생님이 내 준 숙제를 시작해야겠다는 생각이 들었다. 노트 한 권만 채우면 된다. 하지만 무슨 이야기를 써야 할지 아무 생각도 떠오르지 않았다.

공항 상점에서 샤프펜슬을 샀다. 그런데 자리에 앉아 포장을 벗길 때 지우개가 의자 밑으로 달아났다. 지우개를 찾을 수가 없었다. 첫 번째 쪽에 '몰스킨 노트 1권'이라고 적은 뒤 샤프펜슬과 노트를 배낭에 집어넣었다.

맥이 빠졌다.

2시간 37분 남았다.

사람들이 오가는 걸 지켜보며 앉아 있다가 문득 내가 자유의 몸이라는 사실을 알게 되었다. 어떻게 하다 이 지경이 되었는지 생각했다. 고층 빌딩을 등반하고 체포되어 재판을 받았던 걸 말하는 게 아니다. 더 거슬러 올라갔다. 내가 태어나기 이전의 시간으로.

엄마는 요세미티 국립공원 엘 캐피탄 그늘의 2인용 텐트에서 나를 임신했다.

엄마는 그때 임신했을 거라고 추측했다.

엄마 아빠는 그때 스물네 살이었다. 엄마 아빠는 텐트에서 그 일이 있기 전날 32시간 43분이란 기록으로 아이언 호크 루트를 따라 엘 캐피탄의 정상에 올랐다. 엄마 아빠가 그해 깨뜨린 기록은 그뿐이 아니었다. 테리 마르첼로와 조슈아 우드의 등반대가 홀루시노젠 월, 바디 왁스, 플링거스 클링과 그 외의 많은 등반 기록들을 갈아 치웠다.

등산 잡지와 장비 회사들은 엄마 아빠한테 주목했고, 돈까지 지불했다. 엄마 아빠는 3년 동안 살았던 녹슬고 낡은 밴을 신형 사륜 구동 캠핑카로 바꾸었다. 가스 요금과 음식 값을 벌기 위해 임시로 일을 하지 않아도 되었다. 주말 등산객들한테 음식을 얻어먹지 않게 되었다. 와이오밍 주에 땅을 사고, 30미터 높이의 수직 암벽 앞에 통나무 집을 지었다. 컨디션 조절을 위해 등반하기에는 더할 나위 없이 좋은 암벽이었다. 엄마 아빠는 다람쥐처럼 늘 산을 올랐다.

나는 엄마 아빠의 당시 사진을 본 적이 있다. 아빠는 보디빌딩을 하는 사람처럼 보이면서도 체조 선수처럼 유연했다. 내가 가장 좋아하는 사진은 아빠가 무릎을 코에 대고 높은 레지(ledge, 발을 딛고 서 있을 수 있는 좁은 바위턱으로 확보나 횡단할 때 이용하는 지형물 : 옮긴이) 위에 서 있는 사진이었다.

엄마는 아빠보다 키가 30센티미터 정도 작았다. 엄마는 말랐는데, 드레드락(dreadlocks, 여러 가닥의 밧줄 모양으로 땋아 내린 머리 모양 : 옮긴이) 스타일의 머리가 강인해 보이는 어깨까지 내려왔다. 팔다리의 근육은 매듭을 진 밧줄 같았고, 복근은 과속방지턱처럼 생겼다. 총알도 엄마의 몸을 뚫지 못할 것 같았다.

하지만 그런 몸이라도 임신을 하지 않는 건 아니었다.

엄마는 엘 캐피탄에 다녀오고 두 달이 지났을 때 아빠한테 임신 사실을 알렸다. 아빠가 어떻게 반응했을지 모르겠지만 떨 듯이 기뻐했을 것 같지는 않다.

임신은 어려운 일이었다. 귀찮은 문제가 생겼다. 사람들은 엄마한테 유산을 하지 않으려면 침대에 누워 있으라고 했다. 엄마는 시키는 대로 했지만 아빠는 아니었다. 아빠는 늘 움직였다. 세미나에서 발표하고, 장비를 추천하고, 등반을 계속했다. 아빠는 킬리만자로, 맥킨리, 안나푸르나의 등반 기록을 갈아 치웠다. 아빠는 내가 태어난 밤에 안나푸르나를 등반하고 있었다.

아빠는 정상 등정을 마친 뒤 베이스캠프에서 위성 전화로 엄마한테 전화를 걸었다.

"아기 이름을 뭐라고 지을까?"

엄마가 물었다.

"피크."

아빠가 대답했다.

"피트?"

"아니. 피크. 피 이 에이 케이. '산봉우리' 할 때의 피크."

아빠는 내가 태어난 지 석 달이 지나서야 나와 눈을 마주쳤다. 그때는 엄마가 뒤뜰에서 사고를 당했을 때이기도 했다. 나는 부모님이 암벽 근처에 세워 둔 차의 아기용 의자에 단단히 고정된 채 앉아 있었다. (그때는 땅 속 구멍에서 튀어나오는 프레리도그들과 서로 빤히 쳐다보며 노느라 엄마 아빠 생각을 거의 하지 않았다.)

엄마 아빠는 자유 등반을 하느라 암벽을 10미터쯤 올라가 있었다. 엄마 아빠 같은 다람쥐들한테는 이런 암벽을 오르는 게 편평한 주차장을 걷는 것만큼 쉬운 일이었다. 엄마는 암벽을 올라가다 부서지기 쉬운 바위를 잡았다. 아빠가 부랴부랴 내려갔을 때 엄마는 아직 바위를 붙들고 있었다. 하지만 엄마는 5초 후에 바닥에 떨어지고 말았다.

엄마가 10미터 높이에서 떨어졌다. 엄마는 엉덩이가 부서지고 등뼈가 부러졌다.

아빠는 세미나, 등반, 그 밖의 일정을 모두 취소했다. 아빠는 엄마가 정형외과적인 조각 그림 맞추기를 하는 내내 엄마 곁을 지켰다. 엄마의 부러진 뼈를 다시 맞추는 데 거의 1년이나 걸렸다. 엄마는 휠체어와 목발 신세를 지더니 마침내 지팡이를 짚고 절뚝거리며 걸을 수 있게 되었다. 아빠는 다시 엄마 곁을 떠나 1년에 한두 번 나타나 하루나 이틀 정도씩 머물렀다.

엄마는 2년 동안 물리치료를 받고 나서야 지팡이 신세를 지지 않게 되었다. 하지만 그 후로 등산을 하는 일은 없었다.

아빠는 내가 다섯 살 때 처음으로 등산에 데리고 갔다. (아빠와 나는 비밀을 지키려고 했지만 제물 낚시 장비로는 엄마를 단 1분도 속이지 못했다.) 그 다음 2년 동안 아빠와 네 번 더 등산을 갔다. 하지만 아빠와 함께하지 않을 때 오두막집 뒤쪽 암벽을 수백 번이나 혼자 올라갔다. 엄마는 밧줄을 고정시켜 주며 격려했고, 고함을 지르며 등반 요령을 알려 주었다.

그런데 새아빠가 현관 계단에 나타났다. 새아빠는 양복을 빼입은 뉴욕 변호사였다. 엄마와 새아빠는 네브래스카에서 함께 자란 이웃사촌이었다. 새아빠는 여덟 살 때부터 엄마한테 푹 빠져 있었다. 엄마는 고등학교를 졸업한 뒤 암벽 등반을 하러 네브래스카를 떠났다. 새아빠는 법학을 공부하러 하버드 대학에 입학했다.

새아빠는 심한 눈보라가 치는 밤에 우리 집에 도착했다. 엄마와 나는 난로 앞에 앉아 책을 읽고 있었다. (당시에 우리 집에는 텔레비전이 없었다.) 그때 문을 두드리는 소리가 들렸다. (필사적으로 문을 두드렸다고 표현하는 게 더 정확할 것 같다.) 엄마와 나는 놀라서 책을 치웠다. 우리 집은 가장 가까운 마을에서 25킬로미터 떨어져 있었다. 사람들이 밤 10시에 찾아오는 일은 없었다. (아빠는 예외였다. 아빠는 도착할 거라고 미리 연락을 하지 않고 불쑥 문을 두드리곤 했다.)

엄마가 현관문을 열었다. 현관에는 새아빠가 서 있었다. 엄마는 처음에 새아빠를 알아보지 못했다. 얇은 재킷과 카키색 바지, 그리고 테니스 신발은 와이오밍 주의 겨울에 맞는 옷차림이 아니었다. 참으려고 애쓰는 것 같았지만 이가 딱딱 부딪혔다. 목소리도 떨렸다. 추워서 그런 것일 수도 있지만 내 생각에는 무서워서 그런 것 같았다. 새아빠는 10년 만에 엄마를 다시 만났다.

"안녕, 테리?"

"롤프?"

"응. 그, 그러니까…… 렌터카가 도로에서 2킬로미터 이상 뒤로 미끄러져서. 너한테 전화를 걸려고 했는데 전화번호부에 이름이 없더라고."

"여기서는 휴대폰을 써. 그게 간편하거든. 어쨌든 신경 쓰지 말고……."

엄마는 새아빠를 집안으로 들인 뒤 핫초코를 한 잔 타 주었다. 그리고 새아빠한테 아빠의 옷을 주었는데, 너무 컸다.

나는 잠자리에 들었기 때문에 첫째 날 밤에 무슨 일이 있었는지 모른다. 하지만 그 이후 몇 달 동안 새아빠는 정기적으로 우리 집에 놀러 왔다. 시간을 낼 수 있을 때마다 주말에 비행기를 타고 왔다. 새아빠는 엄마에게 웃음을 찾아 주었고, 나는 그래서 새아빠를 좋아했다. 하지만 그것만 아니면 새아빠와 나는 공통점이 없었다. 나는 황무지에 만들어 놓은 수수한 우리 가족의 삶에 끼어들려는 새아빠한테 화가 났던 것 같다.

새아빠는 엄마와 나를 뉴욕으로 데려갔다. 재미있는 곳이기는 했다. 하지만 대초원의 생활과 비교할 때 시끄럽고 혼잡했다. 2주일 동안의 뉴욕 방문 일정이 끝날 때쯤 엄마와 새아빠는 새아빠 집의 주방에 나를 앉혀 놓고 두 사람이 결혼할 거라고 말했다.

"좋아요."

나는 그렇게 말했지만 당시에는 두 사람이 결혼한다는 게 무슨 뜻인지 몰랐다.

나중에 알게 된 사실이지만 두 사람이 결혼하면서 우리는 와이오밍의 통나무 집을 팔고 뉴욕의 작은 집으로 이사를 해야만 했다. 또 아빠가 더 이상 우리 앞에 불쑥 모습을 나타낼 수 없게 되었다. 그리고 그린스트리트 학교로 전학을 가야 한다는 뜻이기도 했다. 게다가 암벽 등반을 하려면 가장 가까운 장소라도 YMCA에서 거리를 따라 15분 정도 더 걸어 내려가야 했다. 거기서 밧줄을 잡아 주는 남자가 허락한다면 아무런 보호 장비 없이 등반할 수 있었다. 그렇다고 해서 새아빠와의 관계가 부드러워진 건 아니었다.

쌍둥이 여동생들이 나를 구해 주었다. 동생들은 엄마를 졸라서 여섯 개의 등산 잡지를 정기 구독할 수 있게 해 주었다. 이 잡지들 가운데 한 잡지의 뒤표지를 보고 여름 등산 캠프가 있다는 걸 알게 되었다. 엄마한테 여름 등산 캠프에 가겠다고 졸랐다. 엄마는 몇 번이고 샐쭉해지다가 결국 나를 여름 등산 캠프에 보내기로 했다. 엄마가 마음을 굳힌 건 여름 등산 캠프를 운영하는 등산 강사와 엄마가 아는 사이였기 때문이다. 다람쥐였던 엄마는 아들의 안전을 걱정하는 평범한 엄마가 되었다.

그때 이후로 엄마는 내가 학교생활만 잘하면 여름 등산 캠프에 보내 주었다.

등산 캠프와 등산 캠프 사이의 시간이 문제였다. 나는 고층 빌딩을 눈여겨보았다. 고층 빌딩을 등반할 계획만 세우고 실제로 등반하지는 않겠다고 다짐했다. 좋았어.

암벽을 등반하려면 외부를 살피고, 발을 딛고 손으로 잡을 최상의 홀드를 고르고, 문제에 직면했을 때를 대비해 적절한 장비를 챙겨야 한다.

그런데 고층 빌딩을 등반하려면 외부 사정뿐만 아니라 내부 사정도 알아야 한다. (지난번 울워스 빌딩 등반 때 내부 사정을 제대로 살피지 않아 계획을 망쳤다.) 누군가 사무실 책상에서 일을 하거나 진공청소기로 바닥 청소를 하고 있을 때 유리창 바깥에 매달려 있어서는 안 된다.

탈출 계획도 세워야 한다. 내 탈출 계획은 간단했다. 나는 엘리베이터를 이용했다.

옥상에는 문이 있다. 빌딩을 오르기로 작정한 날 오후 늦게, 빌딩의 문이 아직 열려 있을 때 옥상으로 올라가 걸쇠에 강력한 닥트 테이프를 붙인다. 그리고 빌딩 꼭대기까지 등반을 마친 뒤에는 계단통으로 들어가 그날 밤을 보낸다. 아침에 출근하는 사람들이 몰려들 때 몇 층을 걸어 내려간 뒤 엘리베이터를 타고 로비 층의 버튼을 누른다. 그리고 아침 일찍 의사의 진료를 마치고 돌아가는 고객인 것처럼 빌딩을 태연하게 걸어 나온다. 마지막으로 엄마나 새아빠나 쌍둥이 여동생들이 내가 사라진 걸 눈치채기 전에 집으로 돌아가기만 하면 되었다.

방콕

1시간 43분.

아빠가 나타날 기미는 아직 보이지 않았다.

나는 2년 전에 새아빠, 엄마, 여동생들과 런던으로 여행을 떠난 적이 있다. 미국을 벗어난 건 그때가 처음이었는데, 국제 항공편을 이용할 때는 탑승 수속을 일찍 밟아야 한다는 걸 알게 되었다.

아빠는 어디 있는 걸까? 아빠는 무슨 볼일이 있는 걸까? 아빠가 오지 않으면 어떻게 하지? (기다리면서 머릿속에는 따분한 질문들이 줄을 이었다.)

아빠와 탈 비행기가 늦게 도착하기를 바라며 항공 정보 안내 모니터로 걸어갔다. 모니터에는 '정시 도착'이라고 되어 있었다.

모니터 위에 일반 텔레비전이 있었다. 텔레비전을 흘긋 쳐다보다가 앵커가 말을 하기 전에 고개를 돌리려고 했다.

"뉴욕 주는 지난주 초에 울워스 빌딩에 올랐던 소년 피크

마르첼로와 유죄 합의에 도달했습니다. 마르첼로 군은 집행 유예 3년에 무려 15만 달러의 벌금형에 처해졌습니다. 이번 결정은 뉴욕 주 역사상 무단 침입자에게 내려진 가장 가혹한 형벌입니다."

카메라는 검은 리무진 뒷좌석에 오르는 시장의 모습을 잡았다. 시장이 기자한테 고개를 돌리며 말했다.

"뉴욕 시의 고층 빌딩을 등반하는 일은 사라져야 해요. 어떠한 경우에도 이런 불법 행위는 근절되어야 합니다."

기자가 말했다.

"피크 마르첼로와 그 가족의 의견은 들을 수 없었습니다. 그리고 피크 마르첼로는 뉴욕 주를 떠나 비밀에 붙여진 장소로 향한 것으로 보입니다."

'아직 아닌데.'

혼자 생각하면서 고개를 돌렸다. 다행히 텔레비전에 내 사진이 나오지는 않았다.

"피크야!"

마침내 도착했다. 아빠는 장비를 산더미처럼 쌓아 놓은 커다란 카트를 밀고 있었다. 나는 빠른 걸음으로 걸어갔다.

"좀 도와줘."

나는 아빠를 도와 카트를 카운터까지 밀고 갔다.

"이게 다 뭐예요?"

"나는 뉴욕에 자주 못 와. 한번 올 때 보급품을 챙겨 가야 돼. 네 여권 줘."

아빠는 내 여권과 닳아빠진 아빠의 여권을 카운터에 내밀었다. 아빠의 여권은 두세 번쯤 옷과 함께 세탁기에 넣고 빨아 버린 것 같았다.

"우드 씨, 좀 더 빨리 왔어야죠."

안내원이 말했다.

"알아요. 가족이 위급해서 그랬어요."

안내원이 카트를 가리켰다.

"수하물 중량 초과입니다."

아빠가 호주머니에서 신용카드를 꺼냈다.

"이걸로 계산해 주세요."

탑승 수속을 모두 마쳤을 때는 비행기에 타야 할 시간이 몇 분밖에 안 남았다. 아빠와 나는 탑승구를 마지막으로 지나갔다.

"같이 앉지는 못해."

아빠가 비행기에 오르며 말했다.

"하지만 우리 둘 다 비즈니스 좌석에 앉을 거야."

아빠는 내 자리를 가리킨 뒤 아빠 자리에 앉았다. 아빠 자리는 내 자리보다 세 줄 뒤였다. 그리고 그 이후로 열세 시간 동안 비행하면서 아빠하고 한마디도 하지 못했다.

아빠와 나는 비행기를 갈아타기 위해 도쿄 인근의 나리타 공항에서 세 시간 동안 기다렸다. 하지만 그곳에서도 아빠한테 말을 건넬 기회를 잡지 못했다. 아빠는 시간이 날 때마다 휴대전화를 붙들고 중국어처럼 들리지만 태국어나 네팔어일 수도 있는 말로 전화 통화를 했다. 아빠는 방콕행 비행기에 타면서도 쉬지 않고 휴대전화로 통화를 했다. 나는 방콕행 비행기에서도 아빠와 떨어져 앉게 되어 실망했다.

다시 여섯 시간이 흘렀다.

방콕에 내려 통관 수속을 하러 가는 길에 아빠가 전화 통화를 하지 않는 순간을 포착했다.

"아빠, 죄송해요. 전부 다요. 아빠를 미국까지 오게 하고. 돈을 쓰고. 저 때문에 싫은 일도 하고."

"그만."

아빠는 산을 타느라 못이 박힌 손을 들어 올렸다.

"먼저 나를 아빠라고 부르지 않아도 돼. 아빠 자격이 없으니까. 당분간 나를 큰형처럼 대해. 내 친구들이 그러는 것처럼 조쉬라고 불러. 돈 걱정은 하지 마. 새아빠와 엄마가 큰돈을 내놨어. 내 몫은 챙겨 돌아갈 거니까. 마지막으로 나는 하기 싫은 일을 너 때문에 하지 않아. 너하고 있게 돼서 기뻐. 내가 뭘 좀 처리하느라고 너한테 제대로 이야기할 시간이 없었어."

"뭘요?"

"비밀이야. 하지만 걱정 안 해도 돼."

아빠는 통관 수속을 하러 갔다가 작은 문제에 직면했다.

내가 태국에 들어갈 수 있는 비자가 없었던 것이다. 아빠, 아니 조쉬는 내 여권을 들고 세관원 두 명과 함께 사무실로 들어갔다가 10분 후에 다시 나왔다.

"혐의가 풀렸어."

아빠는 짐 찾는 곳을 지나쳐 서둘러 공항을 빠져나가 터미널 쪽으로 걸어갔다.

"장비는요?"

"걱정 마. 내일 찾을 거야."

아빠와 나는 공항 밖으로 나와 택시 뒷좌석에 올라탔다.

"치앙마이로 안 가요?"

"아직 아냐. 나중에 갈 거야."

한밤중이었지만 방콕은 완전히 깨어 있었다. 택시 운전사는 20분 동안 자전거, 오토바이, 차를 피해 미친 듯이 달리더니 호텔 앞에 멈춰 섰다.

아빠가 택시비를 낸 뒤 로비로 들어갔다. 호텔 안내인이 밝게 웃으며 우리를 맞이했다.

"우드 씨, 방을 준비해 놨습니다."

안내인은 아빠와 나한테 각각 열쇠를 건넸다.

"좋아."

아빠가 엘리베이터에 오르며 말했다.

"내일 볼 일이 더 있어. 내일 아침에 운전사한테 로비에서 기다리라고 할게. 9시야. 운전사가 신체검사를 할 진료소로 데려다 줄 거야."

"신체검사요?"

"응…… 그러니까…… 일종의 입국 절차야. 네 얼굴하고 귀도 검사해 줄 거야."

아빠가 내 손을 잡더니 부상 입은 손가락들을 살펴보았다.

"손가락도 고쳐야 돼. 어쨌든 내가 진료소에 들러 네 검사가 끝나는 대로 호텔로 데리고 올 거야. 내가 늦더라도 그냥 진료소에서 기다려. 잠을 자 둬. 피곤해서 신체검사 불합격 판정을 받으면 안 되잖아."

눈을 떴을 때 무슨 요일인지 알 수 없었다. 태국에 오면서 하루가 빨라졌는지, 아니면 늦어졌는지 기억나지 않았다. 아침을 먹고 산책을 하고, 호텔로 돌아와 운전사를 기다렸다.

아빠가 말한 진료소는 대형 병원이었다. 운전사와 함께 우 선생님의 진찰실을 찾는 데 시간이 조금 걸렸다. 우 선생님은 나를 기다리고 있었다. 나중에 알고 보니 그날 우 선생님의 환자는 나뿐이었다.

전에도 신체검사를 받아 본 적이 있지만, 이날 받은 신체검사는 조금 달랐다. 우 선생님과 간호사는 영어를 할 줄 몰라 그 많은 검사를 하는 내내 손짓 발짓을 했다. 엑스레이를 찍고 시티 촬영을 하고, 주삿바늘을 찔러 댔다. 몸에 전깃줄을 붙이고 입에 튜브를 쑤셔 넣은 뒤 트레드밀(treadmill, 회전

식 벨트 위를 달리는 운동 기구 : 옮긴이)과 고정식 자전거를 타야만 했다. 내가 태국 말을 할 줄 안다고 해도 의사와 간호사가 무슨 검사를 하고 있는 건지 물어볼 수 없었을 것이다. 그날 검사를 하면서 피를 1리터는 뽑은 것 같았다. 눈과 귀와 입뿐만 아니라 생각하기도 싫은 구멍들까지 검사했다. 우 선생님은 내 귀에서 상처를 꿰맬 때 썼던 실을 뽑았다. 다른 의사가 진찰실로 들어오더니 내 발, 무릎, 어깨, 엉덩이, 팔꿈치, 손목, 손가락을 차례로 살폈다. 그 의사는 손가락에 연고를 바른 뒤 붕대를 감았다. 그러고 나서 내가 혼자 치료하는 방법을 알려 주었는데 알아들을 수가 없었다. 검사는 오후 늦게 끝났다. 나는 너무 피곤해서 병원에 입원하고 싶을 정도였다.

간호사가 대기실로 데려다 주었다. 의자가 불편했는데도 졸음이 쏟아졌다. 아빠는 어두워지고 나서야 나를 깨웠다. 아빠는 일찍 와서 우 선생님과 이야기를 나눈 것 같았다. 아빠는 우 선생님이 작성한 걸로 보이는 두꺼운 서류철을 가지고 있었다.

"살 수 있대요?"

내가 비틀거리면서 말했다.

"걱정하지 마. 나하고 엄마의 유전자를 물려받았으니 건강한 게 당연하지. 가자. 비행기를 타야 돼."

휴식을 취할 수 있는 치앙마이에 빨리 가고 싶었다.

아빠가 미국에서부터 들고 온 장비가 공항 바깥에서 아빠를 기다리고 있었다. 체격이 스모 선수만 한 포터가 아빠의 장비를 지키고 있었다. 아빠는 포터에게 돈을 주고 카트를 카운터로 끌고 갔다.

"카트만두행 항공편을 예약해 뒀어."

내가 잘못 들었나?

"카트만두라고요?"

"그래."

"치앙마이로 가는 게 아니고요?"

"갈 거야. 하지만 카트만두에 들렀다 갈 거야."

아빠가 장비를 컨베이어벨트에 실으며 말했다.

아빠는 카트만두에 있는 사람한테 주려고 장비를 산 게 틀림없었다.

"정확히 말하면 한 군데 더 들러야 해."

"두 번째는 어디인데요?"

"에베레스트 산."

나는 아빠를 빤히 쳐다보았다. 산악인이 에베레스트 산에 들렀다 갈 거라고 하는 말은 잠깐 들러 하느님을 만날 거라고 하는 것과 똑같은 말이었다.

아빠가 나를 보고 싱긋 웃었다.

"모든 걸 준비하기 전까지 이야기할 수 없었어. 신체검사와 중국 비자가 마지막 걸림돌이었지."

"카트만두는 네팔에 있어요."

"맞아. 하지만 네팔 쪽 남면으로는 등반하지 않을 거야. 티베트 쪽 북면으로 올라갈 거야. 네팔 쪽으로 올라가는 허가를 받으려면 열여섯 살이 되어야 해. 하지만 중국은 까다롭지 않아. 입장료만 내면 네가 몇 살인지 신경 쓰지 않을 거야. 그리고 스물다섯 명의 고객이 나를 기다리고 있거든."

"제가 에베레스트 산에 올라간다고요?"

나는 그 어느 때보다 긴장하며 물었다.

"네가 정상에 오르게 될지 아닐지는 나도 몰라. 하지만 열다섯 번째 생일 이전에 정상 정복에 성공하면 8,840미터 이상 오른 최연소 산악인이 되는 거야."

아빠는 티켓을 꺼내 들고 탑승구로 들어갔다.

나는 멍한 표정으로 아빠를 따라갔다. 아빠는 내가 에베레스트 산에 오르고 싶어 하는지 물어볼 필요도 없었다. 세상의 모든 산악인이 에베레스트 산을 정복하고 싶어 한다. 적어도 도전은 해 보고 싶어 한다.

아빠는 비행기 안에서 손짓으로 나를 불러 창 쪽 좌석에 앉힌 뒤 옆 좌석에 앉았다. 비행기가 탑승구에서 물러났다.

"엄마도 제가 에베레스트 산에 도전하는 걸 알고 있어요?"

"음…… 아니. 하지만 전화로 말할 거야. 걱정 마."

서 밋 호 텔

아빠는 티베트에서 에베레스트 산의 북면에 있는 베이스 캠프로 가는 길에 내가 뉴욕에서 체포되었다는 소식을 들었다. 당시에 아빠는 고객 스물다섯 명, 셰르파 열다섯 명, 포터 쉰 명과 야크들과 함께 있었다.

고객 중 열두 명은 정상 정복을 시도하고, 나머지 열세 명은 북쪽 루트를 따라 자리 잡고 있는 캠프들 네 곳 가운데 한 곳까지만 올라갈 예정이었다. 더 높이 올라갈수록 비용도 더 올라갔다.

"나는 카트만두로 돌아가는 트럭을 잡아탔고, 나머지 일행은 베이스캠프로 보냈지. 그래서 서두른 거야. 기껏 고도순화(acclimatization, 고산병을 예방하기 위한 하나의 방법. 인체가 갑작스런 환경 변화에 적응하지 못하기 때문에, 낮은 곳에서 높은 곳으로 차례로 고도를 높이며 환경에 적응할 수 있도록 한다 : 옮긴이)가 된 몸을 원 상태로 만들고 싶지 않았어. 고객들한테 빨리 돌아와야 했고. 고객들은 산으로 올라가는 길에 내버려지는 것을 달가워하지 않거든."

"보석금을 내 줘서 정말로 고마워요."

"신경 쓰지 마."

아빠는 의자를 뒤로 젖히고, 모자를 눈 위까지 잡아당겼다. 아빠는 1분도 지나지 않아 깊이 잠들었다.

'아빠가 왜 그랬을까?'

시차로 인한 피로에 시달리면서도 계속 그 질문이 떠돌았다. 조쉬는 아빠다. 하지만 그건 법률적인 것이지 실제적인 건 아니었다.

지난 몇 년 동안 아빠한테 열 통도 넘게 편지를 썼지만 아빠한테서 엽서 한 장 받아 본 적이 없었다. 엄마는 아빠가 편지 쓰는 걸 좋아하지 않는다고 했다. 또 아빠가 사는 곳에는 우체국이 별로 없어서, 내 편지가 도착하지 않을 수도 있다고 했다.

어쨌든 이렇게 오랜 시간이 지난 뒤에 아빠가 모습을 드러낸 이유는 뭘까? 죄책감? 그건 아닌 것 같았다. 죄책감 같은 건 아빠한테 어울리지 않았다. 엄마는 아빠가 늘 아기처럼 잘 자는데, 그건 아빠를 깨어 있게 할 만한 의식이 없기 때문이라고 말한 적이 있다. 아빠는 엄마 말이 맞다는 걸 몸소 보여 주고 있었다. 비행기가 카트만두를 향해 날아오르자 아빠가 나지막하게 코를 골았다.

카트만두. 그 이름을 들으면 신비, 모험, 가능성이 떠오르지만, 현실은 조금 달랐다. 도시는 시끄럽고 더럽고 오염되었다. 공항 밖으로 나오자 눈이 따갑고 숨이 막혔다.

"익숙해지려면 시간이 걸릴 거야."

우리가 탄 택시가 길게 줄지어 선 차들 사이로 끼어들 때 아빠가 말했다.

"너는 서밋 호텔에 머물게 될 거야."

"저만요?"

"이틀 정도만 머무는 거야. 나는 고객들이 반란을 일으키기 전에 베이스캠프로 돌아가야만 해. 네가 고도순화를 하는 동안 너와 함께 지낼 시간이 없어. 그리고 고도순화는 천천히 진행해야 돼. 절차는 너도 알잖아."

물론 절차는 알고 있었다. 8,000미터 높이의 봉우리를 정복하는 것에 관해 책을 열 권도 넘게 읽었다. 그중에는 아빠가 쓴 책도 세 권이나 있다. 세상에는 이 정도 높이의 봉우리가 열네 개 있다.

높이가 거의 8,850미터인 에베레스트 산 정상을 정복하는 데는 최소한 두 달이 걸린다. 등반 시간이 오래 걸리는 이유는 그 높이 때문이다.

등반 시간 중 대부분은 루트를 따라 자리 잡은 여섯 개의 캠프에 앉아 희박한 공기에 몸을 적응시키며 보내게 된다. 너무 빨리 올라가면 고산병이나 고소폐수종에 걸릴 수 있다.

고소폐수종에 걸리면 폐에 물이 차서 숨을 쉬지 못하고, 혼수상태에 빠져 마침내 죽게 된다.

고소폐수종을 치료하는 유일한 방법은 산소가 더 많은 낮은 고도로 이동하는 것이다. 신체 상태는 상관없다. 몸이 적응할 수 있는 것보다 빨리 올라가면 고소폐수종에 걸리고, 영원히 등산을 할 수 없는 지경에 이를 수 있다. 에베레스트 산이나 다른 8,000미터 높이의 정상에 오르는 유일한 방법은 몸이 정상 정복에 도전할 준비가 될 때까지 높이 올라갔다가 낮은 곳에서 잠을 자는 것이다. 즉, 폐와 다리의 보조를 맞춰야 한다. 폐가 감당할 수 있는 것보다 빨리 올라가는 건 정말 위험하다.

에베레스트 산 등정의 또 다른 문제는 정상 정복에 적합한 날씨인 날이 그리 많지 않다는 것이다. 보통 2주일 이하이고, 딱 이틀밖에 안 되는 해도 있다. 장소, 시간, 신체 상태가 모두 완벽해야 정상에 오를 수 있다.

아빠는 평생 고지에서 훈련하고 등반을 했기 때문에 5,500미터에 자리 잡은 베이스캠프까지 뛰다시피 해서 올라갈 수 있다. 어쩌면 아빠는 내가 그 높이까지 가는 시간의 절반밖에 안 걸릴 것이다. 아빠는 나만 없으면 베이스캠프까지 나흘이나 닷새 만에 도착할 수 있을 것이다. 내 폐가 아빠의 폐를 따라잡을 때까지 기다려야 한다면 베이스캠프까지 열흘에서 2주일 정도 걸릴 것이다.

아빠는 나 혼자 티베트에 갈 수 있는 방법을 설명해 주지 않았다. 택시가 서밋 호텔의 안마당에 서는 바람에 이야기할 틈도 없었다. 호텔 안마당에서 네팔 사람들이 싱글거리며 아빠와 나를 둘러쌌다.

"호텔 직원."

아빠가 말했다.

네팔 사람들은 아빠가 오는 걸 알고 있었던 게 틀림없었다. 그들은 아빠가 온 걸 무척 기뻐했다. 아빠는 택시에서 내린 뒤 나를 그들한테 소개했다. 나는 네팔 말을 몰라서 아빠가 나를 아들이라고 소개하는지, 아니면 동생이라고 소개하는지 알 수 없었다. 하지만 그들의 표정을 보니 나를 만나서 반가워하는 것 같았다.

네팔 사람들이 택시에서 장비를 내렸다. 아빠와 나는 그들을 따라 로비로 들어갔다. 그곳에서도 커다란 혼란이 벌어졌는데, 이번에는 고객들 때문이었다. 등산객과 트레커(trekker, 가벼운 배낭을 메고 산과 들을 걸으며 자연을 감상하는 여행객 : 옮긴이)들이 남녀노소를 가리지 않고 아빠 주위로 몰려들었다. 농담이 아니라 아빠는 록 스타라도 된 것 같았다. 아빠는 호텔 관리인이 공손하면서도 단호하게 사람들을 해산시킬 때까지 사인을 하고 질문에 대답을 해 주었다.

"제발, 제발요…… 우드 씨는 장시간 여행을 한 뒤라 쉬셔야 합니다."

하지만 아빠는 쉴 생각이 없어 보였다. 아빠는 방에 들어가자마자 장비들을 꼼꼼하게 살펴보고 원하는 걸 배낭에 집어넣었다.

"지금 떠나려고요?"

나는 투덜거리지 않으려고 애쓰면서 물었다.

"가야 돼."

아빠가 배낭에 마지막으로 챙겨 넣은 건 에너지 바(energy bar, 귀리, 콩, 콘시럽 따위를 범벅한 사탕. 강장 캔디라고도 함 : 옮긴이) 한 박스였다.

'나는 어쩌고요?' 하고 묻지는 않았다. 이 말을 하면 비참한 생각이 들 것 같았기 때문이다. 나는 입을 다문 채 아빠를 빤히 쳐다보았다.

"조파 영감님이 베이스캠프까지 데려다 줄 거야. 내가 너를 맡길 수 있는 유일한 사람이야. 너에 관해 모든 걸 알고 있는 사람이거든."

"그게 누구예요? 그분이 저를 어떻게 알아요?"

아빠가 침대 모서리에 걸터앉았다.

"조파 영감님은 사다(Sirdar, 셰르파는 대개 몇 명씩 팀으로 움직이는데, 그 가운데 가장 우수한 자를 사다라고 한다. 사다는 포터 선발, 교육, 산중 작업 조율을 맡는다 : 옮긴이)였어. 그게 뭔지 아니?"

"셰르파의 우두머리잖아요."

셰르파는 히말라야 산맥에 사는 사람들이다. 셰르파와 그들의 등반 기술이 없다면 에베레스트 산 정상에 오를 수 있는 사람은 없을 것이다.

"맞아. 영감님은 네가 태어났을 때 나와 함께 안나푸르나 정상에 올랐거든. 테리가 전화를 해서 네가 태어났다는 소식을 전할 때 옆에 있었어. 그때부터 나를 볼 때마다 네 소식을 묻더구나. 아빠가 아들을 모른 척하면 안 된다며 성가시게 굴기도 했고."

아빠는 그분의 말을 듣지 않은 게 틀림없었다.

"영감님은 몇 년 전에 등반을 그만두었어. 지금은 스님이 되어 인드라야니 절에서 지내고 있어. 그 절의 라마승은 조파 영감님이 너를 데리고 베이스캠프로 가는 몇 주 동안 스님으로서의 맹세를 저버리는 걸 허락해 줬어."

"맹세를 저버리다니요?"

"그렇게 거창한 건 아니야. 자세한 건 나도 몰라. 어쨌든 너를 베이스캠프로 데려가는 걸 상서로운 것으로 생각했다는 거야. 정당한 일이라는 거지. 그 절에 시주를 한 게 헛된 짓은 아니었던 셈이야. 절은 돈이 부족한 편이거든."

"그분도 허락했어요?"

"물론이지. 영감님은 너한테 관심이 많다니까. 그리고 자기 입으로는 말하지 않았지만 슬슬 스님 생활을 지루해하는 것 같아."

"조파 할아버지는 어떤 사람이에요?"

"빈틈이 없는 사람이지. 어떤 일을 하겠다고 동의했으면 그 일을 하고 말지. 하지만 네가 생각하는 그런 이유 때문은 아니야. 그리고 자기가 왜 그 일을 하는지 이야기하지 않아. 알겠어?"

아빠가 폴라와 패트리스처럼 소리를 냈다.

"설명하기 힘들어. 조파 영감님의 진짜 동기가 무엇인지는 알 수 없을 거야. 너를 베이스캠프까지 데려다 달라고 부탁했더니 그러겠다고 했지. 하지만 내가 부탁을 했기 때문도 아니고, 절에 시주를 했기 때문도 아니야. 분명 다른 이유가 있을 거야. 내 부탁을 들어주기로 한 이유가 아마 여섯 가지는 넘을걸.

영감님은 은퇴하면서 슬퍼했어. 그건 말할 수 있어. 그 사람은 누구보다 에베레스트 산 정상에 많이 올랐어. 소문으로는 그래. 영감님은 정상에 몇 번이나 올랐는지 기억할 수 없다고 했지만 아마 정확하게 횟수를 기억하고 있을 거야. 영감님은 영어를 완벽하게 구사해. 말수는 적지만, 영감님이 말할 때는 주의 깊게 들어야 돼. 셰르파들도 그러거든. 셰르파들은 등반을 나서기 전에 절에 들러 조파 영감님한테 이야기를 해 달라고 해. 영감님이 등반을 하지 말라고 하면 셰르파들은 돈을 아무리 많이 준다고 해도 등반을 포기해."

"조파 할아버지하고 어떻게 연락해요?"

"하루 이틀 정도 있으면 여기로 올 거야. 그나저나 이 장비들 좀 살펴봐. 대부분 네 거야. 등반을 하려면 필요한 것들이거든. 크기가 맞을지 모르겠다. 너한테 잘 안 맞으면 조파 영감님한테 말해. 시내 가게에 가서 바꿔 올 거야."

아빠가 시계를 쳐다보았다.

"가야겠다."

그러고는 문으로 걸어가다 멈췄다.

"식당에서 먹는 건 뭐든지 방 번호를 대고 계산해. 돈 가진 거 있니?"

나는 고개를 저었다.

아빠는 지폐 다발을 꺼낸 뒤 몇 장을 세어 주었다.

"보기와 달리 큰 액수가 아냐. 7,000루피가 미국 돈으로 150달러밖에 안 돼."

나는 돈을 받아 서랍장에 집어넣었다.

"2주일 뒤에 다시 만나게 될 거야. 조파 영감님이 네가 준비되었다고 판단하면 더 빨라질 수도 있어. 그렇지. 마을을 떠나기 전에 네 엄마한테 전화를 해서 네가 잘 지내고 있다고 해야겠다."

아빠의 말은 엄마한테 전화를 해서 우리가 어디에 있고 무엇을 하려고 하는지에 대해 거짓말을 할 거라는 뜻으로 들렸다. 그런 말은 나보다 아빠가 하는 게 나았다.

"여행 잘 해."

아빠가 마지막 말을 남기고 방을 나섰다.

나는 문을 빤히 쳐다보며 몇 초 동안 서 있었다. 현기증이 났는데 고도 때문은 아니었다. 아빠의 활기찬 기운 때문에 어지러운 것 같았다.

가볍게 문 두드리는 소리가 들렸다. 너무 작아 들리지 않을 정도였다. 문을 열었다.

호텔 관리인이었다. 그는 가볍게 머리를 숙였다.

"침대를 정리하려고요."

관리인은 장비들이 그 자리에 없는 듯이 누비고 지나가더니, 이불을 펴고 베개를 부풀렸다. 그는 침대 정리를 마치고 창문을 바라보았다. 커튼이 드리워져 있었다.

"이러면 안 돼요. 해돋이를 못 봐요."

관리인이 화려한 동작으로 커튼을 젖혔다.

창문 너머로 오렌지색과 핑크색으로 물든 히말라야 산맥이 보였다. 히말라야 산맥은 내가 상상했던 것보다 훨씬 웅장했다.

유 품

  다음 날 아침, 식당에서 아침을 잔뜩 먹은 뒤 위층으로 올라와 장비를 살폈다.

  아빠가 그때까지 모른 척 지나쳤던 내 생일 선물과 크리스마스 선물을 이 장비들이 대신할 수는 없었다. 하지만 장비는 생일 선물과 크리스마스 선물을 거의 메워 주었다. 아빠가 산 것은 최신 장비들이었고, 대부분 등산 잡지에서 광고로만 봤던 것들이었다. 버너, 밧줄, 캠, 티타늄 피켈, 아이젠, 열 보호 장갑, 디지털 카메라, 산소 조절 장치와 안면 마스크, 텐트, 영하 기온용 침낭, 슬리핑 패드(sleeping pad, 바닥에서 올라오는 냉기를 차단하고 적당한 탄력을 제공하여 편안하게 잠을 잘 수 있게 한 장비 : 옮긴이), 고도계, 카라비너(karabiner, 암벽 등반에 사용하는 타원 또는 D자 형의 강철 고리 : 옮긴이), 배터리, 등강기(ascender, 고정 자일을 타고 올라갈 때, 짐을 올릴 때, 확보를 할 때, 구조 작업 등에 쓰인다 : 옮긴이), 피턴(piton, 암벽의 틈이나 빙설에 박는 철제 쐐기못 : 옮긴이), 하네스(harness, 다리와 허리에 차는 안전벨트 : 옮긴이), 등산 헬멧, 헤드램프들과 같이 죽음의 지대를 통과하기 위해 필요한 것들이었다.

등산복은 대부분 너무 작았는데, 등산화는 특히 더 작았다. 아빠는 엄마한테 내 치수를 물어보지 않은 것 같았다. 신체검사를 통과하기 전까지 에베레스트 산 등정에 참가할 수 있을지 알 수 없었으므로 나한테도 물어볼 수 없었을 거다. 내가 신체검사에서 떨어졌으면 아빠는 장비들을 어떻게 했을지 궁금해졌다.

하지만 그 생각도 잠시였다.

나는 장비에 푹 빠져 있었다. 비싼 최신 등산 장비를 구경하느라 정신이 없었기에 그런 건 아무래도 상관없었다.

고도계 사용 방법을 알아내는 데 두 시간이나 걸렸다. 텐트 치는 법을 익히는 데 또 한 시간이 걸렸다. 히말라야를 볼 수 있게 텐트 입구가 창문을 향하게 했다. 디지털 카메라로 사진 두 장을 찍었다. 그러고 나자 배가 고팠다. 나는 식당으로 내려가는 대신 새로 산 버너로 음식을 만들어 먹기로 했다. (얼빠진 소리로 들리겠지만 장비를 사용해 보고 싶은 유혹을 떨쳐 버릴 수가 없었다. 나는 일산화탄소에 중독되지 않으려고 창문을 열었다.)

냉동 건조 쇠고기 스트로가노프(Stroganoff, 사워크림 소스를 넣고 조린 고기 요리 : 옮긴이)가 익어 갈 때 방문을 두드리는 소리가 났다. 호텔 관리인이 다시 온 거려니 생각했다. 관리인들은 방에 들러 방 청소를 해도 되냐고 물었다. 하지만 나는 필요 없으니 내일 다시 오라고 말했다. 나는 텐트에서 빠져나와 (버너가 넘어져 호텔에 불이 나지 않도록) 조심스럽게 버너를 넘어갔다. 호텔 관리인이 가스나 음식 냄새를 맡지 못하기를 바라며 문을 열었다.

관리인이 아니었다. 나이는 나와 비슷해 보이지만 나보다 5~6센티미터 정도 작아 보이는 네팔 아이였다. 문틈으로 비죽 내민 내 머리를 보고 아이가 웃었다. 나는 하루 종일 장비를 걸쳐 보았는데, 난로의 열기와 창문으로 들어오는 햇볕 때문에 더워서 사각 팬티만 입고 있었다.

"피크 우드니?"

아이가 물었다.

"정확하게 말하면 피크 마르첼로야. 어쨌든 내가 피크 우드야."

"내 이름은 순조야. 조파 할아버지가 너를 데려 오라고 보냈어."

"아…… 그, 그래."

나는 등 뒤의 잔뜩 어질러 놓은 장비를 흘긋 보았다. 내가 외출 준비를 하는 동안 그 아이를 복도에 세워 놓고 싶지는 않았다. 장비를 정리하려면 시간이 좀 걸릴 것이다. 대단히 바보처럼 보이겠지만, 그렇더라도 무례를 저지르고 싶지는 않았다. 아이를 방으로 들여보냈다. 순조는 내 옷차림에 약간 놀란 듯했지만 웃음을 터뜨리지는 않았다. 나 같아도 내 방의 우스꽝스러운 야영지를 비틀거리면서 걸어가야 한다면 웃었을 것이다.

"우리 아…… 그, 그러니까 우드 씨가 새 장비를 사 줬는데, 내, 내가 시험하고 있었던 거야. 또 사, 사용법을……."

다음 말을 잊어버리고 말았다.

"점심을 준비하던 참인데, 배고프니?"

순조는 배가 고프다고 했다.

나는 옷을 입으면서 순조가 장비 점검하는 걸 보았다. 순조가 산악인이라는 걸 알 수 있었다. 산악인이 아니라면 등산 장비를 그렇게 애지중지하지 않을 것이기 때문이다. 순조는 장비가 황금보다 더 소중하다는 듯이 조심스럽게 들어 올렸다. 등산 장비는 암벽에서 떨어지거나 한없이 깊고 검은 크레바스에 추락하지 않도록 도와주는 물건이라는 사실을 생각하면 황금보다 소중했다.

나는 침대 위에 있던 장비들을 치운 뒤 순조한테 스트로가노프 한 사발과 디저트로 에너지 바를 주었다. 순조 아빠도 셰르파라고 했다. 불행하게도 순조 아빠는 등반객들을 구하려다 작년에 K2에서 죽었다고 했다. 등반객 가운데 단 한 사람만 살아남았다는 이야기도 덧붙였다.

측량 기사 T.G. 몽고메리가 1856년에 K2를 발견했다. 'K'

는 카라코람 산맥을 뜻한다. '2'는 몽고메리가 측량했을 때 두 번째로 높은 봉우리였다는 뜻이다. 8,610미터인 K2는 에베레스트 산보다 낮았지만 등반객들은 대부분 K2 정상 정복이 에베레스트 산보다 훨씬 어렵다고 입을 모았다.

나는 순조한테 아빠가 돌아가셔서 안됐다고 말했지만, 순조는 어깨를 으쓱하며 자기도 아빠를 잘 모른다고 말했다. 순조와 두 여동생은 주로 북부 인도에 있는 사립 기숙학교에서 생활했다.

"동생들과 나는 휴일에나 카트만두로 돌아오곤 했어. 그럴 때 아빠는 대개 산에 오르고 안 계셨거든."

순조의 여동생 이야기를 듣고 있자니 폴라와 패트리스 생각에 가슴이 저려 왔다. 하지만 순조가 무심코 스펙트라 밧줄을 세 겹 어부 매듭법을 이용해 육각형으로 묶는 걸 보자 여동생들 생각이 싹 달아났다.

"등산은 어디서 배웠니?"

"할아버지가 가르쳐 주셨어."

순조의 영어 실력은 나보다 좋았다. 순조는 영국 인도식 억양으로 말했다. 나는 브롱크스, 코디, 와이오밍 억양으로 말했다. 순조의 발음이 나보다 명료하고 품위가 있었다.

"지금 방학이야?"

"아니야. 아빠가 돌아가시는 바람에 우리 세 명이 모두 학교에 다닐 형편이 안 돼. 학비가 비싸거든. 동생들은 아직 학교에 있어. 나는 동생들 학비에 보태려고 일거리를 찾고 있어. 카트만두 여자들은 학교 교육을 받지 못하면 미래가 없거든. 나도 학교로 돌아가고 싶지만 지금은 형편이 안 돼. 나보다 동생들이 학교에 다니는 게 더 중요하니까."

순조는 내 또래로 보였다. 순조가 무슨 일을 해서 학비를 벌 수 있을지 궁금했다.

순조가 내 고도계를 쳐다보았다. 점심을 먹는 내내 순조가 가지고 놀던 거였다.

"서둘러야 돼. 조파 할아버지가 인드라야니 절에서 기다리고 계셔."

나는 버너를 끄고, 설거지 그릇을 세면대에 갖다 놓았다.

"이 호텔에 식당 있는 거 알고 있지? 거기서 먹어 본 적은 없는데 끝내 준다고 하더라."

"응. 오늘 아침에 거기서 먹었어. 꽤 괜찮았어. 내가 직접 요리를 했던 건…… 그러니까…… 새 장비를……."

순조는 빙그레 웃었다. 순조는 내가 무슨 말을 하고 싶어 하는지 잘 아는 것 같았다.

순조와 내가 절까지 타고 간 교통편은 내가 본 것 가운데 가장 지독한 오토바이였다. 크롬 도금을 한 몸체보다 은색 닥트 테이프가 더 많이 붙어 있었다.

순조가 여섯 번이나 발길질을 하고 나서야 시동이 걸렸다.

시동이 걸리자 오토바이가 회색 연기를 내뿜었는데, 새로 사귄 친구와 함께 오토바이가 폭발하며 확 타오르는 줄 알았다. 하지만 연기가 걷히면서 순조가 눈물을 흘리며 기침을 하는 게 보였다. 오토바이도 엔진 아래로 흥건히 괸 오일에 볼트가 빠져 있는 것만 빼고는 멀쩡해 보였다.

"이래 봬도 달리면 괜찮아져. 연기가 우리한테 오지는 않거든."

순조가 숨을 헐떡거리며 말했다.

나는 방으로 달려가 등산용 헬멧을 가져올까도 생각했지만 내가 돌아오기 전에 순조가 질식해서 죽을 것만 같았다. 순조 뒤에 올라타고 차들 사이를 비틀거리며 달렸다.

"루트비어(root beer, 나무뿌리, 껍질, 약초에서 짜낸 즙에 시럽을 타서 만드는 탄산음료 : 옮긴이) 두 잔이요! 달려!"

순조가 그렇게 외치는 것 같았다. 하지만 순조가 말한 건 루트비어가 아니라 오토바이에 푸트기어(foot gear, 발로 조작하는 변속기 : 옮긴이)가 고속과 저속의 두 가지 종류밖에 없다는 뜻인 것 같았다. 오토바이에서 내뿜는 배기가스가 뒤로 간다는 말은 맞았다. 하지만 문제는 우리가 다른 차들이 내뿜는 배기가스 사이를 뚫고 지나야 한다는 것이었다. 나는 20분 동안 따가운 눈을 꼭 감고 순조 등에 얼굴을 묻고 있었다. 그 바람에 카트만두의 풍경을 보지 못했다.

"다 왔어."

땀이 흥건한 손을 풀고 눈을 떴다.

"절에 들어가기 전에 신발 벗어야 돼."

나는 50켤레가 넘는 신발 옆에 내 신발을 벗어 놓았다.

"이런 걸 물어봐도 될지 모르겠는데……."

순조가 조심스레 입을 열었다.

"얼굴은 왜 그래?"

"빌딩에 얼어붙었어."

순조가 웃었다.

"설마……."

"등반 사고였어."

"그럴 줄 알았어."

순조를 따라 인드라야니 절로 들어갔다. 다른 세계로 들어서는 것만 같았다. 그곳 사람들은 소리를 지르기보다는 귓속말을 하는 것 같았다. 어슬렁거리며 돌아다니는 소도 없었다. (오토바이를 타고 오다가 소를 세 마리나 아슬아슬하게 비켜 왔다.) 또 자동차 경적 소리도, 타이어가 미끄러지는 소리도 없었다. 꽃향기와 향 냄새가 공기를 가득 채우고 있었다. 참배자들이 사당 앞에서 무릎을 꿇고, 회전 예배기(prayer wheel, 티베트 불교에서 진언(眞言)을 외우는 것과 동일한 효과를 발휘하는 기구. 아름답게 장식된 속이 빈 금속 원형 통에 손잡이 막대가 끼워져 있고, 필사된 신성한 진언이 그 속에 들어 있다 : 옮긴이)를 돌리고, 버터 램프(butter lamp, 티베트 불교 사원과 히말라야 절의 특징적인 모습이다. 이 램프는 전통적으로 정화를 마친 야크 버터를 썼지만, 요즘은 식물 오일도 사용한다. 버터 램프는 정신 집중과 명상에 도움을 준다 : 옮긴이)에 불을 붙였다. 내가 카트만두에서 만나게 될 거라고 기대했던 게 신비와 가능성이었다.

순조는 반안나무 그늘의 티크나무 의자로 나를 데리고 갔다. 순조와 나는 잠시 의자에 앉아 오렌지색 법복을 입은 스님들이 방문객들에게 나지막하게 이야기하고 축복하는 걸 지켜보았다.

내가 속삭였다.

"조파 할아버지가 누구야?"

"여긴 안 계셔."

"우리가 여기 온 걸 말해야 하는 거 아냐?"

순조가 고개를 저었다.

"때가 되면 나오실 거야."

다시 기다려야 했지만 상관없었다. 나는 끔찍한 오토바이를 타고 호텔로 돌아갈 때 어떤 자세를 취해야 할지 생각하며 시간을 보냈다.

순조가 말했다.

"저기 오셔."

나는 조파 할아버지가 연약하고 성스러운 노인일 거라고 생각했다. 성큼성큼 걸어오는 사람이 노인이기는 했지만 전혀 허약해 보이지 않았다. 오렌지색 법복 아래로 보이는 팔과 종아리 근육이 잘 발달해 있었다. 스님이라고 하면 영적인 모습을 가진 사람을 상상할 것이다. 영성을 가지고 있는지는 잘 모르지만 조파 할아버지는 육체적인 모습이 더 눈에 띄는 사람이었다. 조파 할아버지는 우리 앞까지 걸어와 합장을 한 뒤 고개 숙여 인사를 했다. 나는 순조가 하는 대로 의자에서 일어나 고개를 숙여 조파 할아버지한테 인사를 했다.

조파 할아버지는 나를 살피다 얼굴과 귀의 상처 딱지를 보고 눈살을 찌푸렸다.

"등반 사고를 당했대요."

순조가 대꾸하자 조파 할아버지는 붕대 감은 손가락을 가리켰다.

"손톱이 갈라졌는데 지금은 거의 아물었어요."

나는 안절부절못하며 대답했다.

"아빠를 쏙 빼닮았구나."

사실 나는 엄마를 더 닮았다. 하지만 조파 할아버지의 말에 반박하고 싶지 않았다.

"여기는 어떻게 왔니?"

"오토바이로요."

순조가 대답했다.

조파 할아버지가 넌더리 난다는 듯 고개를 저었다.

"돌아갈 때는 택시를 타거라."

조파 할아버지는 법복 주름 사이로 손을 집어넣어 루피 뭉치를 한 움큼 꺼냈다.

나는 스님들이 돈을 쳐다보지도 않는 줄 알았다.

조파 할아버지는 지폐 뭉치를 반쯤 갈라 순조한테 건넸다.

"제 오토바이는 어떻게 하죠?"

"운이 좋다면 누군가 훔쳐 가겠지. 호텔로 돌아가서 기다리거라."

조파 할아버지는 몸을 돌려 걸어갔다. 나는 택시를 타고 돌아갈 생각을 하니 마음이 놓였다. 하지만 먼 길을 무릅쓰고 인드라야니 절까지 온 이유를 알 수 없었다. 순조한테 물어봤지만 순조는 어깨를 으쓱하며 조파 할아버지는 자기 뜻대로 행동하기 때문에 이유는 알 수 없다고 말했다.

신기한 일이었다. 순조와 내가 호텔로 돌아왔을 때 조파 할아버지가 벌써 도착해 로비에서 우리를 기다리고 있었다. 처음에는 오렌지색 법복 대신 평상복을 입고 고급 선글라스를 낀 조파 할아버지를 알아보지 못했다. 조파 할아버지는 연예인처럼 보였다. 적어도 조파 할아버지를 둘러싼 트레킹하는 사람과 등산객들한테는 연예인 같은 존재였다. 절 밖에서 택시를 잡는 데 꼬박 10분이 걸렸다. 우리는 곧장 호텔로 향했고, 오토바이를 타고 절로 갈 때보다 차도 막히지 않았다. 하지만 조파 할아버지는 오후 내내 호텔에 있었던 것처럼 호텔 직원과 고객들과 잡담을 나누고 있었다.

나만큼 당황했을 거라고 생각하며 순조를 쳐다보았다. 하지만 순조는 놀라지 않은 것 같았다.

"조파 할아버지는 늘 저런 식이야."

"어떻게?"

순조는 다시 어깨를 으쓱할 뿐이었다. 나는 조파 할아버지에 관한 질문을 하면 사람들이 모두 순조와 같은 반응을 보인다는 걸 알았다.

"너도 익숙해질 거야."

그렇게 말하고 순조는 조파 할아버지에게 인사를 했다.

이쯤 되면 내가 왜 조파 할아버지한테 직접 물어보지 않는지 궁금해할 것이다. 나도 그러고 싶기는 하지만 물어도 대답해 주지 않을 것 같았다. 조파 할아버지가 논리적인 설명을 할 수도 있었다. 하지만 그건 마술사한테 어떻게 사람들의 눈을 속이는지 물어보는 것과 같은 일이었다. 아니면 태거(tagger, 공업용 스프레이 래커를 이용해 낙서 같은 문자나 그림을 그리는 사람 : 옮긴이)한테 어떻게 하룻밤에 열일곱 대의 화물차에 그림을 그릴 수 있냐고 물어보는 것과 같았다. 수수께끼투성이였다. 묻지 않는 게 더 나을 때도 있는 법이다.

조파 할아버지는 방으로 올라가 우리가 지켜보고 있는 동안 등산 장비들을 자세히 살펴보며 다시 분류했다. 조파 할아버지는 때로 동작을 멈추고 나더러 입어 보라고 한 뒤 "맞아." 혹은 "안 맞아."라고 말했다. 조파 할아버지가 일을 모두 마치자 장비는 세 더미로 나뉘었다.

조파 할아버지가 한 더미를 가리키며 말했다.

"이건 가지고 나가 크기가 맞는 걸로 바꿔 와야겠다."

등산화와 파란색 방한복, 그리고 그 외의 옷들이 다른 물건과 구분되어 있었다. 나는 등산화가 있는 더미를 가리키며 나한테 맞는 게 하나도 없다고 말했다.

"그건 다른 데 쓸 거다."

조파 할아버지가 그 장비들을 어디다 쓴다는 말인지 알 수 없었다. 하지만 굳이 물어보지 않았다. 나는 크기를 바꿀 거라던 더미를 가리켰다. 피턴, 캠, 밧줄, 그리고 다른 고가 장비들은 수백 달러 상당의 물건들이었다.

"이 장비는 신제품이에요."

"사가르마타(Sagarmatha, 네팔 인들이 에베레스트 산을 부르는 이름으로 '우주 만물의 어머니' 라는 뜻이다 : 옮긴이)에 올라가는 데 이 장비는 필요 없다."

네팔 사람들은 에베레스트 산을 이렇게 불렀다.

"우리 아빠가 산 거예요. 아빠한테 필요할지 몰라요."

이번에는 나도 물러서지 않았다.

"네 아빠가 나한테 네가 등산하는 데 필요한 장비를 모두 갖춰 달라고 부탁했단다. 가진 돈이 얼마나 되니?"

조파 할아버지한테 내가 가진 돈의 액수를 알려 주었다. 하지만 엄마가 준 신용카드에 대해서는 입을 다물었다. 에베레스트 산 등반을 위한 장비를 사느라 돈을 많이 썼다고 하면 엄마가 기뻐하지 않을 게 뻔했다.

"필요한 장비를 사기에는 부족한 액수로군. 다행히 이 장비들을 팔면 될 게다."

조파 할아버지가 말했다.

조파 할아버지는 교환을 할 거라고 쌓아 놓은 더미에서 장비들을 챙기기 시작했다.

"말대답하지 않는 게 좋을 거야."

순조가 귀에 대고 속삭였다. 순조와 나는 조파 할아버지를 도와 아래층으로 장비를 날랐다. 운전수가 탄 도요타 트럭이 기다리고 있었다.

장비를 교환하는 데 몇 시간이 걸렸다. 장비를 교환하며 카트만두 이곳저곳을 돌아다녔다. 조파 할아버지가 물건을 사고 싶어 하는 가게들은 대부분 어둡고 무서운 골목에 자리 잡고 있었다. 가게 주인들은 흥정을 시작하기 전까지는 조파 할아버지를 반갑게 맞이했다. 하지만 곧 조파 할아버지와 가게 주인은 격렬한 말다툼을 벌이고 나서야 흥정을 끝냈다.

가장 구하기 힘든 장비는 등산화였다. 마음에 드는 걸 찾아 신은 뒤 조파 할아버지한테 꼭 맞는다고 말했다. 하지만 조파 할아버지는 걸어 보라고 시키더니 고개를 저었다.

"안 맞아."

"무슨 말씀이세요? 잘 맞는단 말이에요."

나도 고집을 부렸다.

"너무 작아. 발가락이 부어올라 등산화에 꽉 낄 게다. 그러
다 발가락이 떨어져 나간 다음에는 잘 맞겠지."

조파 할아버지가 말했다.

결국 내 발에 잘 맞는 등산화를 골랐다. 등산화의 겉은 꽤
많이 닳아 있었다. 사실 우리가 산 장비들은 최고급이었다.

"죽은 사람들 장비는 아니겠죠?"

내가 무심코 내뱉은 말에 조파 할아버지는 깜짝 놀랐다.

"죽은 사람의 장비를 쓰면 불행이 찾아온단다. 죽은 사람
의 장비는 아니야. 등반을 하러 카트만두에 왔다가 등반을
그만두고 술집에서 술이나 마시겠다고 결심한 사람들의 장
비지."

내가 무서워 떨고 있는 것처럼 보였나 보다.

"나쁘게 생각하지 마라. 이 장비의 주인들은 모두 살아 있
단다."

조파 할아버지는 자기와 순조가 쓸 장비도 몇 가지 샀다.
조파 할아버지는 구입한 장비를 가지고 우리와 함께 베이스
캠프까지 올라갈 모양이었다. 순조는 나와 달리 조파 할아버
지의 의견에 조심스레 귀를 기울였고, 할아버지가 장비를 줄
때마다 고맙다고 인사를 했다.

호텔에 돌아왔을 때는 꽤 늦은 시간이었다. 우리는 방으로

올라가 짐을 싼 뒤 트럭에 실었다.

"내일 아침 6시에 티베트로 떠날 거다."

그 말을 남기고 조파 할아버지와 순조는 트럭에 몸을 싣고 떠났다.

티베트

다음 날 아침, 순조와 조파 할아버지, 운전사, 셰르파 두 명이 트럭 뒤쪽에 기대어 서서 차를 마시고 있었다. 헝클어진 머리카락과 구겨진 옷으로 봐서 트럭에서 잔 게 틀림없었다.

순조는 일행과 함께 트럭에서 잤다고 했다.

"하지만 두 시간밖에 못 잤어. 그때까지 밖에 나가서 보급품을 준비했거든."

순조는 농담을 하는 게 아니었다. 화물칸에는 앉을 자리가 없을 정도로 물건이 잔뜩 쌓여 있었다.

순조와 나는 요기와 야쉬라는 셰르파 두 명과 나란히 장비 사이에 끼어 앉았다. 카트만두의 푸른 안개가 점점 멀어져 갔다.

우리는 서두르지 않았다. 가는 길에 불교 사원과 수도원이 보일 때마다 들렀는데, 조파 할아버지가 음식과 물건을 받아

실었다. 트럭에는 이미 음식이 많이 쌓여 있었고, 조파 할아버지가 받은 음식 가운데는 산꼭대기까지 가져가기 힘들어 보이는 것들도 있었다. 왜 자꾸 음식을 받느냐고 물어보았지만 조파 할아버지는 어깨를 으쓱할 뿐이었다.

도시를 벗어나자 네팔은 내가 상상한 그대로였다. 아름다운 골짜기, 시골 마을, 소가 쟁기를 끌어 경작하는 밭 따위가 웅장하게 빛나는 히말라야 산맥을 배경으로 펼쳐졌다. 나는 맥킨리 산과 레이니어 산을 등반한 적이 있었다. 하지만 눈으로 뒤덮인 히말라야의 봉우리들에 비하면 그 산들은 난쟁이였다.

그날 밤, 우리는 작은 마을 외곽에서 멈췄다. 순조와 나는 천막 치는 걸 도우려고 했지만 조파 할아버지가 손을 흔들어 쫓아냈다.

"너희 둘은 올라가거라."

조파 할아버지가 400미터 정도 떨어져 있는 암벽을 가리켰다.

"추락하지 말고 어두워지기 전에 돌아와야 한다."

두말하면 잔소리다. 순조와 나는 암벽을 향해 출발했다. 등반이 어렵지는 않았다. 하지만 중간쯤 올라갔을 때 등반을 멈추고 휴식을 취하며 숨을 골라야 했다. 더 어려운 루트를 선택한 순조는 도마뱀처럼 암벽을 기어 올라갔다. 순조는 등반하면서 얼굴에 웃음까지 지었다. 나는 그런 순조의 모습을 보며 순조에 관해 몇 가지 사실을 알게 되었다. 순조는 나보다 폐활량이 훨씬 좋다는 것과 순조는 나의 경쟁 상대라는 것이다.

등반가들에게 왜 암벽타기를 좋아하는지 묻는다면, 암벽을 올라가는 것 자체가 좋아서라고 그럴듯한 대답을 할 것이다. 혼자 암벽을 올라가는 거라면 그 말이 사실일지도 모른다. 하지만 옆에 또 다른 등반가가 있다면 그때부터는 경주가 시작되는 법이다.

순조가 힘든 기색도 없이 나를 스쳐 지나가는 걸 보고 놀랐다. 나는 에베레스트 산에 도전할 아이였고, 순조는 베이스캠프까지만 올라갈 아이였다. 열흘 전에 100미터 높이의 고층 빌딩에 매달려 있던 일이 떠올랐다. 고층 빌딩을 올라가는 게 세상에서 가장 높은 봉우리를 올라가는 데 가장 훌륭한 훈련은 아닌 것 같았다. 정상을 정복할 거라면 숨을 몰아쉬면서 순조의 엉덩이가 꼭대기 너머로 사라지는 걸 지켜보고만 있어서는 안 되었다. 나는 마침내 꼭대기로 올라가 순조 옆으로 가서 앉았다.

"네가 더 어려운 길을 고른 것 같아."

순조가 그렇게 말했지만, 순조나 나나 그 말이 사실이 아니라는 걸 알고 있었다. 하지만 순조가 그렇게 이야기해 주는 게 고마웠다.

순조와 나는 경치를 바라보며 잠시 앉아 있었다. 어두워지기 전에 내려가기에는 이미 늦었다. 순조와 나는 이중 자일을 이용해 암벽을 내려가기로 했다. 순조는 나더러 먼저 내려가라고 했지만, 나는 고개를 저었다. 먼저 올라온 사람이 먼저 내려가야만 했다.

캠프로 돌아가 보니 저녁이 준비되어 있었다. 조파 할아버지는 등반에 대해서는 한마디도 묻지 않았다. 하지만 삼각대 위의 망원경이 암벽을 향해 있었다. 조파 할아버지는 모든 걸 지켜본 게 틀림없었다.

다음 날 아침, 조파 할아버지는 트럭에 짐을 너무 많이 실었다면서 순조와 내가 무거운 배낭을 메고 걸어가게 했다.

"조파 할아버지가 왜 저러시지? 트럭은 괜찮아 보이던데. 물건을 50킬로그램도 싣지 않았어."

순조는 트럭이 도로를 따라 달려가는 걸 지켜보다 불만을 터뜨렸다.

나는 어깨를 으쓱했다. 하지만 조파 할아버지의 대답을 알 것만 같았다. 무거운 배낭을 메고 걸어가는 것은 등반에 도움이 되는 일인데, 나 혼자 걸어가게 하고 싶지 않았던 게 분명했다.

나는 마음속으로 말했다.

'순조야, 미안해.'

걷는 건 힘들었지만 트럭 짐칸에서 엉덩방아를 찧으며 가는 것보다는 나았다. 또 순조와 내가 서로를 더 잘 알게 되는 기회이기도 했다.

순조 아빠는 순조가 셰르파가 되는 걸 원하지 않았다.

'내가 등반을 하는 이유는 네가 등반을 하지 않도록 하기 위해서야.'

순조 아빠는 순조한테 그렇게 말했다고 한다.

내가 물었다.

"엄마도 네가 베이스캠프로 가는 거 아니?"

"아니, 엄마는 몰라. 엄마가 알면 걱정하실 거야."

그날 늦게, 고층 빌딩 등반에 관해 순조한테 털어놓았다. 하지만 나는 그 말을 한 걸 금방 후회했다. 순조는 내 말이 사실이라는 걸 알고는 길에 멈춰 선 채 5분 이상 계속 웃음을 터뜨렸다. 나한테야 고층 빌딩을 등반하는 게 엉뚱한 짓이 아니지만 세상에서 가장 높은 산의 그늘에서 사는 사람한테는 아주 하찮은 일이 될 수도 있었다.

"네가 지금 사가르마타에 오르고 있다는 걸 엄마도 아셔?"

"아니. 엄마가 알면 아빠랑 나를 죽이려고 들 거야."

순조와 나는 그날 저녁에 트럭을 따라잡았다. 조파 할아버지는 순조와 나한테 저녁 먹기 전에 또 암벽을 오르는 게 어떻겠냐고 말을 꺼냈다. 하지만 순조와 나는 도저히 못하겠다고 대답했다.

조파 할아버지는 다음 날에도 순조와 나를 걷게 했다.

넷째 날에야 조파 할아버지는 순조와 나를 쉬게 해 주었다. 우리가 뒤처지지 않고 다 함께 티베트로 넘어가길 바랐기 때문일 것이다.

우리는 정오쯤에 '우정의 다리'에 도착했다. 티베트에서 네팔의 남쪽으로 건너가는 거라면 다리의 이름이 딱 들어맞았다. 하지만 네팔에서 티베트로 건너가는 길에서 화기애애한 분위기는 찾아볼 수 없었다.

국경의 중국 군인들은 퉁명스럽고, 의심이 많고, 무례했다. 군인들은 우리의 신분증을 한 시간 이상 살피고, 내가 이해하지 못할 질문들을 했다. 조파 할아버지가 차분하게 대답했지만, 우리는 불안했다. 특히 순조는 기온이 영상 2도였는데도 땀을 흘렸다.

"어디 안 좋아?"

내가 속삭였다.

"아냐. 중국 군인들 때문에 그래."

순조도 속삭였다.

군인들은 밀수품을 찾는다며 트럭을 분해하다시피 했다. 군인들은 아무것도 찾지 못했지만, 그 과정에서 우리 물건을 교묘하게 빼돌렸다. 군인들이 가져간 건 대부분 음식이었다. 하지만 아무도 돌려달라고 하지 않았다.

그저께 순조는 나와 같이 걸으면서 티베트와 중국에 관한 역사를 짤막하게 들려주었다. 아름다운 이야기는 아니었다.

중국 인민공화국이 50년 전에 티베트를 침략했다. 그 후 6,000여 개의 불교 사원과 사당이 파괴되었고, 수십만 명의 티베트 사람들이 죽거나 투옥되었다.

죄수들이 도로에 있는 커다란 돌을 깨뜨려 자갈로 만들던 모습이 떠올랐다. 우리는 '우정의 다리'를 건너고 한 시간이 지난 뒤 그곳을 지났다. 티베트 사람들한테 어떤 일이 벌어졌는지 잘 보여 주는 장면이었다.

"티베트에 사는 우리 동포들은 노예 신세였어."

조파 할아버지가 그날 밤에 말했다.

우리는 중국 군인들이 잿더미로 만들거나 부수지 못한 절에 일일이 들렀다. 스님들은 음식과 물건뿐만 아니라 조파 할아버지와 셰르파들의 잡담을 들으며 고마워했다. 절에 들러 보급품을 전달하고 잡담을 늘어놓는 건 조파 할아버지가 나를 베이스캠프로 데려가는 여섯 가지 이유 가운데 하나임이 틀림없었다.

순조와 나는 낮에는 걷고 저녁에는 등반 연습을 했다. 열흘 후 베이스캠프에 도착했을 때 나는 더 튼튼해진 느낌이 들었다. 그건 순조도 마찬가지였다.

피크 익스피어리언스

베이스캠프에 도착했을 때는 아빠가 다른 사람과 주먹다짐을 시작한 참이었다. 하지만 해발 5,500미터에서의 싸움은 싸움이라고 보기도 어려웠다.

아빠보다 나이가 많아 보이고 얼굴이 붉은 남자가 팔을 크게 휘두르자 아빠가 머리를 살짝 숙여 주먹을 피한 뒤 남자의 가슴을 밀쳤다. 남자는 눈 위에 엉덩방아를 찧었다. 그러고 나서 고함을 질러 대기는 했지만 싸움은 사실 끝났다.

"전액 환불해 줘! 당신하고 다른 사람들이 정상에 올라 명예를 얻는 동안 내가 베이스캠프에 죽치고 앉아 있을 거라고 생각한다면 톡톡히 대가를 치르게 될 거야."

남자가 말했다.

(남자는 아빠의 고객인 것 같았는데, 무척 불만스러워 보였다.)

옷을 몇 겹씩 껴입고 등산화에 아이젠까지 착용한 상태에서 차오르는 숨을 고르며 몸을 일으키는 건 쉽지 않은 일이다. 아빠는 손을 뻗어 눈 위에 앉아 있는 남자를 일으켜 세우려 했다. 하지만 남자는 아빠의 손을 뿌리쳤다.

"조지, 당신은 산에 올라갈 몸이 아니에요. 크리거 선생님이 하는 말 들었죠? 당신 심장이 안 좋아요. 계약서에 서명하기 전에 나한테 말했어야죠."

"내 심장은 끄떡없어. 그 마녀 같은 의사는 자기가 무슨 말을 지껄이고 있는지도 몰라."

그때 예쁘게 생긴 여자가 아빠 옆으로 걸어오며 말했다.

"조지, 당신은 심장 잡음(heart murmur, 심장 내 판막인 승모판의 역류로 인해 심장에서 나는 소리 : 옮긴이) 증세가 있어요."

여자의 말투에는 독일어 억양이 조금 묻어났다.

"내 생각엔 동맥이 막힌 것 같아요. 산을 내려가는 즉시 검사를 받아 보아야 해요."

"안 그래도 오늘 이 시시한 산을 내려갈 거야. 그리고 첫 번째 약속은 의사하고 하는 게 아니야. 맨 먼저 변호사를 만날 거야. 조쉬, 당신을 고소할 거야."

조지 아저씨가 숨을 헐떡거리며 말했다.

"당신 목숨을 살린 것 때문에 고소하고 싶다면 마음대로 하세요."

아빠는 그렇게 말한 뒤 몸을 돌려 걸었다. 아빠는 우리를 발견하고 멈춰 섰다.

"특별 등반 허가를 하나 받은 것 같군."

조파 할아버지가 말했다.

"정확히 말해서 두 건입니다. 이틀 전에는 후두에 이상이 생겨 마른기침을 심하게 하던 여자가 내려갔거든요. 그 여자도 저를 고소하겠다고 협박했으니 저한테 책임이 있는 거겠죠."

아빠가 나를 쳐다보았다. 기소인부절차에 참석하기 위해 잘랐던 수염이 다시 멋지게 자랐다.

"어땠니?"

아빠가 물었다.

"좋았어요."

아빠는 조파 할아버지를 바라보았다.

"얘가 정상에 오를 수 있겠습니까?"

조파 할아버지는 어깨를 으쓱했다.

아빠는 순조, 요기 아저씨, 야쉬 아저씨 곁에 서 있는 트럭을 흘긋 보았다.

"조지를 태울 만한 공간이 있을까요?"

조파 할아버지가 고개를 끄덕였다.

"저기 세 명이 기다리고 있으니 일거리가 있다면 데려다 쓰게."

조파 할아버지가 말했다.

"글쎄요. 베이스캠프에서 일손이 필요할 겁니다. 하지만 등반객이 두 명 빠졌기 때문에 셰르파는 더 이상 필요 없어요."

아빠의 말에서는 별로 의욕을 느낄 수 없었다.

아빠는 소형 트럭을 쳐다보다가 말했다.

"자리가 꽉 차겠는데요. 조지 부인도 데리고 내려가야 합
니다. 두 사람 장비도 실어야 하고요. 조지 부인은 텐트에 누
워 있는데 너무 아파 기력도 없지요. 카트만두에 도착하는
즉시 두 사람을 병원에 데리고 가야 합니다."

조파 할아버지가 말했다.

"자리는 충분할 거네. 나도 여기 남을 거니까. 2~3일은
넘게 있을 거야. 운전사한테 이야기하지. 조지 부부를 카트
만두까지 무사히 데려갈 걸세."

조파 할아버지가 트럭으로 걸음을 옮겼지만 멀리 가지는
못했다. 지프 한 대가 큰 소리를 내며 달려오다 타이어가 미
끄러지며 멈춰 섰다. 지프가 조파 할아버지의 앞길을 가로막
았다.

아빠는 욕을 한 뒤 말했다.

"셰크 대장이야. 침착해. 내가 말할게."

빳빳한 진초록색 군복을 입은 키 큰 중국인 장교가 지프에
서 내려 우리한테 걸어왔다.

장교는 얼굴을 찌푸리며 말했다.

"신분증!"

"안녕하십니까?"

아빠가 웃으며 인사를 건넸다.

"신분증을 보기 전까지는 아무도 못 가."

"물론이죠."

하지만 대장은 너무 굼떴다. 순조와 요기 아저씨와 야쉬 아저씨가 벌써 떠난 뒤였다. (휙!)

"장교님한테 네 비자와 여권 보여 드려."

나는 배낭을 뒤져 비자와 여권을 찾아 대장한테 건넸다.

셰크 대장이 사진과 내 얼굴을 번갈아 바라보며 비자와 여권을 꼼꼼히 살피고는 물었다.

"너도 등반하는 거니?"

그러자 아빠가 대답했다.

"얘는 내 아들입니다. 내 등반 허가에 올라 있지요."

"성이 다른데."

"엄마 성을 쓰고 있어요. 얘 엄마랑 나는 이혼했거든요."

(중국 군인들한테 설명하기에는 복잡한 일이었다.)

셰크 대장이 내 여권을 돌려주었다. 셰크 대장은 다음으로 조파 할아버지와 운전사의 신분증을 살폈다. 셰크 대장은 신분증 검사를 모두 마친 뒤 우리 얼굴을 차례로 쳐다보면서 말했다.

"당신들을 감시하고 있소."

셰크 대장은 지프에 타고 돌아갔다.

"대장은 농담을 한 게 아니야. 셰크 대장과 군인들이 우리를 줄곧 감시하고 있어."

아빠는 금방이라도 무너질 것 같은 건물이 서 있는 작은 언덕을 가리키며 말했다.

"군인들은 저기다 망원경을 설치해 놓고 있어. 야간 투시 장비를 갖추고 있다는 소문도 있어. 군인들은 무선 통신 내역을 점검하고, 위반 행위를 찾고 있어. 셰크 대장은 올해 벌써 등반대를 두 팀이나 쫓아 버렸어. 의심을 살 만한 행동을 해서는 안 돼."

"그리고 셰크 대장이 항상 군복 차림으로 나타나는 건 아니에요."

옆에서 듣고 있던 크리거 선생님이 덧붙였다.

"셰크 대장은 등반객 차림으로 캠프 주위를 어슬렁거리며 돌아다니다 눈치채지 못하는 사이에 사람들을 체포하기도 해요. 의료 텐트에 가 있을게요."

그러고 나서 크리거 선생님은 텐트로 걸어갔다.

아빠가 물었다.

"지금까지 베이스캠프를 둘러본 소감이 어때?"

아빠와 남자가 싸우고 셰크 대장이 찾아와 소란을 피우는 바람에 캠프를 자세히 살펴보지 못했다. 하지만 이제 보니 베이스캠프의 규모가 엄청났다. 빨간 텐트, 파란 텐트, 초록색 텐트, 노란 텐트가 반경 2킬로미터까지 흩어져 있었다.

"여기 몇 명이나 있어요?"

"삼백여 명. 나머지 쉰 명 정도는 산 위쪽에서 적응 훈련을 하고 있고."

돌아다니는 사람들이 얼마 되지 않는 걸로 봐서 사람들은 대부분 텐트 안에서 몸을 덥히고 있는 게 틀림없었다. 나는 시계에 달린 온도계를 바라보았다. 영하 10도였다. 또 시계에 달린 풍속계는 시속 16킬로미터를 가리키고 있었는데, 이 정도 풍속이라면 온도를 3도 정도 떨어뜨리기에 충분했다. (아빠가 준 시계의 기능은 다양했다.)

아빠가 나를 쳐다보았다.

"호흡은 괜찮니? 올라오면서 문제는 없었니?"

이 정도 높이까지 등반을 한 게 두 번째라는 걸 감안할 때 아빠의 질문은 적절한 것이었다. 나는 작년 여름에 알래스카에 있는 매킨리 산 정상에 올랐다. 정상을 600미터 남겨 둔 5,500미터 지점에 도착했을 때 가이드가 날씨를 이유로 우리를 철수시켰다.

"지난 이틀 동안 머리가 아팠어요. 하지만 지금은 많이 좋아졌어요."

아빠는 텐트로 돌아가 화를 내면서 짐을 꾸리고 있던 조지 아저씨를 가리키며 말했다.

"내 두통도 가시고 있어. 한 가지 골칫거리는 없어지는 셈이지."

아빠가 트럭을 쳐다보았다. 순조와 셰르파 형제가 다시 나타나 조파 할아버지가 트럭에서 짐을 내리는 걸 도와주고 있었다.

"저 애는 누구니?"

"순조예요."

"조파 영감님하고 같이 왔어?"

"예."

"재미있군. 영감님이 며칠이나 베이스캠프에 머물지 얘기했니?"

나는 고개를 저었다.

"아빠 말대로 조파 할아버지는 말수가 적어요."

"그래. 영감님한테는 뭔가 꿍꿍이가 있어."

"그게 뭔데요?"

아빠가 미소를 지었다.

"때가 되면 영감님이 직접 말해 줄 거야. '피크 익스피어리언스' 본사로 가자. 베이스캠프 직원을 소개해 줄게."

"피크 익스피어리언스요?"

"굳이 네 이름을 따서 붙이려고 했던 건 아니야. 하지만 결국 그렇게 됐어."

"무슨 말이에요?"

"피크 익스피어리언스는 아빠가 운영하는 모험 여행 회사야. 작년에 시작했지. 지금 같았으면 시작하지 않았을 거야."

아빠를 따라 옆쪽에 '피크 익스피어리언스'라는 표지가

달린 커다란 오렌지색 텐트로 갔다. '피크'에 들어 있는 철자 'A'가 마치 산처럼 보였다. 아빠는 텐트 덮개를 뒤로 젖히고 나한테 손짓을 했다.

텐트 안에는 사람들과 전자 장비가 많았다. 5,500미터에 있는 어떤 텐트에서 본 것보다 많았다. (어떤 텐트도 이곳보다 사람과 장비가 많지는 않을 것이다.) 랩톱컴퓨터, 위성 전화, 송수신 겸용 무전기, 팩스, 텔레비전 모니터, 그리고 다른 전자 장치들도 많았다. 직원들은 전화 통화를 하고, 무전을 듣고, 키보드를 두드리느라 바빠 아빠와 나한테 눈길을 건네지 않았다. 직원들은 등반가처럼 보이지는 않았다.

"이게 다 뭐예요?"

"나이가 들어 장래에 대해 걱정할 때 벌어지는 일이지."

아빠는 위성 전화로 통화를 하고 있는 키 작은 남자를 가리켰다.

"저쪽에 있는 남자가 동업자인 새디어스 보웬이야. 나머지 사람들은 업무를 지원하는 직원들이고. 치앙마이에 있는 사무실에도 직원들이 있지. K2와 안나푸르나에도 직원들이 있고."

"등반대 세 팀을 동시에 운영하는 거예요?"

아빠가 미소를 지었다.

"잘 들어 봐. 고객들은 대부분 아마추어야. 3,700미터 이상 올라가 보지 못한 고객들도 있지. 시시하지? 하지만 나뿐

만이 아니야. 베이스캠프에는 우리 회사 같은 곳이 열 군데
도 넘어. 어떤 회사에서는 등반대 네 팀을 한꺼번에 진행하
기도 하지. 엄마하고 내가 엘 캡의 낡고 오래된 트럭 화물칸
에서 지내던 때와는 많이 바뀌었어."

아빠가 말한 고객은 텐트 안에 있는 직원들이 아니라 노련
한 등반객을 말하는 것이었다.

"자, 여기는 내 아들 피크야."

아빠가 나를 소개했다.

나는 가슴이 뿌듯했다. 사람들은 고개를 끄덕이거나 미소
를 지었다. 하지만 하던 일에서 손을 떼는 사람은 없었다. 새
디어스 아저씨가 위성 전화의 송화구를 막고 걸어왔다.

"조지는 어떻게 됐어요?"

"나한테 한 방 먹였어요. 나를 고소할 거래요."

새디어스 아저씨가 눈을 크게 떴다.

"잘됐군. 우리 변호사한테 전화해서 준비를 시켜야겠네."

새디어스 아저씨는 그렇게 말하더니 걸어가면서 다시 전
화 통화를 시작했다.

곧이어 여자 직원이 다가와 아빠한테 서류를 한 장 건네며
말했다.

"촬영 팀이 오늘 오후 늦게까지는 도착해야만 해요. 홀리
안젤로의 소재지를 마침내 밝혀냈어요."

귀에 익은 이름이지만 어디서 들었는지 기억나질 않았다.

"어디 있대요?"

아빠가 물었다.

"촬영 팀하고 함께 있어요. 언뜻 보기에 같은 비행기 편으로 온 거 같아요. 촬영 팀이 홀리를 아주 못마땅해하나 봐요. 홀리가 개인 요리사와 마사지 치료사를 데려오고, 장비를 잔뜩 가져와 트럭을 한 대 더 빌려야 했대요."

"아무도 데려오지 말라고 말했는데. 짐도 많이 갖고 오지 말라고 했고."

"홀리는 남의 말에 귀를 기울이려 하지 않아요. 당신의 등반 허가 인원수에 여유가 있다는 것도 알고요. 홀리는 정상에 올라가고 싶어 해요."

"홀리가 어떻게 알았을까?"

아빠가 투덜댔다.

"고도가 높은 곳에서는 말이 빨리 퍼지는 법이에요."

"홀리는 피크를 취재하러 오는 거야. 자기 자신이 아니라."

아빠의 말에 내가 끼어들었다.

"무슨 말이에요?"

"나중에 얘기해 줄게. 위성 전화로 홀리하고 통화할 수 있을까요?"

아빠가 괴로운 표정을 지으며 말했다.

"마사지를 받고 있는 게 아니라면 통화가 될 거예요."

여자 직원이 대답한 뒤 숫자를 눌러 나갔다.

아빠가 나한테 고개를 돌렸다.

"이 문제를 처리해야만 해. 내 텐트 옆에 네 텐트가 있을 거야. 뒤쪽의 파란 텐트야. 가서 정리해."

장비를 텐트로 가져가 정리하는 걸 순조가 도와주었다. 순조와 나는 짐 정리를 마친 뒤 산책을 나갔다.

에베레스트 산의 베이스캠프가 지상에서 가장 청결한 곳이라고 생각할지도 모른다. 하지만 사실은 발밑을 조심해야만 한다. 식수로 마시려고 눈을 파헤쳐서는 안 된다. 영하 10도 이하의 날씨에서는 일을 보려고 텐트에서 나와 멀리 가지 않는다. 에베레스트 산의 베이스캠프는 배설물, 음식 그릇, 망가진 장비 등이 버려진 옥외 변소나 쓰레기 더미라고 할 수 있다. 베이스캠프를 청소하려는 등반객과 셰르파들도 있었지만 캠프의 외관 때문에 별다른 진전을 보지 못했다는 글을 읽은 적이 있었다. 정어리 통조림 깡통, 대팻밥 주머니, 판지, 화장지, 그리고 다른 쓰레기들이 회전초(tumbleweed, 가을 바람에 쓰러지는 명아주, 엉겅퀴 따위의 잡초 : 옮긴이)처럼 텐트 주위를 날아다녔다.

이곳에는 일본, 볼리비아, 멕시코, 이탈리아, 캐나다, 룩셈부르크 등 세계 각지에서 등반객들이 모여들었다. 또 여성 등반대도 있고, 군인 등반대도 있었다. 쉰 살이 넘은 사람들만으로 구성된 등반대도 있었다. (그들은 캠프 밖에 '노인

등반대 텐트입니다. 심술궂은 노인 등반객들이니 조심하세
요!' 라는 플래카드를 붙여 놓았다.)

돈벌이를 위해 운영하는 등반대는 텐트의 크기나 장소로
구분할 수 있었는데, 늘 가장 좋은 곳에 자리 잡고 있었다.
나는 그런 팀을 열한 개까지 세어 보고서 아빠가 조파 할아
버지만큼 빈틈이 없다는 걸 깨달았다.

대형 텐트들 아래쪽에는 아빠의 경쟁 회사들이 자리를 잡
고 있었다. 열두 명의 고객을 정상으로 데려가면 백만 달러
정도의 수입을 얻을 수 있다. 또 동시에 다른 8,000미터 봉우
리에도 등반대를 데려간다면 2~3백만 달러를 벌 수 있을 것
이다.

에베레스트 산의 정상을 정복하려는 어떤 사람이 수십만 달
러(정상보다 낮은 곳에 있는 캠프로 가기 위해서라면 수천 달
러)를 내야 한다면 과연 어떤 회사에 돈을 낼까? 성공률이 가
장 높은 회사일까? 안전도가 가장 높은 회사일까? 세상에서
가장 높은 산에 최연소 등반객을 올려 보내는 데 성공한 회사
일까? 정상에 오르게 한 회사와 이름이 똑같은 최연소 등반객
말이다. 뉴욕의 고층 빌딩에 등반하는 소년에 대해 들어 보았
는가?

돈 걱정은 마. 내 몫은 챙겨 돌아갈 거니까.

촬영 팀이 오늘 오후 늦게까지는 도착해야만 해요.

홀리는 피크를 취재하러 오는 거야, 자기 자신이 아니라.

아빠가 한 말을 곰곰이 되짚어 보았다. '홀리 안젤로' 라는 이름을 어디서 들었는지 문득 생각났다. 고층 빌딩을 등반한 나에 관해 기사를 쓴 기자의 이름이었다. 또한 아빠가누구인지를 밝힌 기자였다. 홀리 안젤로는 그 정보를 스스로 얻은 걸까? 아니면 아빠가 전화를 걸어 알려 준 걸까?

지금까지 에베레스트 산 정상에 오른 최연소 등반객은 밍키파 셰르파라는 이름의 열다섯 살 네팔 소녀였다.

'내가 한 살만 더 먹었어도 나는 여전히 교도소에…….'

나는 갑자기 멈춰 섰다.

"왜 그래?"

순조가 물었다.

"아무것도 아냐."

아빠는 내가 열다섯 살이었어도 나를 구했을까? 그렇지 않을 것이다. 아빠는 나를 이용하고 있는 걸까? 그럴지도 모른다. 귀찮은 걸까? 그건 잘 모르겠지만, 어쨌든 아빠는 지금 그 어느 때보다 나한테 관심을 많이 쏟고 있다.

내가 말했다.

"돌아가야겠어."

"나도 그래. 조파 할아버지는 나더러 요리사를 찾아가 식당 텐트에서 일하게 해 달라고 이야기하라고 했어."

"일자리야?"

순조가 웃음을 지었다.

"식사와 잠자리를 위해서야. 음식과 텐트라고 하는 게 정확하겠네. 다른 이유가 있는 것 같기도 하고."

텐트와 음식으로는 대가가 충분하지 않을 것 같았다.

내가 말했다.

"내가 아빠한테 말해 볼게. 아빠한테 부탁하면 텐트와 음식 이상으로 보수를 줄 거야."

순조가 고개를 저었다.

"조파 할아버지한테 맡겨 놓는 게 좋을 거야. 조파 할아버지가 나를 산으로 데려오셨어. 조파 할아버지가 결정하게 놔둘 거야."

교활한 족제비

나는 아빠와 맞서 싸우는 대신 텐트로 기어 들어갔다. 그리고 침낭으로 몸을 감싼 채 잠이 들었다.

당신이 무슨 생각을 하고 있는지 잘 안다. '겁쟁이!' 당신 생각이 맞을지도 모른다. 하지만 내가 무슨 말을 할 수 있을까? "아빠, 나는 이용당하지 않을 거예요." 아니면 "형기를 치르게 뉴욕으로 돌려보내 주세요. 아빠, 그렇게 해 주세요." 라고 말해야 할까?

하지만 아빠한테 말을 하기 전에 잠을 자야만 했다. 해발 5,500미터에서 돌아다니다 보면 사람이 녹초가 되는 법이었다. 그리고 내가 아빠를 만나러 갈 필요가 없었다. 아빠가 나를 찾아왔다.

"깨어 있었니?"

"예."

아빠가 텐트 안으로 머리를 디밀기 전까지는 깨어 있지 않았지만 그렇게 대답했다.

아빠는 텐트 안으로 들어와 덮개의 지퍼를 닫았다.

"캠프 주위는 둘러봤니?"

"조금이요. 아빠 회사의 경쟁 회사들이 많은 것 같아요."

"너도 봤구나. 내년에는 등반 회사가 많이 줄 거야. 에베레스트 산을 오르는 데 필요한 돈과 시간과 열정을 가진 사람들이 얼마 안 되거든. 올해가 많은 등반 회사들에게 마지막 해가 될 거야."

"아빠 회사도요?"

아빠가 씩 웃었다.

"엄마 말로는 네가 영리하다고 하던데. 내가 보기엔 엄마를 닮은 것 같아."

아첨은 나한테 통하지 않았다.

"회사는 얼마나 힘든 거예요?"

"판사가 말한 것처럼 서류상으로는 좋아 보이지. 하지만 사실은 크레바스 같은 빚의 수렁에 빠져 허우적대고 있어."

아첨은 소용없지만 유머는 효과가 있었다. 나는 웃었다.

"올해 시즌을 잘 보내면 내년에는 손실을 만회할 수 있을 거야. 앞으로 2~3주 동안 얼마나 많은 고객들을 정상에 올려 보내고 회사를 선전하느냐에 달렸지."

"그래서 저를 데려온 거예요?"

아빠는 부끄러운 표정을 지으며 나를 바라보았다.

"오로지 그 이유 때문만은 아니었어. 그래, 너를 데려온 이유들 가운데 하나이기는 해."

아빠가 말했다.

'그게 가장 큰 이유였겠지요.'

나는 속으로 생각했다. 그런 생각은 떨쳐 버리는 게 더 나을 것이다.

"제가 열다섯 살이었어도 아빠가 저를 데리러 뉴욕까지 왔을까요?"

아빠는 잠시 망설인 뒤 입을 열었다.

"아니었을 거야. 나는 아마추어 등반객들을 데리고 에베레스트 산을 등정하고 있었거든."

아빠가 나를 데리러 뉴욕까지 온 이유가 아빠가 곤경에 처해서가 아니라 내가 곤경에 처했기 때문이라고 대답하는 걸 듣고 싶었다.

"에베레스트 산 정상에 오른 등반객들 가운데 스무 살 정도 되는 등반객들은 몇 명 있어. 열다섯 살에 에베레스트 산 정상에 오르는 것도 기록이긴 하지. 하지만 열네 살에 에베레스트 산 정상에 오른다는 게 더 매력적이지. 뉴욕의 고층 빌딩을 오른 뒤니까 더 그렇고."

아빠가 말했다.

"올해 에베레스트 산에 오른 유명인들이 많아. 록 가수, 배우, 미식축구 선수 등. 에베레스트 산의 북면에만 다큐멘터리와 텔레비전 방송국 직원 일곱 팀이 있고, 남면에도 그 정도 숫자가 있지. 그래서 매스컴이 우리 회사에 관심을 갖게 하려고 해도 아무도 눈길을 돌리지 않아. 선전이 안 되면 우리는 끝장이야.

네가 고층 빌딩에 오른 이야기가 전 세계에 방송되었어. 네 엄마가 전화를 하기 전에 알고 있었어. 그래서 내가 도움이 될지도 모른다고 말했지. 치앙마이 사무실의 직원이 텔레비전에서 네 기사를 보았고, 네가 나와 부자지간이라는 걸 알아차렸지. 그 직원이 전화를 걸어 너를 정상에 올려 보내자는 제안을 한 거야. 처음에는 안 된다고 했어. 하지만 그때 네 엄마 전화를 받았어. 너와 내 문제를 동시에 해결할 수 있을지 모른다는 생각을 했지."

"엄마한테도 말했어요?"

"그래. 카트만두를 떠나기 전에 말했어."

"엄마한테 뭐라고 말했어요?"

"너를 데리고 등반할 거라고 했지. 하지만 어디로 갈 건지는 말 안 했어."

"아빠가 나를 에베레스트 산 정상에 데리고 간다는 걸 알면 엄마가 결코 좋아하지 않을 거예요."

"너무 확신하지는 마. 엄마는 더 이상 등반을 하지 않을 거야. 하지만 등반에 관해 모든 걸 이해할 수 있는 사람이야. 그러니까 엄마가 너를 등반 캠프에 보냈지. 엄마는 내가 정상을 정복하기 위해 목숨을 걸 수 있는 사람이라는 걸 알아.

125

하지만 정상을 정복하기 위해 다른 사람의 목숨을 걸지는 않아. 특히 내 아들의 목숨이라면 말이야."

"미리 말하지 않은 것 때문에 엄마가 화낼 거예요."

"네 말이 맞아. 하지만 엄마한테 미리 말하지 않은 건 네가 합류하기 전까지 이 계획을 외부에 알릴 수 없었기 때문이었어."

"촬영 팀은 어떻게 된 거예요?"

"그들은 아무 말도 안 할 거야. 우리가 돈을 지불하거든. 우리를 위해 일하는 거지."

"홀리 안젤로는요?"

아빠가 숨을 길게 내쉬자 하얀 입김이 나왔다. (텐트 안은 추웠다.)

"협박이었지. 홀리는 이 계획을 어느 정도 알고 있었어. 우선생님과 연락이 닿았던 것 같아. 하지만 나는 네가 신체검사를 통과하지 못했으면 여기 데려오지 않았을 거야. 치앙마이로 보내서 그곳에 있는 국제학교에 입학시켰겠지. 어쨌든 홀리가 지난주에 전화를 해서 독점 보도권을 주지 않으면 네가 에베레스트 산에 도전한다는 기사를 싣겠다고 했어."

"그리고 지금은 스스로 산에 오르고 싶어 하는 거고요?"

"맞아. 홀리한테 도전해 보라고 해야 할 것 같아. 그렇지 않으면 여기 도착하자마자 보도를 하기 시작할 거야."

"왜 우리가 가만히 있어야 해요?"

"중국 때문이지. 에베레스트 산의 이쪽 면을 오르는 데는 연령 제한이 없어. 하지만 중국 군인들이 우리가 열네살 소년을 정상에 올려 보내려고 한다는 걸 알게 되면 등반 허가를 취소해 버릴 거야. 중국인들은 지난 몇 년 동안 자기네 청소년이 에베레스트 산 정상을 정복하도록 갖은 애를 다 썼거든. 그러니 미국인 십 대가 중국인 십 대보다 먼저 에베레스트 산 정상에 오르는 걸 좋아할 리가 없지."

아빠가 말을 마치고 껄껄거리며 웃었다.

"정치, 선전, 광고, 후원, 보증. 등반도 내리막길로 접어들었어. 너는 아빠가 트레일믹스(trail mix, 하이킹이나 등산 등을 할 때 먹는 건강 스낵. 땅콩이나 건포도 등을 섞어 만든다 : 옮긴이) 한 자루와 물 한 병과 낡은 밧줄을 들고 암벽을 오르던 다람쥐 시절을 얼마나 그리워하는지 모를 거야. 지금은 족제비 신세야. 옛날하고는 너무나 다르지."

"조쉬!"

새된 비명이 차가운 산 공기를 날카롭게 갈랐다.

"홀리일 거야."

"목소리도 알아요?"

"15년 동안 안 들었지만, 어디서나 알 수 있어. 목소리가 손톱으로 칠판 긁는 소리 같거든."

"조쉬!"

아빠와 나는 주춤거렸다.

"홀리는 네 엄마와 내가 등반할 때 자유계약으로 순회하며 기사를 쓰고 있었지. 홀리는 엄마와 나에 관해 좋은 기사를 한두 번 쓰기도 했어. 홀리도 등반을 좀 하지. 보고 있으면 아슬아슬하기는 하지만 말이야."

아빠가 고개를 저으며 말했다.

"조쉬!"

"너를 정상에 데려갈 거야. 하지만 네 목숨이 위태롭지 않다는 전제하에서야. 에베레스트 산 정상에 오르면 유명해질 거야. 그렇게 되면 나도 여생을 편안하게 지낼 수 있게 되겠지. 내 계획은 2~3년 안에 사업을 다른 사람에게 넘기고 은퇴하는 거야. 이제 됐지?"

나는 유명해지는 것에 대해서는 잘 모르고, 아빠가 나를 에베레스트 산으로 데리고 온 이유도 마음에 들지 않았다. 하지만 정상에는 올라가고 싶었다.

"됐어요. 하지만 더 이상 감추는 게 있어서는 안 돼요. 어떤 일이 벌어지는지 알고 싶어요."

"좋아."

아빠가 장갑 낀 손을 내밀어 나하고 악수를 했다.

"조쉬!"

아빠는 텐트 덮개를 열고 밖을 내다보았다.

"홀리 때문에 눈사태가 일어나기 전에 얼른 가서 인사를 해야겠어."

질식

홀리 아줌마는 분홍 거위털 파카를 입은 붉은 머리 허수아비 같았다.

키는 180센티미터가 넘었고, 키다리 아저씨처럼 다리가 길었다. 아줌마는 아빠를 보자 새된 비명을 지르며 껴안았다. 반경 400미터 내의 텐트 안에 있던 사람들이 거북이처럼 얼굴을 내밀었다.

아줌마 옆에는 이상하게 생긴 셰르파, 카메라맨, 개인 요리사, 마사지 치료사가 서 있었다. 요리사와 마사지 치료사는 떨고 있었는데, 방한 장비를 챙겨 주지 않으면 아침이 되기 전에 얼어 죽을 것만 같았다.

아빠는 홀리 아줌마의 촉수에서 꿈틀거리며 빠져나온 뒤 홀리 아줌마의 팔이 닿지 않을 정도로 멀찌감치 물러섰다.

"하나도 안 변했군요."

아빠는 습관처럼 씩 웃으며 말했다. (아빠의 말은 "홀리, 당신은 여전히 골칫거리군요."라는 뜻으로 들렸다.)

홀리 아줌마의 매처럼 생긴 갈색 눈은 다음 먹잇감을 찾아 두리번거렸다. 그건 나였다.

"피이이크!"

다행히 홀리 아줌마가 내 이름을 길게 늘여 부르다 기침을 하게 되어 나를 껴안지는 못했다. 요리사나 마사지 치료사가 홀리 아줌마를 도와줄 거라고 생각했지만, 두 사람은 그저 추위에 떨면서 허리를 굽힌 채 무릎을 붙들고 있는 홀리 아줌마를 쳐다볼 뿐이었다.

홀리 아줌마가 마침내 허리를 폈을 때 아빠가 말했다.

"기침이 심하네요."

"아니에요. 대단하지는 …… 헉헉 …… 않아요. 알다시피 …… 헉헉 …… 고도가 높고 …… 헉헉 …… 공기가 건조하고 …… 헉헉 ……."

"크리거 선생한테 진찰 좀 받아 보세요."

아빠는 여전히 미소를 짓고 있었는데, 정말 기뻐서 싱글거리는 것처럼 보였다. 아빠는 어쩔 수 없이 홀리 아줌마를 데려가야 하지만, 약속한 곳보다 더 높이 데려가고 싶지는 않았다. 지금 상태로 봐서는 홀리 아줌마가 아주 높이 올라가지는 못할 것 같았다.

나는 아빠를 따라가 촬영기사인 JR 아저씨와 윌 아저씨와 잭 아저씨를 만났다. 세 사람 모두 건강해 보였다. 아빠는 세 사람에게 와 줘서 고맙다는 인사를 했다.

"오게 돼서 기뻐요."

JR 아저씨가 큰 소리로 말했다. 그러고는 목소리를 낮춰 속삭였다.

"조쉬, 부탁인데 우리를 홀리한테서 최대한 멀리 떨어져 있게 해 주세요."

"알았어요."

아빠는 아직도 숨을 헐떡이고 있는 홀리 아줌마를 쳐다보았다.

아줌마는 벌써 셰르파들한테 분홍색 텐트를 어디에 쳐야 할지 이야기하고 있었다. 아줌마의 텐트는 본부 텐트보다 약간 작았다.

아빠는 홀리 아줌마가 아빠와 내 텐트 옆에 분홍색 텐트를 치는 걸 보고 눈살을 찌푸렸다. 하지만 아빠는 홀리 아줌마한테 한마디도 하지 않았다. 아빠는 JR 아저씨에게 고개를 돌리고 20미터쯤 떨어진 곳을 가리켰다.

"내가 할 수 있는 최선이에요."

"좋아요."

JR 아저씨 일행이 장비를 챙겨 들고 아빠가 가리킨 곳으로 향했다.

아빠가 관자놀이를 문질렀다.

"이런 이야기는 굳이 하지 않아도 될 것 같지만, 홀리한테 이야기할 때는 조심해서 해야 할 거야. 홀리는 기자이고, 홀리한테 한 이야기는 먹잇감이 될 수 있으니까. 홀리는 너보다 자기 자신과 자기 경력에 더 관심이 많다는 걸 잊어서는 안 돼."

"촬영 팀 아저씨들은요?"

"그 사람들은 너무 걱정 안 해도 돼. 우리가 필름을 편집할 거야. 네가 아무리 실수를 해서 엉망으로 만들어 놓더라도 네가 보기 좋은 모습으로 나오게 할 거야."

아빠가 이빨을 드러내고 웃었다.

"농담이야. 자, 식당 텐트로 가자. 다른 등반객들을 소개해 줄게. 한 가지만 명심해. 네가 내 아들이라는 건 그 사람들도 알아. 하지만 너를 정상에 데려간다는 이야기는 안 했어."

"왜요?"

"그 사람들은 정상에 올라가기 위해 10만 달러 이상을 지불했거든. 그런데 어떤 면에서는 너를 정상에 데려가려고 그 사람들 돈을 쓰고 있는 셈이잖아. 그 사실을 알면 화를 낼지도 몰라."

"그러면 뭐라고 말해야 돼요?"

"나하고 여기까지 올라왔지만, 제4캠프나 제5캠프에는 올라가지 않을 거라고 말하면 돼."

아빠는 홀리 아줌마 쪽을 돌아보았다.

"홀리한테도 알려 줘야겠군. 그래야 수다쟁이가 입을 다물지. 식당 텐트에서 만나자."

아빠는 한숨을 쉬며 말했다.

아빠가 매력적으로 싱긋 웃으며 홀리 아줌마한테 걸어갔다. 홀리 아줌마는 날카로운 목소리로 셰르파한테 지시를 하고 있었다. 셰르파들은 홀리 아줌마가 하는 말을 대부분 무시했다.

식당 텐트는 본부 텐트만큼 컸지만 훨씬 혼잡했다. 또 텐트 안은 석유램프, 석유난로, 담배 등에서 나는 연기로 가득했다. 고객들은 담배를 피우지 않았다. 하지만 거의 모든 셰르파들이 입에 담배를 문 채 접시를 들고 한쪽 구석에 서 있었다.

순조는 국수를 나눠 주고 있었다. 나는 순조한테 가서 인사를 했다.

"잘 돼 가?"

"밖에서 난 끔찍한 소리는 뭐야?"

"기자."

"부상 당했어?"

"아직은 아닌데."

나는 주위를 둘러보고 조파 할아버지가 없다는 걸 알아차렸다.

"조파 할아버지는?"

순조가 어깨를 으쓱했다.

등산객 한 명이 걸어와 접시를 내밀었다. 순조가 만면에 미소를 지은 채 국자로 국수를 퍼서 접시에 담았다. 등산객은 국수에 코를 대고 냄새를 맡더니 불평을 늘어놓으며 걸어갔다.

순조가 물었다.

"저 등반객 어떻게 생각해?"

"마음에 안 들어."

나는 텐트 안을 둘러보며 사람 숫자를 셌다. 여자가 일곱 명이고, 남자가 열여섯 명이었다. (버릇없이 투덜대던 남자를 포함한 숫자였다.) 그 가운데 열 명이 정상 정복을 시도하기로 계약을 맺었다. 열 명이 누구인지 골라 보려고 했지만 쉽지 않았다. 건강이 중요하기는 하겠지만 죽음의 지역을 통과하기 위해서는 혈액 산소화를 이겨 내야 하고 행운도 따라야 한다. 정상 등정에 가장 적합한 등반객이라 할지라도 통제할 수 없는 상황에 처할 수 있다. 등반객들은 대부분 나이가 삼십 대나 사십 대 초반으로 보였는데, 그 가운데 대여섯 명만이 정상 정복에 적합한 몸을 가진 것처럼 보였다. 아빠가 등반 시즌에 대해 걱정했던 이유를 알 것 같았다.

나는 순조한테 셰르파들이 담배 피우는 걸 보고 놀랐다는 말을 했다.

"셰르파들은 대부분 자기들이 산에서 죽을 거라고 믿어. 죽음을 기다리는 동안 삶을 즐기는 것도 나쁘지 않잖아?"

"하지만 담배를 피우면 등반이 힘들 텐데."

"담배가 떨어졌을 때는 그렇지. 하지만 조파 할아버지가 셰르파들한테 팔 담배를 몇 보루나 가져왔어."

스님들은 흥분제를 사용하지 못하도록 되어 있었다. 이 규정도 담배 파는 것을 막지 못하는 모양이었다.

"그렇게 놀라지 마. 조파 할아버지는 티베트 스님들한테 도움을 줄 거야. 스님들은 가난하거든. 여기 오면서 봤겠지만 중국인들은 스님들한테 우호적이지 않아."

"빈틈없는 스님의 두 번째 사려 깊은 행동이구나."

"뭐라고?"

"신경 쓰지 마. 다른 등반객들과 어울려야겠어."

"국수 좀 줄까? 정말 맛있는데."

"그래."

국수는 맛있었다.

나는 사람들과 잘 어울리는 편이 아니었다. 새아빠는 나의 이런 점을 못마땅하게 여겼다. 새아빠는 이 세상에서 다른 사람들과 가장 잘 어울리는 사람이었기 때문이다. 새아빠가 처음 보는 사람한테 다가가 시간을 물어본 뒤 대화를 시작하는 걸 본 적이 있다. (새아빠는 시간이 잘 맞는 손목시계를 차고 있으면서도 그렇게 했다.) 하지만 새아빠라고 해도 여기 모인 사람들과 이야기를 나누지는 못할 것 같았다.

그들은 베이스캠프에서 2~3주일 넘게 같이 지내면서 끈

끈하게 하나로 묶여 있었다. 이런 상황에 부딪히는 게 처음은 아니었다. 그린스트리트 학교에서도 늦은 여름이 되어서야 입을 열었다. 등반 캠프에 도착했을 때 다른 아이들은 이미 등반 파트너를 고른 뒤였다. 남은 아이들은 실질적으로 등반 경험이 없는 아이들이었고, 운이 좋으면 등반 강사와 파트너를 할 수 있었다.

빈센트 선생님은, 좋은 작가란 비열할 정도로 사람들과 잘 어울리는 사람이라고 말했다. 그런 작가들은 남의 말을 엿듣기에 바쁘거나, 문학을 위해 다른 사람을 이용한다고 했다.

여기서는 나한테 티끌만 한 관심도 갖는 사람이 없었다. 나는 나한테 도움이 될 만한 사람을 찾아 어슬렁거렸다.

"지금쯤 전진 캠프에 도착했어야 돼."

(전진 캠프는 에베레스트 산의 북면에 있는 세 번째 상설 캠프였다.)

"조쉬가 그놈의 아들 때문에 우리를 버려두지 않았으면 전진 캠프에 있을 거야."

(그놈의 아들은 대화를 나누는 두 사내로부터 1.5미터 떨어진 곳에 서 있었다.)

"조쉬에게 아들이 있다는 것도 몰랐어."

"나도 마찬가지야. 평생 모은 돈을 쏟아 붓기 전에 조쉬에 대한 기사를 모두 읽었는데 말이야."

"우리가 여기 처박혀 있는 건, 조쉬가 뉴욕에서 오는 촬영 팀과 기자를 기다리고 있었기 때문이라는 거야."

"그들은 오늘 왔어. 촬영이 없으면 영광도 없다. 조쉬는 광고하는 걸 너무 좋아해."

"레아 크리거 박사는 내가 만나 본 사람 가운데 가장 차가운 사람이야."

"심하게 말하면 크리거 선생님은 우리를 치료하는 게 아니라 실험을 하기 위해 있는 것 같아."

"조지가 안 됐지. 그가 심장병이 있다고 생각해?"

"모르겠어. 하지만 조지 부인이 크리거 선생님한테 진단서를 안 좋게 써 달라고 사정을 했대. 조지 부인은 무엇보다 남편이 에베레스트 산에 오르는 게 싫었던 거야. 조지 부인의 돈이었으니까. 조지는 결혼하기 전에 돈이 한 푼도 없었대."

"오늘 아침에 윌리엄 블레이드네 캠프에 다녀왔어. 윌리엄을 보았는지는 얘기할 수 없지만, 틀림없이 가까이 있었을 거야. 내가 윌리엄의 텐트를 지나쳐서 걸어가려 하자 윌리엄의 보디가드가 뛰어와서 나를 가로막았으니까."

"윌리엄이 정상에 올라갈 수 있다고 생각해요?"

"윌리엄은 벌써 올라간 걸로 알고 있는데요."

"아니, 에베레스트 산의 정상 말이에요."

"자기 두 발로 직접 올라가지 못하면 체격이 건장한 보디가드가 등에 업고 올라갈 거예요."

(윌리엄 블레이드는 유명한 배우이다. 나는 그가 나오는 영화를 대부분 봤고, 뛰어난 배우라고 생각한다.)

"전진 캠프에 고소폐수종에 걸린 등반객이 세 명 있대. 내일 내려올 거라고 하더라고."

"그래도 그 사람들은 어제 남벽에서 죽은 사내보다는 운이 좋네. 그 사내는 한밤중에 소변을 보려고 텐트에서 나왔대. 바보같이 슬리퍼를 신었다지. 그 사내는 비탈을 200미터나 미끄러져 내려가 크레바스에 빠졌대. 셰르파 말로는 그 크레바스가 너무 깊어 사내가 아직도 떨어지고 있을 거라던데."

"아이젠을 신었어야지."

"손도끼라도 들고 갔으면 자기제동(self-arrest, 눈이나 얼음 비탈에서 미끄러져 추락할 때 피켈 등을 사용하여 멈추는 기술 : 옮긴이)이라도 했지."

(자기제동은 등반 기술을 배울 때 가장 먼저 배우는 기술

가운데 하나이다. 붙잡을 게 아무것도 없는 얼음 비탈에서 미끄러지기 시작하면 아이젠으로 바닥을 파헤쳐 멈춰 서거나 피켈로 얼음을 찍어 매달려야 한다. 가파른 비탈의 끝에는 나무나 단단한 암벽이나 깊은 구멍이 있다.

"무서워 비명을 지른다고 해서 미끄러지는 속도가 줄어들지는 않는다."

"살고 싶으면 틈을 피하는 방법을 배워야 한다."

예전에 강사가 했던 말이다.

나도 자기제동을 잘하는 건 아니었다.

용변을 보려다 크레바스에 빠져 죽은 사내의 이야기를 듣고 있자니 소름이 돋았다.)

"조쉬는 귀여워! 한밤중에 조쉬의 텐트에 몰래 들어가면 조쉬가 어떤 반응을 보일까?"

"그게 허가 비용에 포함되어 있는 것 같지는 않은데."

"해발 6,000미터를 넘어갈 때까지 기다리면 아무 일도 일어나지 않아. 하지만 거길 넘어가면 폐가 멈추고……."

사람들과 어울려 보려는 노력은 홀리 아줌마가 들어오면서 멈추고 말았다.

"여러분, 안녕하세요? …… 헉헉 …… 저는 홀리 안젤로예요. 저는 뉴욕에서 온 기자이고요, 세상에서 가장 높은 곳에서 …… 헉헉 …… 여러분과 만나게 되었네요."

홀리 아줌마는 사람들과 어울리는 게 아니라 오히려 멀어졌다. 홀리 아줌마는 숨을 헐떡거렸는데, 공기가 희박해서 그런 게 아니었다. 홀리 아줌마가 들어오면서 식당 텐트 안에 있던 산소가 빠져나가긴 했지만 말이다.

대화가 끊겼다.

음식 접시를 떨어뜨렸다.

어떤 셰르파는 피우고 있던 담배 연기를 삼키다시피 했다. 또 다른 셰르파 대여섯 명은 뒷문으로 뛰어 나갔다. 나도 셰르파들과 함께 텐트를 빠져나가려 했지만 너무 느렸다. 빨간 매니큐어가 반짝이는 홀리 아줌마의 손이 내 파카를 움켜잡았다.

"어디를 …… 헉헉 …… 가는 건데?"

홀리 아줌마는 깜짝 놀랄 만한 힘으로 나를 움켜잡아 얼굴을 마주 보게 했다.

"그, 그게……."

나도 말을 더듬었다.

"너하고 할 말이 있어."

"그, 그래요."

"방금 …… 헉헉 …… 네가 묵고 있는 초라한 …… 헉헉 …… 텐트를 봤어. 내 생각엔 …… 헉헉 …… 내 텐트를 같이 쓰면 …… 헉헉 …… 훨씬 편할 것 같은데."

나는 홀리 아줌마의 말을 듣고 쓰러질 것만 같았다.

"내 텐트에는 방이 …… 헉헉 …… 아주 많아. 여분의 침대도 있어."

베이스캠프까지 침대를 끌고 올라오는 사람은 없었다. 하지만 홀리 아줌마는 예비 침대까지 있다고 했다.

"그리고 음식도 …… 헉헉 …… 여기의 돼지 사료보다 …… 헉헉 …… 훨씬 나아. 그리고 랄프가 마사지 테이블도 세워 놨어 …… 헉헉 …… 너도 마사지 받을 수 있고."

"그래요 ……."

"네 아빠 말로는 …… 헉헉 …… 네 결정에 달렸다고 하던데."

고맙군요, 아빠.

홀리 아줌마가 발작적으로 기침을 했다.

나는 홀리 아줌마가 기침하고 있는 사이에 몰래 텐트를 빠져나갈 궁리를 하고 있었다. 홀리 아줌마가 허리를 펴면 나는 감쪽같이 사라지는 것이다. '팟!' 하고 말이다. 또 아빠가 한 말이 떠올랐다. 말할 때 정말 조심해야 돼……. 그건 말뿐만 아니라 행동에도 해당되는 말이었다. 고통스럽게 기침을 하고 있는데 자리를 뜨는 건 무례한 짓이다.

"우리는 상의할 게 많아."

홀리 아줌마는 기침이 끝나자 말했다. 숨쉬기가 한결 편해진 것 같았다.

"네 엄마와는 알고 지낸 지 꽤 됐어. 벌써 몇 년 동안 친구처럼 지내고 있지."

정말 그렇다면, 나는 홀리 아줌마가 쓴 기사에서 홀리 아줌마의 이름을 봤을 때 알아차렸어야 했다.

"내가 너를 보살피지 않는다면 네 엄마가 나를 용서하지 않을 거야."

"제의는 고맙지만 그냥 제 텐트에서 지낼게요."

나는 아빠처럼 매력적으로 싱긋 웃으며 말했다. (웃는 게 아니라 인상을 쓰고 있는 것처럼 보였을 것이다.)

홀리 아줌마가 정말로 얼굴을 찌푸렸다. 하지만 나는 신경 쓰지 않았다. 홀리 아줌마와 텐트를 같이 쓸 수는 없는 노릇이었다.

"하지만 같이 밥은 먹을 수 있잖아?"

홀리 아줌마는 내 대답을 기다리며 묻는 게 아니었다.

나는 국수 접시를 들고 있었는데, 식고 엉겨서 별로 먹음직스럽지 않았다.

"매번은 아니고요."

나는 빠져나갈 여지를 남겼다.

"그래요. 아줌마하고 가끔 함께 밥을 먹을게요."

홀리 아줌마가 얼굴을 더 찌푸렸다. 아줌마가 기분 나쁜 말을 할 것 같았다. 하지만 아빠가 텐트 안으로 들어오면서 나는 위기를 모면했다.

"좋아요, 여러분. 내일 전진 캠프로 갑니다."

아빠가 소리쳤다.

사람들이 환호성을 질렀다.

"모든 게 괜찮다면 전진 캠프까지 가는 데 2박 3일이 걸릴 거예요. 전진 캠프에서 이틀 밤을 보낸 뒤, 다시 내려오는 거 예요. 이런 과정은 다 알고 있겠죠?"

"높이 등반하고, 낮은 곳에서 잠자고."

사람들이 일제히 소리쳤다.

"클리거 선생님이 오늘 밤 여러분의 혈액 검사를 한 뒤, 전 진 캠프에서 다시 한 번 검사해 변화를 살필 거예요."

사람들은 이 말을 듣고 훨씬 조용해졌다.

"클리거 선생님이 의료 텐트에서 여러분을 기다리고 있습 니다."

아빠는 텐트 기둥에 서류를 꽂았다.

"클리거 선생님이 여러분의 검사 시간을 기록해 주실 거예 요. 늦으면 안 돼요."

"히틀러, 만세!"

등반객 한 명이 숨을 내쉬며 투덜거렸다.

아빠는 그 등반객을 빤히 쳐다보았고, 그 등반객은 얼굴이 빨개졌다. 원정대 대장의 지시가 없으면 누구도 정상에 오를 수 없는 법이었다. 대장의 편에 서는 게 현명했다.

"푸자 의식은 어떻게 하지요?"

누군가 물었다.

푸자는 불교의 기도 의식으로 대부분의 등반객들이 산에 오르기 전에 거쳤다.

"앞으로 2~3주 동안 전진 캠프에 두 번 더 올라갈 거예요. 두 번 가운데 한 번 전진 캠프에 올라가기 전에 푸자 의식을 거행할 거예요. 내일 일찍 출발했으면 좋겠어요."

아빠가 말했다.

셰르파 두세 명은 푸자 의식을 건너뛰는 걸 별로 달가워하지 않는 눈치였다.

"여행에 필요할 정도로만 음식을 싸세요. 등반이 힘들 테니 필요 이상으로 많은 짐을 가져가서는 안 돼요."

아빠의 연설이 끝나고 등반객들이 서류 주위로 몰려들었다. 아빠는 홀리 아줌마와 내가 있는 곳으로 걸어왔다.

"두 사람은 전진 캠프로 올라가지 않을 거예요. JR, 잭, 윌도 남아 있으라고 할 거예요. 두 사람은 높이 올라갈 정도로 적응이 되지 않았어요."

아빠가 말했다.

"그런데 왜 2~3일을 기다리지 않는 거예요? 그러면 …… 헉헉 …… 우리 모두 함께 올라갈 수 있을 텐데."

홀리 아줌마가 물었다.

좋은 질문이었다. 앞으로 며칠 동안 홀리 아줌마와 단둘이 캠프에 붙잡혀 있을 생각을 하니 끔찍했다.

아빠가 목소리를 낮췄다.

"나도 기다리고 싶어요. 하지만 이 사람들은 대부분 몇 주일씩 여기 있었어요. 이 사람들을 데리고 올라가지 않으면 폭동이라도 일으킬 거예요. 이 사람들 가운데 3분의 1은 전진 캠프까지 올라가는 걸로 계약을 맺었어요. 우리가 돌아온 뒤 3분의 1에 해당하는 사람들이 내려갈 거예요. 그러면 일이 한결 쉬워질 거예요. 돌아오는 대로 두 사람을 전진 캠프까지 데려갈게요. 신입 등반객들 때문에 이 사람들을 기다리게 할 수는 없어요."

신입 등반객

아빠가 없다는 게 생각했던 것만큼 나쁘지는 않았다. 조파 할아버지가 순조와 나를 너무 부려 먹는 것만 빼면 말이다.

아빠는 산으로 올라가는 날 아침에 푸자 기도 의식을 위해 중앙 깃대 주위에 높이가 1.8미터 정도 되는 케른(cairn, 기념이나 이정표로 쓰는 원추형의 돌무덤 : 옮긴이)을 쌓으라고 시켰다. 중앙 깃대 주위의 땅바닥에 작은 깃대들을 세우고, 깃대들 사이의 줄에 수십 개의 기도 깃발을 매달았다. 깃발은 빨간색, 초록색, 노란색, 파란색, 흰색의 다섯 가지 색깔이었는데, 지구의 다섯 가지 원소인 불, 나무, 흙, 물, 쇠를 의미했다. 깃발들이 바람에 날리면 깃발에 적힌 기도문이 펼쳐지면서 신들에게 평화를 기원한다.

깃발을 모두 설치하자 아빠는 순조와 나한테 우리 팀 텐트에 가서 장비를 가져다가 기도를 할 케른에 기대어 놓으라고 했다.

그날 저녁, 조파 할아버지는 다음 날 아침에 산으로 올라가는 독일과 이탈리아 등반대를 위해 의식을 거행했다. 그리고 조파 할아버지는 그 자리에 없던 우리 등반대를 위해서도 기도를 드렸는데, 등반대가 의식에 참가하지 못해 아쉽지만 효과가 있을 때도 있다고 했다. 조파 할아버지는 몇 가지 불교 기도문을 외운 뒤 산에게 등반을 허락해 달라고 독일어와 영어와 이탈리아어로 기도를 드렸다. 의식을 거행하는 조파 할아버지의 모습은 인상적이었다.

의식은 거의 세 시간 동안 진행되었는데, 의식이 끝나자마자 검은 새 한 마리가 중앙 깃대에 내려앉았다. 조파 할아버지는 매우 상서로운 징조라고 말했다.

"저 새 이름이 뭐야?"

내가 캠프로 돌아가는 길에 물었다. 까마귀나 갈가마귀처럼 보였다.

순조는 잘 모르겠다는 듯 어깨를 으쓱했다.

홀리 아줌마가 바로 옆 텐트에 있었지만, 피해 다니는 건 어렵지 않았다.

아줌마는 오전 10시 이전에 텐트에서 나오지 않았다. 나는 매일 아침 7시에 텐트에서 나왔다. 캠프에는 사람이 많아서 텐트와 텐트 사이에서 사람을 놓치기 십상이었다. 하지만 홀리 아줌마는 눈 비탈에서 가장 화려한 색깔의 방한복을 입고 있어서 금방 눈에 띄었다. 덕분에 나는 2킬로미터 밖에서도 홀리 아줌마를 발견하고 몸을 숨길 수 있었다.

아빠가 떠난 지 사흘째 되는 날, 저녁 때 홀리 아줌마의 텐트로 끌려가다시피 했다. 저녁 먹기 전에 피켈을 가지러 텐트로 돌아갔던 게 실수였다. (조파 할아버지한테 순조와 함께 자기제동에 대해 배우고 있었다.) 홀리 아줌마는 집 지키는 개처럼 나를 기다리고 있었다.

음식은 식당 텐트에서 주는 것보다 좋았다. 하지만 분위기는 따분했다. 랄프는 오지 않을 고객이라도 기다리는 듯 토라진 얼굴을 한 채 마사지 테이블에 앉아 있었다.

요리사인 피에르는 내가 먹는 걸 지켜보면서 해발 5,500미터의 야만적인 조리 환경에 대해 투덜거렸다.

그리고 홀리 아줌마 차례이다. 머리가 다시 쑤셔 왔는데 고도 때문이 아니었다. 텐트 안을 울리는 아줌마의 목소리는 너무 높아서 야크 버터가 시어질 정도였다. 홀리 아줌마는 더 이상 헐떡거리지 않았다. 나는 아줌마가 헐떡거리던 게 그리웠다. 홀리 아줌마가 헐떡거릴 때 내 귀가 쉴 수 있기 때문이었다.

나는 홀리 아줌마가 인터뷰를 할 거라고 생각했지만, 입장이 바뀌어 아줌마가 떠드는 걸 듣기만 했다. 홀리 아줌마는 두 시간 동안 쉬지 않고 떠들면서 자기가 살아온 이야기를 연도별로 자세하게 이야기했다. 나는 홀리 아줌마가 열여덟 살이었을 때 이야기부터 귀를 기울였다. 하지만 그 나이가 되었다고 해서 이야기가 엄청나게 재미있어진 건 아니었다.

아줌마는 세 번 결혼했다. 지금 남편은 로마에 살고 있는데 거의 만나지 못하고 있다. 아줌마는 부유한 가정에서 태어났기 때문에 먹고살기 위해 일을 할 필요가 없었다. 홀리 아줌마는 아빠의 소망과 달리 '저널리스트'(아줌마가 그렇게 불렀다.)가 되었는데, '진실을 말하는 게 도덕적 의무'라고 느꼈기 때문이라고 했다. (나는 홀리 아줌마가 아빠와 나에 관해 쓴 기사 가운데 빤한 거짓말이 많았다는 이야기는 언급하지 않았다.) 또 홀리 아줌마는 본인의 등반 성과를 과장하고 있는 것 같았다. 내가 어떤 산을 등반했느냐고 묻자 홀리 아줌마는 "유명한 산이라는 산은 다."라고 대답한 뒤 화제를 재빨리 꿈으로 바꾸었다. 홀리 아줌마는 나한테 꿈을 꾸었냐고 물었다.

"예."

"내가 지난밤 꿈 이야기를 해 줄게."

나는 사람들의 꿈 이야기 듣는 걸 아주 싫어한다. 다행히 윌리엄 블레이드와 몸집이 설인만 한 보디가드 세 명이 도착하는 바람에 위기에서 벗어날 수 있었다.

윌리엄 아저씨는 영화에서 총에 맞고 칼에 찔리고, 굶주리고 얻어맞고, 고문을 당했다. 하지만 홀리 아줌마의 텐트로 절뚝거리며 들어올 때의 모습을 보니 가관이었다.

"윌리엄 씨가 등이 아파서요. 당신네 마사지 치료사가 치료할 수 있을까 해서 와 봤어요."

윌리엄 아저씨의 보디가드가 말했다.

"물론이죠!"

홀리 아줌마가 말했다.

아줌마는 물건(나를 포함해서)을 치워 공간을 마련했다.

랄프는 산에 도착하고 나서 처음으로 미소를 지었다. 랄프는 매우 기뻐하며 윌리엄 아저씨의 몸에 약과 로션을 바르고, 근육을 풀어 주었다. (별로 인상적이지 않았다.)

옷을 벗고 테이블 위에 누운 윌리엄 아저씨는, 자기 등이 아픈 것이 텐트 안에 있는 사람들 책임이라도 되는 듯 비명을 지르고 욕을 했다.

나는 다음 날 무슨 일이 벌어졌는지 보지 못했다. (조파 할아버지가 순조와 나한테 캠프 바깥쪽에 있는 위험한 빙벽을 등반하라고 시켰다.) 하지만 그날 오후에 텐트로 돌아와 무슨 일이 있었는지 들을 수 있었다.

랄프가 영화 주인공의 등에 마술을 부린 후, 윌리엄 아저씨는 랄프한테 홀리 아줌마가 주는 돈의 두 배를 줄 테니 자기 캠프로 가자고 제안했다. 랄프가 자기 장비를 재빨리 옮기지 못한 게 틀림없었다. 랄프가 짐 옮기는 걸 보고는 피에르가 윌리엄 아저씨한테 자기도 데려가 달라고 간청해 같이 텐트를 옮기게 되었다. 거대한 분홍색 텐트에 혼자 남겨진 홀리 아줌마는 화를 내며 날카로운 비명을 질렀다.

사람들은 대부분 홀리 아줌마가 산을 내려갈 거라고 생각했다. 하지만 조파 할아버지만은 아줌마가 산을 내려가지 않을 거라고 생각했다. 조파 할아버지는 담배를 팔아 번 돈으로 아줌마가 떠날 거라고 이야기하는 사람들과 내기를 했다.

홀리 아줌마가 한 시간 뒤에야 텐트에서 나왔다. 곧 홀리 아줌마가 집이 있는 어퍼 이스트 사이드 펜트하우스로 돌아가지 않을 거라는 사실이 밝혀졌다.

우리는 식당 텐트에서 전진 캠프로 올라간 아빠 일행의 소식을 들으려고 기다리고 있었다. 아빠 일행은 그날 아침 전진 캠프를 떠나 베이스캠프로 돌아올 예정이었다. 하지만 눈보라 때문에 옴짝달싹 못하게 되었다. 전진 캠프에 있는 사람들 가운데 고소폐수종에 걸린 사람이 있다는 말도 돌았지만, 폭풍 때문에 무전 교신을 할 수 없게 되어 누가 아프고 증상이 얼마나 심한지 알 길이 없었다. 다음 날까지 전진 캠프에서 출발하지 못하면 상황은 심각해질 수 있었다. 아빠 일행은 전진 캠프에서 이틀 먹을 음식만 챙겨갔다.

전진 캠프에 있는 아빠 일행에게 음식을 갖다 주자고 이야기하는 셰르파들도 있었다.

"오늘 밤은 안 되네. 폭풍이 산을 따라 내려오고 있어."

조파 할아버지가 말했다.

셰르파와 일부 등반객들이 조파 할아버지와 날씨 변화에 대해 의논하고 있을 때 홀리 아줌마가 식당 텐트로 슬그머니

들어왔다.

"정상에 올라가겠어요."

홀리 아줌마가 침착하게 말하고는 걸어가 음식 한 접시를 챙겼다.

조파 할아버지만 미소를 짓고 있었다. 왜 아니겠어? 조파 할아버지는 글자 그대로 항아리 가득 돈을 땄다. 식당 텐트의 요리사는 내기에 건 돈을 10갤런짜리 밥솥에 넣어 두었는데, 밥솥은 루피 지폐들로 넘쳐났다.

순조는 조파 할아버지가 내기에서 딴 돈을 고스란히 티베트 스님들한테 줄 거라고 했다. 티베트 스님들은 돈을 받으려면 기다려야 할 것이다. 조파 할아버지도 홀리 아줌마처럼 조만간 집으로 돌아갈 계획은 없는 것 같았기 때문이다.

"눈이 올 거야."

한 셰르파의 말에 내가 대답했다.

"그럴 리가 없어요."

텐트에 들어온 지 20분이 채 되지 않았다. 본부 텐트에서 걸어올 때 하늘에는 구름 한 점 없었다. 요리사가 텐트 덮개를 뒤로 잡아당겼다. 우리는 셰르파의 말을 의심하며 밖을 내다보았다. 셰르파의 말이 맞았다. 눈이 수북이 쌓여 내 텐트까지 찾아갈 방법이 막막했다.

가 모 우 백

　그날 밤 나는 내 텐트로 돌아가지 못하고, 겨우 본부 텐트까지 갈 수 있었다. 폭풍은 베이스캠프에 1.2미터의 눈을 쏟아 부었다. 전진 캠프의 상황은 훨씬 안 좋았다.

　아빠와는 그날 밤 딱 한 번 무전기로 통화할 수 있었다. 무전기에서는 직직 소리가 나고 뚝뚝 끊겼다. 하지만 아빠가 말하는 건 시속 120킬로미터의 바람이 지속적으로 불다가 시속 100킬로미터에 달하는 돌풍이 분다는 내용인 것 같았다. 등반 대원들이 텐트에 쭈그리고 앉아 있지만, 아빠는 날씨 때문에 등반 대원들을 살필 수 없었다.

　새벽녘에 아빠가 다시 무전을 했다.

　"베이스캠프, 고소폐수종 환자가 두 명 있다. 프란시스 아저씨와 빌인데, 한 사람은 증세가 심하고 다른 사람은 가볍다. 그곳 날씨는 어떤가?"

　무선기사인 스파키 아저씨가 대답했다

　"여기는 맑다. 일기도를 살펴봤는데 오늘 밤까지 새로운

153

폭풍이 발생하지는 않을 것이다."

"언제라고?"

"폭풍의 예상 도달 시간은 저녁 7시다. 몇 시간 정도 틀릴 수도 있다."

아빠가 껄껄거리며 웃다가 발작적으로 기침을 했다. 마침내 진정을 한 뒤 아빠가 말했다.

"시간대는 잘 알겠다. 탈수 증세가 완화되는 대로 팀원들을 내려 보내기 시작할 것이다. 빌한테 여분의 산소를 투여하고 있는데, 반응이 좋다. 빌이 혼자 내려갈 수 있을 것 같다. 레아와 내가 프란시스와 셰르파들과 함께 빌의 뒤를 쫓아갈 것이다. 빌이 원하면 도움을 줄 것이다. 우리는 프란시스를 가모우 백에 넣으려고 한다."

프란시스 아저씨는 며칠 전에 식당 텐트에서 국수를 보고 투덜대던 사내였다. 가모우 백은 1980년대 말에 이고르 가모우라는 사람이 발명했는데, 고소폐수종으로 죽어 가는 등반객들의 목숨을 구했다. 가모우 백은 시체 운반용 밀폐 부대처럼 생겼다. 고산 지대에서 기압은 매우 낮다. 고소폐수종 증세를 보이는 등반객을 가모우 백 안에 넣고 지퍼를 단은 뒤 해수면의 압력이 될 때까지 백 안에 공기를 집어넣는다. 그러면 고소폐수종 증세를 보이던 등반객이 다시 숨을 쉬게 된다.

"여덟 시간쯤 뒤에 첫 번째 등반대를 찾기 시작하겠다. 하산할 때 조심해라. 눈사태가 일어날 위험이 높다."

스파키 아저씨가 말했다.

"날씨 소식을 계속 알려 달라."

아빠가 요청했다.

"알았다."

스파키 아저씨가 대답했다.

눈 속에서 내 텐트를 파냈다. 조파 할아버지는 순조와 나한테 홀리 아줌마의 텐트도 파내어 주라고 했다. 순조와 나는 몇 시간에 걸쳐 눈 속에서 홀리 아줌마의 텐트를 꺼냈다. 홀리 아줌마는 우리와 함께 눈을 파내지는 않았지만 뜨거운 차와 쿠키를 쉬지 않고 갖다주었다.

그날 오후 늦게 아빠 등반대 사람들이 뿔뿔이 걸어 내려왔다. 팀원들은 '살아 있는 시체의 밤(Night of the Living Dead, 1968년에 조지 로메로 감독이 만든 최초의 좀비 영화 : 옮긴이)'에 나오는 좀비들처럼 보였다. 사람들은 식당 텐트에서 김이 모락모락 나는 차를 석 잔씩 마시고 나서야 말을 제대로 할 수 있었다.

"악몽이었어요. 전진 캠프 300미터 아래에 도착했을 때 눈이 내리기 시작했어요. 눈이 너무 많이 쌓여 우리 몸을 밧줄로 연결했어요. 안 그랬다가는 눈 속에 파묻혀 버릴 것 같았으니까요."

"앞이 제대로 보이지 않았어요. 그리고 본격적으로 눈이 내리기 시작했어요."

"전진 캠프에서 온도는 풍속 냉각(windchill, 기온과 바람의 복합 효과에 의한 신체 냉각 : 옮긴이) 없이 영하 22도까지 내려 갔어요. 우리는 텐트를 빠져나오려고 했는데 얼어 죽을 지경 이었어요."

말을 하던 사내는 오른손에 끼고 있던 장갑을 조심스럽게 벗었다. 손가락 세 개가 변색되고 물집이 생겼다.

"크리거 선생 말로는 손가락은 괜찮을 거래요. 하지만 왼쪽 새끼발가락은 일주일쯤 있으면 떨어져 나갈 거라고 하더라고요. 어쨌든 평소에도 그 발가락이 마음에 안 들었으니 괜찮아요. 보여 드릴 수도 있지만 이걸 보면 속이 안 좋아질 거예요."

사내는 웃었지만 기분이 좋아서 웃는 것 같지는 않았다.

"가장 심각한 건 눈보라가 아니었어요. 앞이 제대로 보이지 않기는 했지만요. 새벽 2시경에 눈사태가 우리를 덮쳤어요. 처음 들어 보는, 짐승이 울부짖는 듯한 소리였어요. 텐트 일곱 개를 쓸어 갔어요. 하느님이 도와 등반객들은 무사했지요. 하지만 등반객들은 나머지 텐트에 정원의 두세 배씩 끼어서 지내야 했어요."

텍사스 애빌린에서 온 카우보이가 말했다.

"그러고 나서 음식이 떨어졌어요. 조쉬는 전진 캠프에 올라갔다가 베이스캠프로 돌아올 만큼만 음식을 가져가게 했어요. 오늘 아침에 나눠 먹을 건포도도 없었어요. 날씨가 화창해진 게 다행이에요. 폭풍이 며칠 더 계속되었으면 굶어 죽었을 거예요."

손가락에 동상이 걸린 사내가 말했다.

"맞는 말이에요. 오늘 아침 텐트에서 기어 나올 때 야크를 보면서 살의를 느꼈어요. 우리가 산을 올라가기 전에 푸자 의식을 해야만 했던 이유를 알 것 같았어요."

텍사스 출신 카우보이가 말했다.

"우리 아…… 조쉬 아저씨는 어디 있어요?"

내가 물었다.

"조쉬와 크리거는 아직 프란시스를 아래로 옮기고 있어. 그들은 늦게까지 전진 캠프를 떠나지 않았어. 프란시스는 밀실공포증이 있었어. 그걸 미리 알았어야 했는데. 프란시스는 잘 때도 머리의 반은 텐트 바깥으로 내밀고 잤어. 사람들이 가모우 백에 집어넣으려고 하자 프란시스는 미친 듯이 날뛰었어. 그나마 프란시스가 목숨을 구할 수 있었던 건 그가 금방 기절한 덕분이야."

텍사스 출신의 카우보이가 말했다.

위의 대화가 냉정하게 들릴 수도 있다. 하지만 그 말이 맞을지도 모른다. 밖은 영하 23도였고, 식당 텐트는 약간 따뜻했지만 그렇게 많이 따뜻하지는 않았다. 당신이 지쳐서 숨을

쉬는 것도 힘들고, 몸이 얼고, 굶주리고, 발가락이 떨어져 나
가는 걸 속수무책으로 기다려야 한다면 동료 등반객의 안전
보다는 다른 문제에 신경을 쓸 것이다.

조파 할아버지는 순조와 나를 손짓해 부르더니 장비를 챙
기라고 했다. 우리는 아빠와 크리거 선생님을 도우러 산으로
올라갔다.

JR 아저씨와 윌 아저씨와 잭 아저씨가 우리와 합류했다.
세 사람은 지난 며칠 동안 순조와 내가 조파 할아버지한테
등반 훈련 받는 걸 촬영했다. 나는 세 사람이 우리를 돕기 위
해 올라가겠다는 건지, 아니면 가모우 백이 작동하는 장면을
촬영하러 올라가는 건지 알 수 없었다.

겨우 300미터 차이가 그렇게 클 거라고는 생각하지 못했
다. 하지만 그 고도에서는 30미터만 해도 크게 차이가 났다.
새로 떨어지는 눈을 치워도 소용이 없었다. 스무 걸음쯤 가
면 멈춰 서서 귀에 거슬리는 소리를 내며 차가운 공기를 들
이마셔야 했다. 정상은 내가 지금 숨을 헐떡이고 있는 곳보
다 더 위쪽에 있다. 현재 상태에서 정상에 오르고 싶다는 소
망은 가모우 백을 타고 목성으로 날아가고 싶다는 것만큼이
나 이루기 힘들어 보였다. 내게 유일하게 위안이 되는 것은
순조뿐이었다. 촬영 팀도 나만큼이나 힘들어했다.

힘들어하지 않는 사람은 조파 할아버지뿐이었다. 조파 할

아버지는 길을 내는 산양처럼 우리가 40~50미터 뒤에 따라올 때까지 기다렸다가 롱부크 빙하로 계속 올라갔다.

늦은 오후가 되어도 아빠 일행의 흔적은 보이지 않았다. 아빠 일행을 빨리 찾지 못하면 어둠 속에서 수색 작업을 해야만 했다. 더구나 구름이 몰려들기 시작했다.

조파 할아버지는 해가 산 너머로 기울자 우리더러 바싹 따라붙으라고 했다.

"그 사람들은 제2캠프나 중간 캠프에서 밤을 새울 거야."

JR 아저씨가 헐떡이며 말했다.

전진 캠프까지 가는 길에 중간 캠프와 제2캠프가 있었다. 제2캠프는 전진 캠프까지 가는 길의 4분의 3 지점에 자리 잡고 있었다. 중간 캠프는 보이지 않았다. 우리가 생각만큼 높이 올라오지 않았다는 뜻이다.

"중간 캠프나 제2캠프에 없다면 어쩌겠나?"

조파 할아버지가 물었다.

(조파 할아버지의 말은 아빠와 크리거 선생님이 캠프들을 지나갔거나, 아직 도착하지 못했다면 얼어 죽었을 거라는 뜻이었다.)

"좋은 지적이에요. 우리는 어떻게 하죠?"

JR 아저씨가 조파 할아버지의 말에 수긍하며 말했다.

조파 할아버지가 빙하를 내려다본 뒤, 눈을 가늘게 뜨고 어두워지는 하늘을 올려다보았다.

"폭풍이 몰려오고 있네. 두 시간이면 베이스캠프까지 내려갈 수 있을 게야. 지금 떠나면 폭풍보다 먼저 베이스캠프에 도착할 수 있네."

JR 아저씨가 의심스럽다는 표정으로 조파 할아버지를 쳐다보았다. 우리는 올라오는 데 네 시간이나 걸렸다.

"내리막길이잖나. 길도 만들어졌으니 길을 잃을 염려도 없을 게야."

조파 할아버지가 설명했다.

"할아버지는요?"

내가 물었다.

조파 할아버지는 배낭에서 헤드라이트를 꺼내 파카 후드에 끈으로 묶은 뒤 배낭을 다시 멨다.

"나는 네 아빠를 잘 안다. 네 아빠는 그 남자가 죽는 걸 지켜보지 않을 게다. 네 아빠는 어떻게 해서든 그 남자를 데리고 산을 내려오려고 할 거란다."

나는 모두가 베이스캠프로 돌아가고 싶어 할 거라 생각했다. (나는 돌아가고 싶었다.) 하지만 조파 할아버지를 빼고 내려가려는 사람은 없었다. 날씨가 점점 험악해지는 상황에서는 더욱 그랬다.

우리도 헤드라이트를 달고 조파 할아버지의 불빛을 따라갔다.

두 시간 뒤 어둠 속에서 눈이 내리기 시작할 때 200~300

미터 앞에서 헤드라이트 두 개가 깜박이는 게 보였다.

아빠와 크리거 선생님의 모습이 또렷하게 보였다. 아빠와 크리거 선생님의 힘만으로 프란시스 아저씨를 베이스캠프까지 데리고 가기는 힘들었을 것 같았다. 아빠 일행과 우리 가운데 누가 더 기뻐하는지 알 수 없었다. 아빠와 크리거 선생님은 우리가 도우러 온 걸 보고 기뻐했고, 우리는 아빠와 크리거 선생님과 함께 베이스캠프로 내려갈 수 있게 되어 기뻐했다.

"산소 가져왔어요?"

아빠의 발음이 분명하지 않았다.

조파 할아버지가 배낭에서 산소 탱크와 산소마스크를 꺼냈다. 아빠는 조절 장치를 작동한 뒤 크리거 선생님한테 건넸다. 크리거 선생님은 몇 번이고 깊게 산소를 들이마셨다. 아빠가 그 다음으로 산소를 들이마셨다. 아빠는 산소를 들이마신 뒤 우리한테 산소마스크를 건넸다. 하지만 우리는 용감하게 고개를 저었다. 우리는 아빠와 크리거 선생님만큼 높이 올라가지 않았고, 두 사람이 산소를 마신 건 지쳤기 때문이었다. 등반객들은 제5캠프에 도착하기 전에는 산소를 마시지 않았다.

"저 사람은 어떤가?"

조파 할아버지가 가모우 백을 가리키며 물었다.

"살아 있습니다. 적어도 우리가 마지막으로 봤을 때까지는

요. 하지만 고소폐수종 증세가 심각합니다."

JR 아저씨는 헤드라이트를 가모우 백 머리 부분의 투명 창에 비춰 보았다. 하지만 성에가 너무 많이 끼어 안이 잘 보이지 않았다.

"프란시스 씨, 괜찮죠?"

아빠가 소리를 질렀다.

희미한 목소리가 들린 것 같았지만 울부짖듯 부는 바람 때문에 잘 들리지 않았다.

"글씨를 쓰고 있어요."

크리거 선생님이 말했다.

프란시스 아저씨는 뿌예진 가모우 백의 투명 창에 거꾸로 '예'라고 썼다.

아빠는 희미하게 웃음을 지으며 크리거 선생님을 바라보았다.

"프란시스를 꺼내 줘야 할까요?"

아빠의 질문에 크리거 선생님이 고개를 저었다.

"당신은 역시 뛰어난 의사예요."

아빠는 가모우 백 옆에 쭈그리고 앉았다.

"도와줄 사람들이 도착했어요. 금방 베이스캠프로 데려갈 거예요."

베이스캠프까지는 네 시간 걸렸다. 빙하는 가파르고 얼음이 많았다. 우리는 아이스 스크루(ice screw, 빙벽 등반 시에 쓰는 하켄의 일종이며 나사처럼 돌려서 얼음 속에 박아 넣는 확보물이다 : 옮긴이)를 설치한 뒤 가모우 백을 한 번에 70~80센티미터씩 밧줄로 내려야 했다. 그래야 가모우 백이 썰매처럼 미끄러져 내려가는 걸 막을 수 있었다.

우리는 자정을 훌쩍 넘기고 나서야 베이스캠프에 도착했다. 베이스캠프는 크리스마스트리처럼 늘 파란색, 빨간색, 초록색 텐트 조명을 켜 놓지만, 늦은 시간이어서 대부분의 등반객들이 잠들어 있었다. 우리는 가모우 백을 의료 텐트로 옮긴 뒤 간이침대 위에 올려놓았다. 크리거 선생님은 이로 물어서 겉과 속의 방한 장갑을 모두 벗고 천천히 가모우 백의 지퍼를 열었다.

크리거 선생님이 물었다.

"기분이 어때요?"

프란시스 아저씨의 낯빛은 시체 같았다. 프란시스 아저씨는 눈을 뜨고 가까스로 희미한 웃음을 지었다.

"난 더 이상 밀실공포증 환자가 아니에요."

프란시스 아저씨는 힘이 없어서인지 속삭이듯 말했다.

크리거 선생님은 웃으면서 프란시스 아저씨의 가슴에 청진기를 갖다 댔다.

"하지만 고소폐수종 환자이긴 해요."

"이제 나는 정상에 올라가지 못하는 건가요?"

"올해는 안 돼요."

아빠가 프란시스 아저씨만큼 실망하며 말했다. 아빠의 등반 허가에 또 다른 결원이 생겼다.

우리는 프란시스 아저씨와 크리거 선생님을 남겨 놓고 식당 텐트로 갔다. 등반대 아저씨와 아빠 회사 직원과 셰르파 몇 명이 차를 마시며 카드놀이를 하고 있었다. 아빠가 프란시스 아저씨의 몸 상태에 대해 이야기했다. 아빠는 이야기를 마친 뒤 빌 아저씨가 어떤지 물었다.

텍사스 출신의 고객이 말했다.

"빌도 몸 상태가 별로 좋지 않아요. 다시 올라가고 싶어 하지 않아요."

아빠가 들릴 듯 말 듯 욕을 했다. 또 한 명의 등반객이 내려가야 한다. 전진 캠프보다 높이 올라간 등반객이 아무도 없다.

얼마 안 있어 식당 텐트 안에는 순조, 조파 할아버지, 스파키 아저씨와 나만 남았다. 뜨거운 차를 마시고 숨을 들이마셔 폐에 공기를 채우니 기분이 좋았다. 식당 텐트가 아니라 산소 텐트 안에 앉아 있는 것만 같았다.

조파 할아버지가 말했다.

"피크와 안젤로 양은 함께 전진 캠프까지 올라가야 할 것 같군."

아빠가 말했다.

"알아요. 제가 두 사람을 데리고 올라갈 거고, 돌아온 뒤에 촬영 팀이 올라갈 겁니다. 하지만 지금은 며칠 기다려야 돼요. 지금은 기운이 하나도 없어요."

조파 할아버지가 말했다.

"내가 내일 그들을 모두 데리고 올라가지."

몇 시간 뒤에 빙하로 다시 올라간다는 건 상상조차 하기 싫은 일이었다. 하지만 아빠나 조파 할아버지 앞에서 이의를 제기할 수 없었다. 나는 JR 아저씨, 윌 아저씨, 잭 아저씨가 프란시스 아저씨가 가모우 백에서 나오는 걸 촬영한 뒤 텐트로 돌아오지 않기를 바랐다. 만약 세 사람이 텐트로 돌아와 조파 할아버지의 제안을 들었다면 분명히 나 대신 이의를 제기했을 것이다.

아빠가 말했다.

"영감님한테 그런 부탁을 할 수는 없습니다."

조파 할아버지가 말했다.

"자네가 부탁하는 게 아닐세. 내가 제안하는 거지. 그들은 올라가야만 해. 몇 시간 뒤에는 날씨가 갤 거야."

스파키 아저씨가 말했다.

"방금 확인한 위성사진으로 보면 그렇지 않던데요."

그러자 조파 할아버지가 어깨를 으쓱하며 말했다.

"위성사진이 틀린 거겠지."

아빠가 물었다.

"홀리는 어때요?"

조파 할아버지가 대답했다.

"오늘 아침 일찍 다른 캠프의 의사가 안젤로 양을 진찰했다네. 안젤로 양은 올라갈 수 있어."

아빠가 이를 드러내며 싱긋 웃었다.

"그럼 저한테 올라오기 전에 이미 준비해 놓은 겁니까?"

"포터와 야크도 데리고 갈 걸세. 폭풍 때문에 잃어버린 것도 다시 채워 넣을 거고. 산을 떠나기 전에 전진 캠프에서 만나고 싶은 셰르파들이 있거든."

조파 할아버지는 아빠의 질문에 대답하지 않고 다른 말을 했다.

아빠가 다시 물었다.

"파상하고 얘기해 보셨습니까?"

파상은 아빠의 사다였다. 캠프 근처에서 아빠의 사다를 본적이 있지만 정식으로 만나 본 적은 없었다. 사다는 늘 바빠 돌아다니고, 포터들한테 고함을 지르고, 셰르파들과 토론을 하고, 본부 텐트에서 베이스캠프 직원들하고 이야기한다.

조파 할아버지가 대답했다.

"사다는 포터들한테 오늘 오후 등반에 필요한 물건들을 배낭에 챙겨 넣으라고 시켰다네."

아빠가 나를 쳐다보았다.

"6,400미터에 도전할 준비가 됐니?"

나는 준비가 되었다고 대답했지만 자신이 없었다. 조파 할아버지의 일기 예보가 빗나가기만을 바랐다.

전진 캠프

다음 날 아침, 나는 텐트 덮개 사이로 얼굴을 내밀었다.

기온은 영하 28도이고, 바람 한 점 없는 화창한 날씨였다. 베이스캠프에 도착한 이후로 가장 좋은 날씨였다. 그리고 나한테는 가장 실망스러운 날이기도 했다.

목이 따끔거리고, 근육과 관절들이 유리처럼 산산이 부서지는 것만 같았다.

순조가 텐트 밖에서 나를 기다리며 앉아 있었다. 순조는 내가 전에 입던 옷을 입고 있었고, 내가 고물 등산화라고 부르던 등산화까지 신고 있었다. 게다가 피크 익스피어리언스 로고를 파카와 털모자에 꿰매어 붙이기까지 했다. 나는 조파 할아버지가 그 물건들을 모두 팔아 치운 걸로 알고 있었다. 왜 순조가 내 옷을 입고 있을까?

"얼굴이 안 좋아 보여."

"응, 안 좋아. 그 옷은 어떻게 된 거야?"

쉰 목소리가 나왔다.

"조파 할아버지가 너한테 안 맞는 걸 나한테 주셨어."

옷 문제를 물고 늘어지기에는 기운이 너무 없었다. 나는 텐트로 다시 들어가 물병을 찾았지만 딱딱하게 얼어 있었다. 전날 밤에 너무 피곤해서 물병을 침낭 안에 넣어 두는 걸 깜박했다. 나는 몇 시간 동안 전진 캠프 등반을 위해 장비를 꾸렸다가 푸는 걸 반복했다.

순조가 배낭에서 자기 물병을 꺼내 나한테 건넸다. 나는 꿀꺽꿀꺽 물을 들이켠 뒤 물병을 돌려주었다. 순조가 배낭을 메고 있는 이유가 궁금했다.

"너도 우리랑 함께 전진 캠프에 가는 거니?"

"응. 그리고 목동들보다 먼저 떠날 거야. 야크의 똥을 밟고 싶지 않거든."

"나도 그래."

야크의 똥을 본 적은 없었다. 포터들은 야크를 캠프에서 먼 곳에 모아 놓는다. 야크들이 있는 곳에 가 본 적은 없었지만, 그쪽 방향에서 바람이 불어올 때면 야크 냄새가 났다.

전날 조파 할아버지가 순조도 전진 캠프에 함께 올라갈 거라고 이야기하지 않은 까닭을 알 수 없었다. 하지만 나는 너무 피곤하고 배고프고 등반이 걱정되어 순조한테 그 질문을 할 수 없었다.

"홀리 아줌마를 깨워야 하지 않을까?"

"홀리 아줌마와 조파 할아버지는 이미 떠났어."

순조의 대답에 나는 당황해서 시계를 들여다보았다. 하지만 아직 아침 9시였다.

"언제 떠났는데?"

"두 시간 전에."

"조파 할아버지가 왜 나를 안 깨웠지?"

(말은 그렇게 했어도 잠을 더 잘 수 있었던 게 기뻤다.)

"홀리 아줌마는 걸음이 느리거든. 우리가 따라잡을 수 있을 거야."

나는 장비를 챙겨들고 꼼꼼하게 살폈다. 그러고 나서 순조와 아침을 먹으러 식당 텐트로 갔다. 식당 텐트 안에는 요리사밖에 없었다. 아빠가 나를 기다리고 있지 않은 게 실망스러웠다. 하지만 아빠가 지난 며칠 동안 겪은 일을 생각하면 아직 잠을 자고 있다고 해서 나무랄 수는 없었다.

아침을 절반쯤 먹었을 때 JR 아저씨, 윌 아저씨, 잭 아저씨가 들어왔다. 처음에는 눈에 힘이 없고 짜증을 내고 있었지만, 30분 동안 커피와 탄수화물을 보충한 뒤부터는 기운을 내기 시작했다.

윌 아저씨가 햇빛에 얼굴이 타지 않게 빙하 크림을 바르더니, 내게도 말했다.

"이걸 발라."

처음에는 홀리 아줌마가 순조 생각보다 훨씬 빨리 올라간

것 같았다. 하지만 홀리 아줌마의 등반 속도는 몇 시간이 지
난 뒤 알 수 있었다. 순조와 나는 빙하가 녹아 흐르는 시냇가
근처에서 조파 할아버지와 홀리 아줌마를 따라잡았다. 조파
할아버지는 가파른 빙하를 올라가는 내내 홀리 아줌마의 무
거운 배낭까지 메고 갔다.

홀리 아줌마는 배낭을 메지 않았지만 숨쉬기도 힘들어했
다. 홀리 아줌마는 순조와 나를 봤을 때 웃음을 지으려고 했
지만 마음처럼 쉽지 않은 것 같았다. 조파 할아버지는 약간
초췌해 보였다. 야크 한 마리 무게에 해당하는 배낭을 지고
있으니 그렇게 보이는 게 당연했다.

야크 떼는 온종일 우리를 따라붙었고, 지금도 100미터 정
도밖에 안 처져 있었다. 야크들은 37킬로그램의 보급품과 자
기들 사료를 실어 날랐다. 이 정도 높이에서 야크가 먹을 수
있는 건 사료뿐이었다.

조파 할아버지는 잔뜩 굳은 표정으로 야크의 긴 행렬을 지
켜보았다. 조파 할아버지는 더 이상 야크 똥을 밟고 싶어 하
지 않는 것 같았다.

"저 소들이 촬영을 망쳐 놓을 거야."

JR 아저씨가 투덜댔다.

"소가 아니라 야크예요. 그리고 야크가 촬영을 어떻게 망
친다는 말이에요?"

내가 반박하자 JR 아저씨가 대답했다.

"우리가 촬영하고 있는 건 목동이나 야크가 아니라 너야."

해발 5,500미터에 서면 한 가지 문제를 골똘히 생각하기 힘들어지지만 JR 아저씨는 어떻게 해서든 한 가지 주제에 초점을 맞췄다.

나는 용감한 과학자, 등반가, 탐험가들이 무섭고 거친 환경에서 '혼자' 싸워 나가는 장면을 담은 텔레비전 다큐멘터리를 싫어했다. 주인공들이 열악한 환경과 '혼자' 싸워 나갈 때 옆에서 카메라로 촬영하는 사람은 과연 누구란 말인가?

베이스캠프에서 등반객들이 '더러운' 포터와 목동과 '지독한 냄새가 나는' 야크에 대해 불평하는 소리를 들었다. 캠프에서 물건이 없어지면 포터와 목동들이 맨 먼저 도둑으로 몰리기도 했다.

물론 나도 야크 똥을 밟고 싶지는 않다. 하지만 바로 그 목동과 포터들이 값싼 등산화를 신고 남루한 옷을 입고 무거운 배낭을 메고 우리 뒤를 힘차게 따라오고, 산 위로 우리의 장비를 실어 나르면서도 휘파람을 불고 노래를 부른다는 걸 생각하면 부끄러워지기도 한다. 우리들 가운데 목동과 포터들이 등에 지고 나르는 짐의 10분의 1밖에 안 되는 짐을 나르면서 휘파람을 불거나 노래를 부를 수 있는 사람이 있을까?

"목동과 야크와 포터들이 없으면 우리들이 여기 있을 수도 없어요. 화면에 그들을 담지 않으려 하는 건 화면에서 에베레스트 산을 빼는 것과 마찬가지예요. 등반객이 에베레스트 산 정상을 정복하는 데 그들이 등반객보다 더 중요해요."

나는 숨이 차서 더 이상 애기할 수 없었다. 하지만 조파 할아버지가 오랫동안 크게 웃는 걸로 봐서 내가 할 말은 다 한 것 같았다. (그 높이에서 제대로 이야기하는 건 힘들었다.) JR 아저씨는 야크와 목동과 포터들이 우리 곁을 지나 시냇물을 건너는 걸 촬영했다. 날카로운 바위에 발굽이 잘린 야크들이 눈 위에 남긴 피 얼룩도 촬영했다.

우리는 즐거운 마음으로 야크 똥들을 따라 중간 캠프까지 올라갔다. 캠프는 내가 예상했던 것과 달랐다.

중간 캠프는 빙하들이 포효하며 떠내려가는 강물 위의 절벽 가장자리에 아슬아슬하게 자리 잡고 있었다. 뒤에는 비탈이 있어서 금방이라도 머리 위로 굴러 떨어질 것만 같았다. 나는 조파 할아버지한테 이 두 가지 잠재적 재난을 지적했다. 호박돌이 갑자기 움직여 비탈을 따라 굴러 떨어지더니 우리가 서 있는 곳에서 2미터쯤 떨어진 곳에 멈춰 섰다.

"평평하네."

조파 할아버지는 돌에 깔려 죽는 것보다 편안한 잠자리가 더 중요하다는 듯이 말했다.

나는 다른 사람들을 살펴보았다. 나처럼 캠프의 위치를 걱정하는 사람은 없는 것 같았다. 그들은 너무 지쳐서 꼼짝할 힘도 안 남았기 때문에 캠프의 위치 따위는 아무래도 좋은 모양이었다. 그들이 어떻게 느끼는지 정확하게 알았다. 가장 단순한 일을 하는 데도 한참 걸렸다. 그리고 우리는 아직까지 전진 캠프에도 도착하지 못했다. 더구나 전진 캠프 위쪽에 캠프가 세 개나 더 있었다.

순조와 나는 우리가 지낼 텐트를 친 뒤 홀리 아줌마의 텐트를 쳤다. (순조와 나는 함께 자기로 했기 때문에 텐트를 한 개만 챙겨 왔다.) 홀리 아줌마는 우리가 따라잡은 뒤로 한마디도 하지 않았다. 마치 줄이 끊어진 꼭두각시처럼 평평한 바위에 구부정하게 앉아서 흐리멍덩한 눈으로 우리를 지켜보았다.

순조는 조파 할아버지와 다른 셰르파들이 저녁 준비하는 걸 도우러 갔다. 나는 홀리 아줌마한테 가서 몸이 괜찮은지 물었다. 아줌마는 몇 번인가 심호흡을 하다 마지막으로 숨을 내뱉으며 힘겹게 "괜찮아."라고 대답했다.

만약 해수면에서 아줌마와 같은 증세를 보인다면 당장 구급차에 실려 응급실로 갔을 것이다. 하지만 해발 5,500미터에서 그 증세는 응급 상황이 될 만한 것은 아니었다. 아무리 그렇더라도 홀리 아줌마가 지금의 몸 상태로 더 높이 올라가는 것에는 찬성할 수 없었다.

산소마스크를 쓰면 홀리 아줌마가 즉시 생기를 찾을 것이다. 아줌마는 차가운 바위 위에 구부정하게 앉아 있지만 계속 등반을 하고 있는 셈이었다. 그게 바로 높은 곳으로 올라가고 낮은 곳으로 내려와 잠을 자는 목적이었다.

"공기가 희박할 때 적혈구는 우리 몸을 보호하기 위해 수백만 배로 증가해요. 새로 만들어진 적혈구들은 낮은 고도에서 휴식을 취하고 있을 때 꼼짝 않고 기다리죠. 이렇게 해서 다음 등반할 때 한결 쉬워지는 거예요. 그러니까……."

"피크, 입 좀 다물어라."

홀리 아줌마가 옅은 웃음을 지으며 간신히 말했다.

"뭐라고요?"

"나도 알아 …… 헉헉 …… 적혈구가 …… 헉헉 …… 어떻게 …… 헉헉 …… 작용하는지."

나는 어이가 없어 말을 못하고 홀리 아줌마를 빤히 쳐다보기만 했다. 나는 깨닫지도 못하는 사이에 머리에 떠오른 생각을 큰 소리로 이야기한 것이다. 그런 모습은 내가 어떤 상태였는지를 잘 말해 주는 것이었다.

"미안해요."

홀리 아줌마가 고개를 끄덕였다.

"내 텐트로 데려다 줘."

내가 홀리 아줌마를 일으켜 세웠을 때 아줌마는 비틀거렸다. 하지만 홀리 아줌마는 몇 번 규칙적으로 심호흡을 한 뒤 안정을 찾았다. 5미터 떨어져 있는 텐트까지 걸어가는 데 족히 5분은 걸렸다. 텐트에 도착했을 때 아줌마와 나는 숨을 헐떡거렸다. 누군가 나를 조정하던 줄을 끊어 버린 것만 같았다. 무슨 일이 벌어지고 있는 걸까?

홀리 아줌마를 텐트에 밀어 넣었다. 나는 쓰러지지 않고 갈 수 있을지 스스로 의심하면서 순조와 조파 할아버지한테 걸어갔다. 조파 할아버지가 나한테 컵을 내밀었다. 얼떨결에 컵을 받아 들었지만, 그걸로 뭘 해야 할지 알 수 없었다.

조파 할아버지가 말했다.

"마셔라."

'그래. 컵에 있는 물을 마시면 된다.'

머리가 둔하게 돌아갔다.

한 모금 들이키자, 물은 식도로 들어가 마법의 만병통치약처럼 배를 흔들어 깨웠다.

"이게 뭐예요?"

조파 할아버지가 나를 빤히 쳐다보았다.

"설탕을 탄 차란다."

"어떤 차요?"

"흔하게 구할 수 있는 오래된 녹차지."

조파 할아버지는 내 외투 호주머니에서 물병을 꺼내 흔들었다. 물병에 물이 가득 차 있었다.

"탈수증이야. 충분히 마시지 않았구나. 공기가 희박한 것보다 물이 부족한 게 더 빨리 네 목숨을 빼앗아 갈 게다."

조파 할아버지는 손으로 머그잔을 감싸고 있는 순조를 바라보더니 고개를 끄덕이며 말했다.

"순조도 잘못했지."

나는 하루 종일 갈증이 나지 않았지만, 조파 할아버지의 말이 맞았다. 이렇게 높은 곳에서 갈증을 느낄 때까지 물을 마시지 않으면 그때는 너무 늦을 수가 있었다.

"홀리 아줌마!"

나는 불안한 마음을 떨치지 못하고 고함을 쳤다. 홀리 아줌마도 탈수증에 시달리고 있을 것만 같았다.

조파 할아버지가 고개를 저었다.

"안젤로 양은 수분을 많이 섭취했을 게다. 확실해."

"홀리 아줌마의 상태가 좋지 않아요."

"더한 경우도 봤단다. 그런 몸 상태로도 정상까지 정복하더구나. 산이 누구를 허락하고 누구를 허락하지 않을지는 알 수 없는 거란다."

괴로운 밤을 보냈다.

탈수증에 신경이 쓰여 물을 너무 많이 마시는 바람에 세 번이나 소변을 보러 갔다. 꾸벅꾸벅 졸다가도 비탈에서 호박돌이 굴러 부딪히지 않을까 염려되어 앉아서 기다렸다. 하지만 가장 큰 문제는 내 목이었다. 다음 날 아침이 되자 목에 단단하게 삶은 거위 알이 끼어 있는 것만 같았다.

내가 잠자리에서 뒤척이고 소변을 보러 가는 통에 순조도 제대로 잠을 자지 못한 것 같았다. 하지만 순조는 불평하지 않았다.

아침 날씨는 어제만큼이나 화창했다. 홀리 아줌마도 몸 상태가 한결 좋아졌다. 홀리 아줌마는 식당 텐트로 걸어와 우리와 함께 아침을 먹었다. (어제 저녁에는 조파 할아버지가 홀리 아줌마 텐트로 밥을 가져다주었다.)

목동과 야크는 한 시간 전에 떠났다. 그들은 제2캠프에서 쉬지 않고 전진 캠프까지 곧바로 갈 것이다. 우리와 비교해 그들의 몸 상태가 어떨지 충분히 상상이 될 것이다.

텐트를 챙기고 있을 때 JR 아저씨가 와서 출발하기 전에 나와 인터뷰를 하고 싶다고 했다. 순조와 조파 할아버지는 홀리 아줌마의 장비를 싸고 있었다.

나는 베이스캠프에서도 이런 인터뷰를 몇 번 했지만, 더할 생각을 하니 두려움이 앞섰다. 카메라가 내 얼굴 바로 앞에 있고 붐 마이크가 머리 위에서 흔들리는 걸 보고, 나는 나불나불 수다를 떠는 멍청이가 되고 말았다.

"그냥 자연스럽게 평소대로 해."

맞는 말이었다.

JR 아저씨는 다음과 같은 대사들을 던졌다.

"아빠와 함께 세상에서 가장 높은 산에 오르는 기분이 어때?"

"고층 빌딩을 올라가는 것과 에베레스트 산을 등반하는 건 어떻게 달라?"

나는 JR 아저씨의 질문에 솔직하게 대답하려고 했지만, 엉뚱한 대답이 불쑥 튀어나오곤 했다.

나는 짐 싸는 걸 멈추고 촬영 팀과 함께 어울리며 자연스러운 표정을 지으려고 애썼다. 촬영 팀이 카메라를 비탈 앞에 설치해 놓는 바람에 나는 밤새 호박돌이 비탈을 타고 굴러 내리는 소리를 들어야 했다. 윌 아저씨는 나더러 쭈그리고 앉으라고 한 뒤 머리에서 후드를 벗겨 얼굴이 보이게 했다. 그리고 내가 조금 전에 정성들여 바른 빙하 크림을 닦아 냈다.

잭 아저씨가 말했다.

"우리가 촬영하는 동안 커다란 호박돌이 굴러 내리면 멋질 것 같지 않아?"

(잭 아저씨는 믿을 만한 사람이었는데, 촬영하는 내내 끔찍한 일이 벌어지길 바랐다.)

JR 아저씨가 말했다.

"오늘은 간단하게 가자고. 네가 어제 말한 야크와 포터에 대한 이야기를 다시 하는 거야. 아주 신랄했거든. 그리고 진짜 맞는 말이었어. 최종적으로 쓰게 될지 아닐지는 모르지만, 아마 쓰게 될 거야."

나는 몸이 떨렸다. 사실 지난밤에 잠들기 직전까지 오늘 할 말을 생각했고 촬영이 어서 시작되기를 바랐다.

JR 아저씨가 큐 사인을 주었다.

"셋, 둘, 하나. 액션!"

나는 입을 열었지만 아무 말도 나오지 않았다.

"지금 촬영 중이야."

JR 아저씨가 끈기 있게 말했다.

(추운 날씨에 카메라 배터리는 오래 가지 않았다.)

나는 다시 말을 하려고 했지만 헛수고였다.

"피크야, 아무 때나 말해."

"호박돌이 풀리고 있어."

잭 아저씨가 흥분해서 말했다.

"피크, 어서!"

나는 손가락으로 내 입을 가리키며 고개를 저었다. 목소리가 나오지 않았다.

JR 아저씨가 투덜거렸다.

"호박돌이 튀어나오려고 해. 우리를 스쳐 갈 거야. 하지만 틀림없이 화면에 잡힐 거야."

잭 아저씨가 말했다.

"조파 할아버지! 이리 와서 잠깐만 서 보실래요?"

JR 아저씨가 고함을 질렀다.

조파 할아버지는 고개를 저은 뒤 순조를 가리켰다.

"순조를 시키게."

"피크, 프레임에서 빠져나와!"

JR 아저씨가 소리쳤다.

순조와 내가 재빨리 자리를 바꿨다.

"아직 촬영 중이야. 순조야, 산에 대한 느낌을 말해 봐. 아빠에 관한 이야기도 괜찮고. 셋, 둘, 하나. 액션!"

JR 아저씨의 신호에 맞춰 순조가 말했다.

"아빠는 제 나이 때 사가르마타에 왔어요. 포터로 시작해 셰르파와 보조 사다의 자리까지 올랐지요. 아빠는 제가 산에 올라가지 않도록 하기 위해 등반을 한다고 말했어요. 하지만 아빠가 계속 산에 올랐던 데는 다른 이유가 있었을 거라고 생각해요."

순조는 근사한 악센트를 구사했다.

잭 아저씨가 바라는 대로 호박돌들이 다른 얼음 덩어리들과 함께 떨어졌다. 순조는 겁을 내지 않았다. 순조는 작은 눈사태를 어깨 너머로 흘깃 쳐다보았다. 순조는 계속 이야기하고, JR 아저씨가 그 모습을 촬영했다.

"나는 아빠를 잘 몰라요. 하지만 이 산에서 셰르파와 등반객과 포터들의 대화를 통해 아빠를 알아 나가고 있어요. 산을 보러 왔지만 아빠를 만나고 있는 셈이에요."

"훌륭해!"

JR 아저씨가 말했다.

순조의 인터뷰는 훌륭했다. 인정하기는 싫었지만 순조가 멋지게 인터뷰하는 걸 보니 약간 질투가 났다. 순조는 나와 달리 비디오카메라 앞에서 편안한 모습이었다. JR 아저씨는 촬영이 끝난 뒤 내 칭찬을 한 적이 없었다. 나는 속이 상했지만 어쩔 수 없는 일이었다.

잭 아저씨와 윌 아저씨는 인터뷰가 자연스러웠다며 순조의 어깨를 두드렸다. 나는 텐트로 돌아와 짐을 마저 쌌다. 촬영 팀 아저씨들은 내가 자리를 뜬 것도 몰랐을 것이다.

오전 10시쯤 되자 날씨가 바뀌었다. 서쪽에서 잿빛 구름이 몰려들고 꽤 차가운 바람이 산 아래로 불기 시작했다. 우리는 발길을 멈추고 옷을 여러 겹 껴입었다. 나는 실크 발라클라바(balaclava, 머리와 얼굴을 완전히 덮어씌우고 눈만 보이게 만든 방한용 모자 : 옮긴이)와 면 스카프로 얼굴을 완전히 가렸다. 목이 여전히 아팠지만 한 번에 한 걸음씩 무거운 발걸음을 옮겼다. 30분마다 멈춰 서서 스카프를 풀고 벌컥벌컥 물을 마셨다.

조파 할아버지는 우리 뒤에서 걸어왔다. 할아버지는 홀리 아줌마의 개인 셰르파라도 되는 것처럼 여전히 아줌마의 짐을 지고 아줌마를 달래어 비탈을 올라가게 했다. 홀리 아줌마가 조파 할아버지를 고용했는지, 아니면 티베트 스님들에게 돈을 주기로 약속했는지, 아니면 다른 이유가 있는지는 몰랐다. 하지만 조파 할아버지가 없었다면 홀리 아줌마는 산을 올라가는 게 아니라 비탈을 내려가고 말았을 것이다.

제2캠프까지 가는 데 (한 시간에 800미터씩 걸어) 여덟 시간이 걸렸다. 제2캠프에는 등반객들이 너무 많아 텐트를 칠 자리를 찾기도 쉽지 않았다. 전진 캠프 위의 제4캠프에서 내려온 등반객들도 있고, 전진 캠프로 올라가는 등반객들도 있고, 제2캠프를 베이스캠프로 이용하는 등반객들도 있었다. 나는 숨쉬기도 힘들었기 때문에 제2캠프를 베이스캠프로 쓴다는 건 상상할 수도 없었다. 촬영 팀은 우리가 있는 캠프에서 멀리 떨어진 곳에 텐트를 쳐야 했다.

캠프는 이스트 롱부크와 베이펑 빙하들이 합류하는 곳에 있었다. 캠프에서 에베레스트 산 정상은 볼 수 없지만, 다른 히말라야 산맥의 봉우리들인 창체, 창정, 리신의 장엄한 모습은 볼 수 있었다.

식당 텐트를 칠 만한 공간이 부족해 각자 자기 텐트에서 밥을 먹었다.

나는 순조가 물을 뜨러 빙하 샘물에 내려가 있는 동안 버너에 불을 붙였다. 순조가 텐트로 돌아올 때 눈이 내리기 시작했다. 버너에 물을 올려놓고 끓기를 기다렸다. 산을 높이 오를수록 물 끓는 시간은 더 오래 걸렸다.

배가 고프지는 않았다. 순조도 배가 고프지 않을 터였다. 하지만 순조와 나는 먹어야 한다는 걸 알고 있었다.

순조가 내 몸 상태를 물었다. 나는 대답을 하려고 했지만 신음 소리만 나왔다. 말을 할 수 없다는 게 걱정스럽지는 않았다. 후두염이 더 심한 병으로 발전할까 봐 걱정될 뿐이었다. 베이스캠프에 지독한 바이러스가 돌아 사람들이 한바탕

법석을 떤 적이 있었다. 치료하기 힘든 병에 걸리면 등반은 끝이었다. 그렇게 되면 등반대는 캠프를 배회하며 기다려야 하고, 다른 등반객들은 전염병 보균자라도 되는 듯 그들이 다가오는 걸 의심스러운 눈초리로 바라보았다. 일반적으로 포터 중 한 명이 캠프에 바이러스를 옮긴다고 비난을 받는 반면, 등반객들은 에베레스트 산에 바이러스를 옮기지 못하는 것처럼 생각했다.

우리는 물이 끓기를 기다리면서 조파 할아버지가 홀리 아줌마의 텐트를 치는 걸 지켜보았다. 홀리 아줌마는 텐트를 치자마자 안으로 들어갔다. 조파 할아버지는 자기 텐트를 치고 저녁 준비를 시작했다.

"다른 등반객과 이야기를 나눴는데, 내일이 고비일 거라고 했어. 그 등반객은 전진 캠프에 올랐다가, 제4캠프에서 하룻밤을 지냈대. 제4캠프까지 올라갈 수 있으면 정상 정복도 가능할 거래."

순조가 하는 말에 더 주의를 기울여야 했지만, 나는 그 순간에 후두염과 관계없는 작은 위기를 겪고 있었다. 이제까지는 비교적 수월했지만 지금은 몸이 너무 쇠약해져 있다는 사실 때문에 내 마음도 점점 약해지고 있었다.

'산이 누구를 허락하고 누구를 허락하지 않을지는 알 수 없는 거란다.'

조파 할아버지의 말이 하루 종일 머릿속에서 맴돌았다. 내 생각에 피크 마르첼로는 등반객들 속에 있는 게 아니라, 심장이 막힌 조지와 가모우 백에 들어간 프란시스 아저씨 바로 옆에 있게 될 것 같았다.

우 선생님이 내 몸 상태에 대해 잘못 진단했거나, 탈수증 때문에 몸이 안 좋아진 것 같았다. 만약 그게 사실이라면 순조는 왜 멀쩡할까? 순조를 쳐다보았다. 순조는 해변에 야영을 나온 것처럼 떠들면서 냄비를 젓고 있었다.

다음 날 아침, 조파 할아버지는 동이 트기 전에 순조와 나를 텐트에서 끌어냈다. 바닥에는 새로 온 눈이 30센티미터 정도 쌓여 있었지만, 눈은 더 이상 오지 않았다.

"오늘은 등반이 힘들 게다. 일찍 출발하지 않으면 텐트 칠 자리도 없을 게야. 목은 어떠냐?"

조파 할아버지가 말했다.

나는 고개를 저었다. 아직도 목소리가 제대로 나오지 않았다. 하지만 어젯밤보다 더 나빠진 것 같지는 않았다. 그것만 해도 많이 나은 거라고 생각했다.

캠프를 빠져나와 골짜기를 따라 올라갔다. 골짜기는 거대한 송곳니처럼 생긴 톱니 모양의 얼음 봉우리들 사이에 난 저지대였다. 야크 때문에 큰 길이 잘 닦여 있었다. 조파 할아버지는 길을 벗어나지 말라고 경고했다.

"소변을 보려고 길을 벗어나면 얼음 미로에서 영원히 길을 잃게 될지도 모른다."

조파 할아버지가 말했다.

(이번이 고산지대에서의 신체 기능에 대해 마지막으로 이야기하는 것이다. 산에서 용변을 보는 일은 엄청난 시련이다. 동작을 빨리 할 수 없는 고도에서 몇 겹씩 껴입은 옷을 벗어야 하기 때문이다. 용변을 보느라 30분 이상 걸리면 등반이 늦어지고, 날씨가 갑자기 나빠져 등반의 기회를 놓칠 수 있다. 그래서 캠프를 떠나기 전에 용변을 모두 마쳐야 하는 것이다.)

정오쯤에 베이스캠프로 돌아오는 포터와 야크와 목동들과 마주쳤다. 그들은 여전히 휘파람을 불거나 노래를 했다. 그들과 함께 내려가고 싶은 마음이 들었다. 그러나 홀리 아줌마가 하루 종일 내 앞에서 올라가고 있다는 사실 하나가 나를 잡아 세웠다. 나는 홀리 아줌마가 나보다 더 높이 올라가도록 놓아두고 싶지 않았다.

두 시간쯤 뒤 전진 캠프가 보이기 시작했다. 순조가 멀리 보이는 갖가지 색깔의 작은 텐트들을 가리켰다. 하지만 세 시간 동안은 고통스럽게 더 걸어가야만 했다. 유일하게 멋졌던 일은 순조와 내가 캠프 100미터 앞에서 홀리 아줌마와 조파 할아버지를 추월한 것이었다.

전진 캠프는 해발 6,450미터에 있었다. 킬리만자로와 맥킨리 산보다 높았다. 나는 그 사실을 알고 있었다. 허름한 전진 캠프를 보고 있자니 우리가 머물렀던 곳들이 낙원처럼 느껴졌다. 캠프는 빙하(폐수로 만들어진 것처럼 보였다.)와 부서지기 쉬운 암벽 사이의 잡석 더미 위에 자리 잡고 있었다. 바닥에는 발목이 걸려 부러질 만한 바위와 목숨을 빼앗아갈 수 있는 크레바스가 펼쳐져 있었다.

JR 아저씨는 의기양양하게 도착하는 우리 모습을 촬영했다. 나는 무거운 발걸음으로 카메라 옆을 지나갔다. 카메라를 쳐다볼 기운도 남아 있지 않았다.

텐트가 여섯 개 정도 세워져 있었다. 우리 텐트를 칠 공간은 충분했다. 베이스캠프에 있을 때와 달리 사람들은 돌아다니며 다른 사람들과 이야기를 나누지 않았다. 사람들은 몹시 지쳐서 움직일 힘도 없었고, 폭풍이 텐트를 휩쓸어 정상으로 몰고 갈까 봐 두려워하고 있었다.

조파 할아버지와 홀리 아줌마가 도착했을 때 순조와 나는 우리 텐트를 치고 포터들이 남기고 간 나무에 불을 붙였다.

"목은 어때?"

홀리 아줌마가 물었다.

순조와 나는 홀리 아줌마의 목소리에 놀라 앉아 있던 바위에서 떨어질 뻔했다. 홀리 아줌마가 베이스캠프를 떠난 뒤 완전한 문장을 갖춰 말하는 건 처음이었다. 아줌마의 목소리는 정상처럼 들렸다. 순조와 나는 아줌마 곁을 지나갔다. 아줌마는 우리보다 몸 상태가 좋아 보였다.

"아…… 아직…… 따끔거려요."

나는 간신히 대답했다.

"저 위에 의사 선생님이 계신 것 같던데. 내가 찾아볼게."

홀리 아줌마가 말했다.

순조와 내가 홀리 아줌마의 텐트를 세웠을 때, 홀리 아줌마가 의사 선생님을 데리고 왔다. 의사 선생님은 본인이 진찰을 받아 봐야 할 것처럼 보였지만, 내 목을 검사한 뒤 베이스캠프에 있는 크리거 선생님한테 전화를 했다. 두 사람은 나한테 항생제를 주기로 결정했다.

무전기에서 아빠 목소리가 들렸다. 아빠는 괜찮으냐고 물었다. 나는 대답을 할 수 없었다. 그래서 무전기를 홀리 아줌마한테 건넸다. 아줌마는 열심히 보고했다. 아빠는 전진 캠프로 올라와 밤에 제4캠프로 올라갈 거라고 말했다. 우리가 내려갈 때 아빠와 마주칠 게 뻔했다.

(이곳의 무전기 주파수는 완전히 개방되어 있다. 그래서 텐트 안에서 무전기로 통화하는 걸 엿듣는 것만큼 재미있는 게 없다. 셰크 대장과 군인들의 무전도 마찬가지이다. 따라서 사람들은 무전기에 대고 하는 말을 조심하는데, 등반대의 리더인 아빠 같은 경우에는 더했다.)

다음 날 텐트에 누워 숨을 쉬면서 적혈구가 제 역할을 하기를 바랐다. 우리는 달 표면에 있는 것처럼 느린 동작으로 움직였다. 음식 접시를 받아 든 뒤 접시를 빤히 쳐다본다. 몇 분 동안 생각에 잠겼다가 음식이 식기 전에 먹어야 한다고 스스로에게 말한다.

포크를 입으로 가져간다.

얼음처럼 차갑다.

정말?

시계를 본다.

30분?

어떻게?

아침에 떠날 때가 되자 항생제가 작용해서 목이 한결 나아졌다. 나는 쉰 목소리로 알아들을 수 있는 문장을 두세 개 말했다.

점점 좋아지는 나와 달리 순조의 몸 상태는 점점 나빠졌다. 순조는 지난 밤 내내 텐트 문 밖에 토하느라 잠도 제대로 자지 못했다. 순조가 토할 때마다 조파 할아버지가 와서 탈수를 걱정하며 물을 먹였다. 안됐다고 생각하면서도 (솔직하게 말하면) 순조가 아픈 걸 보면서 조금씩 기운이 났다. (지독하다는 건 나도 안다.) 어려움을 겪는 게 나 혼자만이 아니라는 걸 알면서 기분이 좋아졌다.

아홉 시간만 지나면 3일 일정의 등반이 끝난다. 첫 번째와 두 번째 캠프 사이에서 아빠를 만났다. 아빠는 내 목은 어떠냐고 물어본 뒤 전진 캠프로 걸음을 옮겼다. 아빠는 우리가 며칠 뒤에 만나게 될 거라고 소리쳤다.

홀리 아줌마는 배낭을 메고 내려왔을 뿐만 아니라 우리보다 30분이나 먼저 베이스캠프에 도착했다.

'산이 누구를 허락하고 누구를 허락하지 않을지는 알 수 없는 거란다.'

편지

베이스캠프로 돌아온 첫 번째 밤에 열다섯 시간 동안 잤다.
마침내 잠에서 깼을 때는 태어나서 가장 홀가분한 기분이
었다. 가볍게 걸어서 5,500미터까지 손쉽게 올라갈 수 있을
것만 같았다. 하지만 나는 정상 대신 식당 텐트로 가서 음식
을 4~5킬로그램이나 먹었다.

크리거 선생님이 텐트 안으로 들어와 내가 게걸스럽게 먹
어 치우는 걸 지켜보았다. 그러고 나서 나를 의료 텐트로 데
려가 목을 진찰했다. 크리거 선생님은 내 목 상태가 좋아지
긴 했지만, 목의 염증이 완전히 사라질 때까지 다음 주 내내
항생제를 먹어야 한다고 했다.

다음으로 들른 곳은 본부 텐트였는데, 본부 텐트 사람들은
전진 캠프까지 다녀온 걸 축하해 주면서 집에서 온 편지 꾸
러미를 내게 건네주었다. 새아빠가 보낸 카드와 엄마가 보낸
편지, 폴라와 패트리스가 보낸 두툼한 편지가 들어 있었다.
편지 봉투는 구겨지고, 먼지와 그리스가 묻어 있었다. 나는

소인을 확인했다. 편지는 치앙마이에 있는 아빠의 사무실에 도착한 뒤 카트만두를 거쳐 산으로 오는 트럭에 내던져진 게 틀림없었다. 세상에서 가장 높은 곳까지 배달되는 항공 우편인 셈이었다.

편지를 받는 바람에 기분이 약간 가라앉았다. 베이스캠프에 도착한 이후로 단 1분도 가족 생각을 하지 않았던 걸 생각하니 죄책감까지 들었다. 하지만 나를 정말로 괴롭힌 건 편지가 베이스캠프에 도착했다는 사실이었다. 내가 어렸을 때 아빠한테 보낸 편지들도 베이스캠프에 도착했을 것이다.

아빠도 고지대의 캠프에 설치된 텐트에 들어가서, 내가 보낸 편지가 들어 있는 편지 꾸러미를 들고 나왔을 것이다.

당장 전진 캠프로 달려가 아빠의 고글에 주먹을 날리고 싶어 견딜 수가 없었다. 하지만 나는 (바로 당신이 지금 읽고 있는) 몰스킨 노트 1권을 마무리 지어 엄마한테 보내기로 결심했다. 긴 편지가 될 것이다. 나는 아빠가 나를 무시했던 것처럼 우리 가족을 무시하지 않을 것이다. 그리고 그 노트를 보내는 게 그린스트리트 학교 빈센트 선생님의 제자로서 본분을 다하는 길이 될 것이다.

다음 날 아침 몰스킨 노트에 글을 쓰기 전에 아침을 먹으러 식당 텐트로 갔다. 순조가 텐트 안에 없었다.

"그 애는 많이 아파."

요리사가 말했다.

뜨거운 차가 들어 있는 보온병을 들고 순조의 텐트로 갔다. 순조는 애벌레처럼 털모자를 쓴 머리만 내민 채 침낭 안에 들어가 있었다.

순조가 쉰 목소리로 말했다.

"여기 있으면 안 돼."

하지만 얼굴에는 내가 와서 기뻐하는 빛이 역력했다.

순조는 눈이 움푹 들어가고 충혈이 되어 있었다. 파란 나일론 텐트를 통해 들어오는 희미한 불빛 탓이겠지만 순조는 마지막으로 봤을 때보다 몸무게가 최소한 5킬로그램 정도 빠진 것 같았다.

나는 순조한테 차를 먹였다. 그러자 순조가 다시 말했다.

"여기 있으면 안 된다니까."

"신경 쓰지 마. 지난 몇 주 동안 세균을 주고받았잖아. 나는 면역이 되었어."

나는 순조의 입술에 컵을 갖다 대었다. 면역이 되었다는 말이 맞기를 바랐다.

"며칠 있으면 괜찮아질 거야."

순조는 그렇게 말했지만 그 모습을 보니 며칠 만에 괜찮아질 것 같지 않았다. 하지만 나는 그 말이 맞다고 대답했다.

나는 의료 텐트에 들렀다. 크리거 선생님의 임무에 주방 보조인 순조를 돌보는 것까지 포함되었는지는 확실하지 않았지만, 순조가 포함되지 않았다고 해도 순조를 돌봐 달라고 부탁하려고 했다.

크리거 선생님은 랩톱컴퓨터의 키보드를 두드리다가 내가 안으로 들어서자 멈췄다.

"오늘 기분은 어때?"

"좋아요. 하지만 순조가 걱정이에요."

크리거 선생님은 내 입을 벌리고 손전등으로 목을 비춰 보았다.

"염증은 거의 없어졌네. 하지만 항생제는 계속 먹어야 돼. 특히 계속해서 다른 텐트의 환자를 찾아갈 거라면 말이야."

크리거 선생님이 말했다.

"순조를 진찰하셨어요?"

"지난밤과 오늘 아침에."

"어때요?"

"좀 앓겠지만 죽지는 않을 거야."

이틀 동안 글 쓰는 일에만 매달렸다. 아빠가 전진 캠프와 제4캠프에서 돌아오기로 한 날, 몰스킨 노트 1권을 완성했다. 몰스킨 노트를 모두 채우고 나서 폴라와 패트리스에게 보내 준 그림을 잘 받았다는 편지를 썼다. 또 그 그림을 내 텐트에 핀으로 꽂아 놓고, 아침에 일어나서 맨 먼저 그림을 보고 밤에 자기 전에 맨 마지막으로 그림을 본다는 이야기도 덧붙였다. 그리고 동생들이 무척 보고 싶어 야크를 훔쳐 타고 뉴욕으로 돌아갈 생각까지 할 정도라고 썼다.

마지막으로 새아빠한테 편지를 썼다. 새아빠가 먼저 내게 엠파이어스테이트 빌딩에 킹콩이 매달려 있는 사진 카드를 보내 주었다. 카드 안에는 100달러짜리 지폐 세 장과 손으로 쓴 글씨가 있었다.

피크야,
어떤 어려움이 닥쳐도 이겨 내야 돼.
나는 네가 보고 싶구나.
네가 어서 돌아 왔으면 좋겠다.

너를 사랑하는 롤프

새아빠는 '우리'가 아니라 '나'는 네가 보고 싶다고 썼다. 또 '나'는 네가 어서 돌아왔으면 좋겠다고 썼다. 이 두 문장으로 새아빠는 아빠가 나한테 했거나 할 수 있었던 것보다 훨씬 더 많은 걸 주었다.

본부 텐트로 가서 봉투에 주소를 적었다. 스파키 아저씨는 편지를 내일 아침에 보낼 거라고 말했다.

그날 오후 늦게 아빠가 도착했을 때 나는 몰스킨 노트나 편지에 대해서는 아무 말도 하지 않았다. 아빠는 그런 걸 알 자격도 없다.

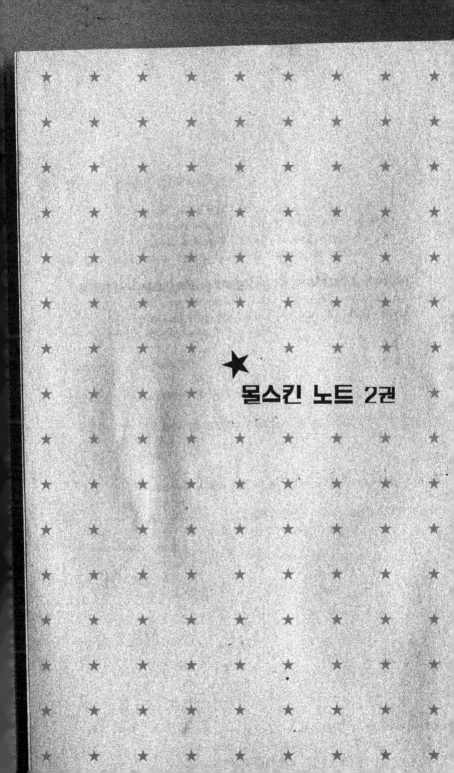

몰스킨 노트 2권

비밀

다른 등반객들이 잠들었을 때 본부 텐트에서 비밀 모임이 열렸다.

참가자는 아빠, 촬영 팀, 스파키 아저씨, 크리거 선생님, 새디어스 아저씨, 조파 할아버지, 그리고 조파 할아버지가 데려온 순조뿐이었다. (순조는 조금 괜찮아진 것 같았지만 많이 좋아진 건 아니었다.) 아빠가 순조를 빤히 쳐다보았다. 나는 순간적으로 아빠가 순조한테 나가 있으라고 할 줄 알았는데 그건 아니었다.

"홀리는 어디 있죠?"

아빠가 물었지만, 아는 사람이 없는 모양이다.

"기다릴 시간이 없어요. 그런데 피크는 좀 어때요?"

아빠가 크리거 선생님을 쳐다보며 물었다.

"항생제를 먹고 염증이 가라앉은 것 같아요. 폐로 전이되지만 않으면 괜찮을 거예요. 오늘 캠프에 폐렴 환자 세 명이 새로 보고되었어요. 바이러스로 인한 2차 감염으로 의심돼요. 윌리엄 블레이드도 그 가운데 한 명이고요. 윌리엄 팀 사람들이 모두 아파서 오늘 오후에 떠났어요. 그 사람들이 캠프에 남긴 물건을 모두 검역할 거예요."

홀리 아줌마는 윌리엄 아저씨와 옛 동료에 관한 소식을 들으면 무척 기뻐할 것이다.

아빠가 조파 할아버지한테 고개를 돌렸다.

"피크가 정상에 오를 수 있겠습니까?"

나는 그때까지 편지 때문에 아빠한테 화가 나 있었기 때문에 이런 질문도 내 기분을 누그러뜨리지 못했다. 나는 사람들이 내가 거기 없는 것처럼 말할 때 화가 난다.

조파 할아버지가 어깨를 으쓱하더니 말했다.

"제4캠프에서 하는 걸 봐야 알 것 같네. 전진 캠프에서는 잘했어."

나는 전진 캠프에서 잘하지 못했다. 하지만 조파 할아버지가 그렇게 말해 주는 게 고마웠다.

아빠가 말했다.

"전진 캠프까지 피크를 데려다 줘서 고맙습니다. 영감님이 카트만두로 돌아갈 줄 알았거든요."

조파 할아버지가 아빠를 보며 어깨를 또 으쓱했다.

아빠가 다시 물었다.

"홀리는 어때요?"

조파 할아버지가 말했다.

"안젤로 양은 강인하다네."

아빠는 약간 놀라는 눈치였다. 홀리 아줌마가 전진 캠프에 도착했을 때는 괜찮았다. 하지만 내려올 때 보여 준 아줌마의 등반 솜씨로 미루어 보면, 홀리 아줌마가 강인한 것 같지는 않았다. 조파 할아버지는 무슨 생각을 하고 있는 걸까?

새디어스 아저씨가 말했다.

"홀리와 함께 정상에 올라간다고 해도 우리한테 해가 되진 않을 거예요. 그렇게 되면 홀리는 평생 정상 정복에 대해 말하고 글을 쓸 거예요. 피크 익스피어리언스를 선전하는 좋은 기회가 될 거예요."

"당신 말이 맞는 것 같아요."

아빠가 마지못해 동의하고 호주머니에서 노트를 꺼내 홀홀 넘겼다.

"좋아요. 피크와 홀리까지 총 열 명이 정상에 올라갈 거예요. 날씨만 괜찮다면 그 가운데서 예닐곱 명이 정상 도전의 기회를 잡을 거예요. 스파키, 아직 날짜 안 잡혔어요?"

"5월 25일에서 6월 4일까지의 일기 예보를 보고 있어요. 하지만 점성술이 기상학보다 더 확실할 것 같은데요."

스파키 아저씨가 조파 할아버지를 쳐다보며 말했다.

"영감님 생각은 어때요?"

아빠가 묻자 조파 할아버지가 고개를 저었다.

"나는 그저 하늘을 올려다보고 있을 뿐이네."

사람들은 조파 할아버지의 말을 듣고 웃었다. 하지만 조파 할아버지는 웃기려고 한 이야기가 아닌 것 같았다.

"영감님의 날씨 예보가 맞는다면, 우리한테 시간이 별로 없어요."

아빠가 스파키 아저씨에게 말하고 벽에 걸린 달력 앞으로 걸어갔다.

"피크의 생일이 오늘부터 6주 후예요. 그러니까 5주 안에는 피크를 정상 정복을 시도할 위치에 데려다 놓아야 한다는 거예요. 가능한 한 피크를 생일보다 훨씬 전에 정상에 올리고 싶어요."

그러자 새디어스 아저씨가 말했다.

"내 생각도 같아요. 무슨 일이 생겨 피크가 정상에 올라가지 못해도 다시 한 번 도전할 기회가 있을 거야."

"새디어스, 두 번째 기회는 없어요. 피크가 첫 번째 도전에서 성공하든가, 아니면 실패예요."

아빠 말이 맞다. 에베레스트 산에서 두 번째 시도라는 건 사실 없다. 실패하면 베이스캠프로 돌아와야 한다. 다른 캠프에는 원기를 되찾는 데 필요한 산소가 충분하지 않기 때문이다. 제6캠프와 전진 캠프에서 각각 하룻밤을 보낸 뒤 베이스캠프로 돌아오는 데는 사흘이 걸린다. 베이스캠프에서 5일을 보낸 뒤 (많이 지쳤다면 더 오래 머무르게 된다.) 다시 올라가는 데는 8일이나 9일쯤 걸린다. 이렇게 해서 총 3주일 정도가 걸리는 것이다. 두 번째 시도를 하게 된다면 6월 중순이 되는데, 그러면 내 열다섯 번째 생일을 넘기게 된다. 등반객이 (날씨, 몸 상태, 시간 등의 이유로) 정상을 100미터 남기고 멈췄다면 평생 다시 시도할 기회는 없는 것이다.

아빠가 말을 이었다.

"내 말 좀 들어봐요. 제4캠프까지 등반하기로 계약을 맺은 부부가 있어요. 하지만 두 사람은 더 높이 올라갈 수 있을 정도로 튼튼해요. 사실 그 부부는 팀의 다른 누구보다도 정상에 올라갈 수 있는 가능성이 더 많아요. 부부의 이름을 등반 허가에서 빠진 명단에 넣는다면 정상 정복의 가능성이 최소한 20퍼센트는 높아지는 거죠."

새디어스 아저씨가 물었다.

"그 사람들하고 이야기해 봤어요?"

"예. 하지만 약속은 하지 않았어요. 우리가 선택할 수 있는 것에 대해 먼저 토론하고 싶어요."

"순조를 정상에 보내야 할 것 같은데요."

우리는 깜짝 놀라서 목소리의 주인공을 쳐다보았다. 홀리 아줌마는 조용히 텐트 안으로 미끄러져 들어왔다. 아빠가 귀찮은 표정을 지으며 물었다.

"누구요?"

"조파 할아버지의 손자 말이에요."

이 대답에 사람들의 관심이 집중되었다. 우리는 입을 벌린 채 순조와 조파 할아버지를 빤히 쳐다보았다. 내가 다른 사람들보다 입을 조금 더 많이 벌렸을 것이다. 아빠는 마치 누군가에게 한 대 얻어맞은 듯한 얼굴이었다. 순조는 왜 조파 할아버지가 친할아버지라는 말을 하지 않았을까?

순조는 손으로 턱을 받친 채 앉아 있었다. 우리가 충격을 받았다는 걸 눈치채지 못한 것 같았다.

아빠가 입을 열었다.

"네 아빠 이름이 뭐니?"

"아빠 이름은 키타르 세르파예요."

"나는 네 아빠를 알아. 하지만 아들이 있는 줄은 몰랐는걸."

아빠가 나지막하게 말하고는 조파 할아버지를 쳐다보며 평소 습관대로 이를 드러내고 웃었다.

"영감님, 무슨 꿍꿍이에요?"

조파 할아버지는 그저 어깨를 으쓱할 뿐이었다. 하지만 아무도 그런 조파 할아버지를 믿지 않았다. 아빠와 순조와 조파 할아버지가 말한 것보다 더 많은 비밀이 감춰져 있는 게 분명했다.

아빠가 다시 순조를 쳐다보았다.

"몇 살이니?"

"열네 살이요."

조파 할아버지가 인드라야니 사원을 떠나 나를 베이스캠

프까지 데려다 주기로 한 이유를 알 것 같았다.

아빠는 더 이상 이를 드러내 놓고 웃지 않았다. 다른 사람들도 마찬가지였다. 나는 순조가 친구라고 생각했다. 순조는 카트만두에서부터 정상 정복에 대해 알고 있었을 것이다. 조파 할아버지가 친할아버지라는 걸 알고 있었을 것이다. 내 등산 장비를 순조한테 주었을 때 조파 할아버지의 정체를 알아차렸어야 했다. 홀리 아줌마는 분명히 비밀을 알고 있었다. 조파 할아버지가 홀리 아줌마를 전진 캠프까지 데리고 갔던 이유를 알 것 같았다.

아빠가 순조에게 물었다.

"생일이 언제니?"

순조가 쳐다보자 조파 할아버지가 고개를 끄덕였다.

"5월 31일이요."

내 생일보다 6일 빨랐다.

아주 잠깐이었지만 아빠는 안심하는 기색이 역력했다.

새디어스 아저씨가 물었다.

"어떻게 아니?"

순조는 자기(원래는 내 것이었던) 파카 호주머니에서 지플록 백을 꺼내더니 그 안에서 잔뜩 구겨진 서류를 꺼냈다. 순조는 서류를 새디어스 아저씨한테 건넸다.

새디어스 아저씨가 말했다.

"네팔어로 쓰여 있어요."

아빠가 새디어스 아저씨한테서 서류를 받아 읽었다. 그러고는 새디어스 아저씨의 말을 바로잡았다.

"아니에요. 티베트어예요."

아빠가 순조를 쳐다보며 물었다.

"티베트에서 태어났니?"

"네. 다섯 살 때 아빠가 엄마랑 저를 네팔로 데려갔어요. 저는 자유로운 티베트 인이에요."

"여기 그런 사실은 기록되어 있지 않아. 어떻게 티베트로 돌아왔니? 너는 분명히 이 서류를 사용하지 않았어."

아빠가 순조한테 서류를 돌려주었다.

조파 할아버지가 말했다.

"위조 서류를 이용했지."

아빠가 투덜거렸다.

"셰크 대장이 위조 서류에 대해 알게 된다면 영감님 손자는 더 이상 자유로운 티베트 사람일 수 없어요. 손자를 체포할 겁니다. 영감님도 끌려갈 거고요."

군인들이 나타날 때마다 순조가 모습을 감췄던 이유를 알 것 같았다.

"에베레스트 산 정상 도전은 위험을 감수할 만한 가치가 있다네."

조파 할아버지가 말했다.

아빠는 순조를 잠시 쳐다본 뒤 조파 할아버지한테 눈길을 돌렸다.

"영감님, 당신에게는 신세를 많이 졌어요. 하지만 순조가 정상에 올라 촬영을 해야 할지는 결정을 못하겠군요. 또 정상에 세 팀이나 도전할 정도로 셰르파가 충분하지도 않습니다. 지금 영감님이 얘기하는 게 그거잖아요. 등반대를 세 팀 꾸리자는 이야기요."

조파 할아버지가 말했다.

"요기와 야쉬가 있네."

아빠는 웃으면서 고개를 저었다.

"영감님은 카트만두를 떠나기 전에 이 모든 상황을 예상하고 있었죠?"

조파 할아버지는 대답하지 않았지만, 예상하고 있었던 게 분명했다.

"영감님하고 좀 더 비밀스러운 곳으로 자리를 옮겨 이야기를 나눠야 할 것 같아요."

"좋을 대로 하게. 하지만 나는 여기서 지금 이야기해도 상관없네."

"마음대로 하세요."

아빠는 텐트 안에 있던 사람들을 차례로 쳐다보았는데, 그 중에서도 홀리 아줌마를 가장 오래 쳐다보았다.

"이 모든 건 비공식이에요. 여기서 이야기한 게 텐트 밖으로 새어 나가서는 안 돼요. 영원히 말이에요. 중국 군인들이 우리 비밀을 알아챘다면 우리 등반 사업은 문을 닫고 말 거예요. 그것보다 더 심각한 건 순조가 체포되어 감옥에 갈 수 있다는 거예요."

'우정의 다리'를 건넌 뒤 보았던 장면이 떠올랐다. 죄수들이 쇠고랑을 차고 도로 공사를 하고 있었다. 나도 모르게 몸서리를 쳤다. 순조한테 화가 나기는 했지만 체포되는 걸 바라지는 않았다. 티베트에서 체포되는 것은 미국에서 체포되는 것과는 달랐다. 순조를 쳐다보았다. 걱정하는 빛이 역력했다. 마치 위조 서류를 갖고 있다가 셰크 대장에게 붙들리기라도 한 것 같았다.

사람들은 공감하며 고개를 끄덕였다. 촬영 팀은 촬영을 하고 싶어 하는 것 같았다. (그렇게 촬영한 장면을 최종 다큐멘터리에 쓰도록 아빠가 허락하지 않겠지만 말이다.)

"순조 엄마는 이 산의 중턱에 있는 작은 마을에서 태어났네. 내 아들은 등반을 하다 며느리를 만났지. 아들이 며느리와 순조를 티베트에서 빼내어 네팔로 데려가는 데는 몇 년이 걸렸어. 순조는 티베트 사람이면서 동시에 네팔 사람이야."

"순조가 여기서 체포되면 중국 군인들은 그런 식으로 생각하지 않을 거예요."

아빠가 반박하자 새디어스 아저씨가 말을 이었다.

"순조를 정상에 오르게 하면 중국 군인들이 다시는 북면 등반 허가를 내 주지 않을 거예요. 그렇게 되면 우리 사업의 절반이 날아가는 거예요. 티베트 루트는 네팔 루트보다 어려워요. 훨씬 명성이 높아요. 순조를 여기 데려오면서 우리 시즌 전체가 위험에 빠졌어요. 왜 그래야 하죠? 순조와 피크가 정상에 올라간다고 해도 순조는 정상에 오른 최연소 등반가는 안 되는 거예요."

"하지만 정상에 오른 최연소 자유 티베트 사람은 될 수 있지. 국가적 자부심에 관한 거라네."

"우리는 사업을 하고 있어요. 정치를 하고 있는 게 아니란 말이에요."

새디어스 아저씨가 반박하자 조파 할아버지가 물었다.

"뭐가 다른가?"

"이제 그만!"

아빠가 끼어들었다. 아빠는 JR 아저씨를 쳐다보았다.

"촬영은 어떻게 되고 있어요?"

"좋아요. 꽤 쓸 만한 등반 장면을 촬영했어요. 괜찮은 인터뷰도 두세 개 정도 건졌고요."

나는 JR 아저씨가 하는 말을 들으며 약간 움츠러들었다. JR 아저씨가 말한 괜찮은 인터뷰는 나하고 했던 인터뷰가 아닐 것이다.

"순조도 촬영했어요?"

"많이 했어요. 순조와 피크가 함께 등반했거든요. 새디어스, 당신 생각은 어때요?"

"예. 조쉬, 당신 생각은요?"

새디어스 아저씨가 약간 호전적으로 말했다.

"아직 잘 모르겠어요."

아빠가 나를 바라보며 말했다.

"영광을 나눠 갖는 건 어떨까?"

그러자 나 대신 새디어스 아저씨가 말했다.

"놀리는 거예요?"

아빠는 그 말을 무시했다.

"피크, 네 생각은 어때?"

나는 영광을 위해 산을 오르는 게 아니었다. 아니, 영광을 위해서였나? 순조와 조파 할아버지를 쳐다보았다. 두 사람은 얼굴이 딱딱하게 굳어 있었다. 나는 두 사람한테 화가 났다. 조파 할아버지보다 순조한테 화가 났다. 조파 할아버지는 다른 사람한테 아무 말도 안 했기 때문이었다.

나는 아빠한테 순조를 다시 네팔로 돌려보내라고 말하고 싶었다. 하지만 나는 별다른 의욕 없이 대답했다.

"저는 괜찮아요."

새디어스 아저씨가 말했다.

"조쉬, 나하고 이야기 좀 할 수 있을까요? 단둘이."

"좋아요."

아빠와 새디어스 아저씨가 텐트를 빠져나간 뒤 나머지 사람들은 한마디도 하지 않고 한동안 텐트 안에 앉아 있었다.

JR 아저씨가 마침내 침묵을 깨뜨렸다.

"포커나 할래요?"

JR 아저씨가 파카에서 카드 한 벌을 꺼냈다. 스파키 아저씨가 맞장구쳤다.

"그게 낫겠어요. 조쉬와 새디어스가 꽤 오래 걸릴 테니."

"나도 끼워 줘요."

홀리 아줌마도 나섰다.

나는 순조와 조파 할아버지 곁으로 갔다.

순조가 내게 말했다.

"내 편이 되어 줘서 고마워."

내가 말했다.

"나한테 미리 말했어야지."

그러자 순조는 꺼림칙한 표정으로 조파 할아버지를 쳐다보며 말했다.

"했어. 돌려서 얘기했지만."

"무슨 말이야?"

"전진 캠프에서 첫날 밤에 제4캠프에 함께 올라가면 정상에 오를 좋은 기회가 생길 거라고 했었어."

돌려서 이야기했다는 말이 딱 맞다. 나는 일방적인 대화는 거의 기억하지 못한다.

"서투른 변명이야."

내가 순조를 나무라자 조파 할아버지가 거들고 나섰다.

"순조는 카트만두에 있을 때만 해도 몰랐단다. 순조는 내가 자기를 셰르파로 데려온 거라고 생각했지. 전진 캠프로 가는 길에서야 정상 등반에 대해 이야기했어."

조파 할아버지가 가지고 논 사람은 아빠와 나뿐만이 아니었다. 카드놀이를 하고 있는 사람들을 흘깃 쳐다보았다. 카드놀이는 한껏 무르익어 있었다. 테이블 한가운데에는 돈이 수북하게 쌓여 있었다. 그들은 조파 할아버지의 먹잇감이 되지 않은 게 행운이었다.

조파 할아버지가 말했다.

"식당 텐트로 가서 차 좀 마셔야겠다."

나는 조파 할아버지가 텐트를 빠져나갈 때까지 기다린 뒤, 순조한테 조파 할아버지가 친할아버지라고 말하지 않은 이유를 물어보았다.

"할아버지가 비밀을 지키고 있는 게 좋을 거라고 하셨어."

조파 할아버지가 나한테 비밀을 지켜 달라고 했으면 그렇게 했을 것이다. 하지만 순조가 나한테 조파 할아버지가 친할아버지라고 말하지 않은 게 마음에 걸렸다.

조파 할아버지가 차가 담긴 보온 컵들을 들고 왔다. 나는 내 컵을 들고 카드놀이하는 걸 구경했다. 카드놀이에는 관심이 없었지만, 순조나 조파 할아버지와 함께 어울리고 싶지 않았다. 홀리 아줌마가 매번 이겼고, 다른 사람들은 기분 나뻔 표정이 역력했다.

　20분쯤 지나자 아빠와 새디어스 아저씨가 본부 텐트로 돌아왔다. 처음에는 얼굴에 웃음을 띠고 있는 새디어스 아저씨가 이겼을 거라고 생각했다. 순조는 새디어스 아저씨의 얼굴 표정을 살피며 실망하는 눈치였다. 하지만 새디어스 아저씨는 순조와 조파 할아버지를 향해 웃으며 말했다.

　"좋아요. 정상에 도전하는 거예요."

　아빠가 덧붙였다.

　"여러분들은 모레 전진 캠프로 다시 올라가야 돼요."

　촬영 팀 아저씨들이 투덜거렸다.

곰과 황소

A팀과 B팀과 (쉿!) C팀이 구성되었다.

나는 순조, 촬영 팀, 홀리 아줌마와 함께 C팀이었는데, 조파 할아버지와 요기 아저씨와 야쉬 아저씨가 앞장섰다. (요기 아저씨와 야쉬 아저씨 형제는 산에서 일자리를 구하려고 했던 게 아니었다. 형제에게는 이미 일자리가 있었다. 조파 할아버지는 순조를 정상에 데려가는 데 도움을 받으려고 이들을 고용한 것이었다.) 그리고 C팀은 세 번째 팀이 아니라 '비밀 팀'이라는 생각이 들었다. C팀이 맨 먼저 정상 정복을 시도하기로 했는데 이런 사실은 비밀이었기 때문이다.

간밤에 아빠와 새디어스 아저씨는 다른 등반객들에게 무조건 거짓말을 하라고 말하지는 않았다. 하지만 거의 그런 식으로 말했다.

"우리는 이걸 비밀로 해야 돼."

새디어스 아저씨는 바깥 온도가 영하 23도이고 시속 40킬로미터의 바람이 쌩쌩 불고 있는데도 목소리를 낮췄다.

"새디어스 말이 맞아요. 다른 등반객들은 정말 골칫거리예요. 누가 먼저 올라가느냐를 놓고 다툼이 벌어질 거예요. 우스꽝스럽지만 매년 그런 일이 벌어져요. 그들의 산소가 부족한 머리로는 정상 도전이 등반 순서와는 상관없다는 걸 생각하지 못해요. 모든 건 날씨에 달려 있는데 말이에요."

아빠는 이 문제를 약간 과장해서 말했다. 베이스캠프에 앉아 있거나 전진 캠프에서 차례를 기다리다 보면 바이러스에 감염되거나 발목이 뒤틀릴 가능성이 높아진다. 또 매일 비좁은 텐트에서 정상에 도전할 수 있을지 걱정하며 누워 있는 건 지루하고, 육체적으로 손상을 입기도 하는 건 말할 것도 없다.

내 생일 때문에 C팀이 맨 먼저 정상에 도전하기로 했다. 이제 순서는 정해졌다. 내가 열다섯 살이 되기 전에 정상에 올라가려면 앞으로 30일 안에 올라가야만 했다.

"누가 물어보면 이렇게 대답하면 돼."

새디어스 아저씨가 촬영 팀을 쳐다보며 말했다.

"우리는 셰르파에 관한 다큐멘터리를 찍고 있는 거야."

또 홀리 아줌마를 보며 말했다.

"당신은 셰르파에 관한 기사를 쓰고 있는 거예요."

이번에는 나를 보며 말했다.

"너는 촬영을 도우려고 올라가는 거야. 정상 도전은 다큐멘터리에 들어갈 내용이 아니고."

아빠가 나섰다.

"순조는 오늘 밤에 포터 캠프로 가야 돼. 순조를 숨길 수 있는 유일한 방법이야. 영감님, 준비 좀 해 주시겠어요?"

조파 할아버지가 고개를 끄덕였다.

아빠는 순조를 쳐다보며 말했다.

"셰크 대장과 군인들이 포터 캠프에는 잘 안 가. 하지만 만일의 경우를 대비해 포터처럼 옷을 입고 행동해야 돼. 멋진 등산복을 입어서는 안 돼. 포터들이 모레 산 위로 보급품을 운반할 거야. 그때 포터들하고 같이 가는 거야. 중간 캠프에 도착해서 중국 군인들의 눈을 벗어나면 지금 입고 있는 등산복으로 갈아입어도 돼. 다시 내려올 때는 포터 옷으로 갈아입고 포터들이 들고 다니는 지팡이를 들고 와야 돼. 셰크 대장한테 걸리면 끝장이야."

"끝장이라고요?"

순조가 물었다.

아빠 대신 내가 설명했다.

"호박돌을 쪼개 자갈로 만드는 일을 시킨다고."

"세상에."

침착하고 활기찬 순조의 얼굴에 두려움이 스쳤다.

아빠가 말을 이었다.

"조파 영감님이 C팀을 인솔할 거야. 나는 A팀을 인솔할 거고. 마지막으로 B팀은 파상이 인솔할 거야."

나는 아빠가 나와 함께 정상 도전을 하지 않는다는 것에 실망했지만 놀라지는 않았다. ('계획 변경'은 내 인생을 통틀어 아빠와 내 관계의 주제라고 할 수도 있었다.) 나도 순조와 조파 할아버지가 걱정되었다.

'공기가 희박하면 과대망상 증세가 생긴다.'

이 문장은 아빠가 쓴 등반 서적에 나오는 문구를 그대로 옮긴 것이다. 아빠가 말한 과대망상 증세가 내 용기를 갉아 들어가는 것 같았다.

순조와 조파 할아버지는 내가 정상에 올라가지 않으면 모든 걸 얻을 수 있을 것 같았다. 순조와 조파 할아버지가 나를 방해하려고 한다는 뜻이 아니다. 고의든 우연이든 아주 작은 실수가 내 등반을 망쳐 놓을 수 있다. 그 누구도 현자가 될 수는 없다. 산에서는 나쁜 일들이 벌어진다. 이런 일들은 등반의 일부이다. 그리고 뭔가 잘못되면 장비나 날씨나 운을 탓하지 등반객을 탓하지는 않는다.

"질문 있어요?"

아빠가 물었다.

나는 물어보고 싶은 게 너무나 많았다. 순조가 '우정의 다리'를 건널 수 있을 정도로 감쪽같은 위조 신분증을 가지고 있는데, 너덜너덜해진 출생증명서를 어떻게 믿을 수 있을까? 순조는 우리가 알고 있는 것과 달리 나보다 6개월이나 어릴지도 모른다. 조파 할아버지는 내 생일을 정확하게 알고 있었다. 조파 할아버지는 엄마가 안나푸르나에 있는 아빠와 통화할 때 아빠 곁에 있었다.

아빠는 순조를 나하고 같이 올려 보내 성공의 가능성을 높이려는 걸까? 내가 실패하더라도 아빠 회사는 최연소 등반객이 에베레스트 산 정상에 오르는 영예를 안을 수 있는 것이다. 순조는 등반 허가를 가지고 있었다. 아빠는 순조와 나 둘 중에 누가 정상에 올라도 상관없는 걸까?

하지만 나는 아빠한테 아무 말도 하지 않았다. 나는 너무 혼란스럽고 흥분해서 내 자신이 무슨 말을 할지 알 수가 없었다.

"다른 등반객들 모르게 이 비밀을 지키는 건 불가능해요. 정상에 오르는 최종 접근로는 단 한 개뿐이고 우리 모두 개미들처럼 한 줄로 서서 이곳을 지나게 될 거예요."

JR 아저씨의 걱정에 아빠가 이를 드러내고 웃었다.

"걱정하지 마세요. A팀과 B팀이 제4캠프에 도착할 때쯤이면 다른 등반객들은 자기들 숨 쉬는 거에만 신경 쓸 거예요."

"다른 등반객들이 베이스캠프로 돌아와서 눈치채면 어떻게 하지요?"

JR 아저씨가 다시 물었다.

"다른 등반객들이 정상에 오른다면 누가 정상에 오르고 누가 오르지 않았는지 신경 쓰지 않을 거예요. 중요한 건 그들에게 좋은 기회를 주는 거예요. 당신 팀은 A팀과 B팀보다

4~5일 정도 앞서게 될 거예요. 제4캠프를 지나 올라가면 무전기로 말할 때 각별히 조심해야 해요. 무심코 잘못 말하면 산의 이쪽 면에 있는 사람들이 우리가 뭘 하고 있는지 알아차릴 거예요. 우리를 지나쳐 내려올 때 정상에 관해 아무 이야기도 하지 마세요. 나중에 해결할 거예요."

"다른 등반객들은 전진 캠프까지 두 번째 등반을 마쳤어요. 고도순화를 생각하면, 그들은 적어도 우리보다 일주일 앞섰어요.

JR 아저씨의 말이 맞다. 전진 캠프로 세 번째 등반하는 건 정상 정복을 시도할 때이다. 우리는 아빠의 다른 등반객들에 비해 등반이 한 번 뒤처져 있었다.

"날씨가 개면 그들을 데리고 정상에 올라갈 거예요. 그렇지 않으면 다른 사람들과 함께 베이스캠프에서 기다려야만 해요. 우리 모두 동시에 정상에 오를 수는 없어요. 정상에 그럴 만한 공간도 없고요."

아빠의 말대로라면 다른 등반객들은 정상에 도전하기 위해 베이스캠프에 앉아 6주 동안 기다려야 할 수도 있다. 등반객들이 좋아하지 않을 것이다.

나는 침낭 안에 누워 기분 나쁜 밤을 보냈다. 순조와 조파 할아버지는 원하기만 하면 내가 정상에 오르는 걸 방해할 수 있었다. 방해할 수 있는 방법은 너무 많았다.

다음 날 아침 늦게 텐트 밖으로 얼굴을 내밀었다. 싸락눈이 내리고 있었다. 나는 옷을 챙겨 입고 식당 텐트로 갔다. 조파 할아버지와 촬영 팀이 나지막한 목소리로 다큐멘터리 장면 전환에 대해 이야기하고 있었다.

(아니면 내가 걸어오는 걸 볼 때까지 나에 관해 이야기하고 있었나? 공기가 희박할 때 과대망상 증세를 보인다는 아빠의 말은 맞는 것 같았다.)

조파 할아버지가 물었다.

"또 아픈 게냐?"

머릿속으로는 '그랬으면 좋겠죠?' 라고 생각했지만, 그 어느 때보다 컨디션이 좋다고 대답했다. 조파 할아버지는 내 말을 믿지 못하는 것 같았다. 나는 오트밀을 그릇에 던 다음 조파 할아버지와 촬영 팀 옆자리에 앉았다. 한바탕 아침 손님을 치르고 설거지 하는 요리사를 빼면 텐트 안에는 우리뿐이었다.

JR 아저씨가 나한테 말했다.

"그거 다 먹으면 카메라 사용법 알려 줄게."

"왜요?"

"잭이나 윌이나 내가 정상에 올라가지 못할 경우도 있거든. 누군가 촬영을 해야만 돼."

촬영 팀 아저씨들은 한결같이 튼튼한 등반가들이었다. 아저씨들이 정상에 올라가지 못할 일은 생기지 않을 것이다.

잭 아저씨가 거들었다.

"물론 우리가 시도는 하겠지만 어떻게 될지 모르는 일이야."

"나는 에베레스트 산에 세 번째 도전하는 거야. 제일 많이 올라간 건 제6캠프 바로 위까지 갔을 때였지. 날씨가 나빠지면서 어쩔 수 없이 포기해야만 했어. 네게 소형 카메라를 한 대 줄게."

JR 아저씨가 말을 마친 뒤 시계를 들여다보았다.

"15분 뒤에 본부 텐트 바깥에서 너하고 조파 할아버지하고 만날 거야. 그 뒤에 포터 캠프로 가서 촬영을 할 거야."

아저씨들은 일어나 텐트를 빠져나갔다.

나는 조파 할아버지를 쳐다보고 물었다.

"아빠 보셨어요?"

"아빠네 팀 사람들하고 등반 기술을 연습한다고 산으로 올라가더구나."

내가 불쾌한 표정을 지은 게 틀림없었다. 조파 할아버지가 한동안 나를 살피더니 말했다.

"아빠하고 지내 보니 어떠냐?"

"아빠하고 제대로 시간을 보내지도 못했어요."

나는 적당히 얼버무렸다.

조파 할아버지가 차를 한 모금 마신 뒤 말했다.

"아빠도 어쩔 수 없단다."

"무슨 말이에요?"

"아빠는 등반을 하면서 자기가 정말 잘하고, 열정을 느낄 수 있는 걸 찾아냈단다. 그걸 찾은 사람은 많지 않지."

"하지만 너무 늙어 등반을 할 수 없게 되면 어떻게 해요?"

조파 할아버지가 웃었다.

"등반가들은 대부분 늙지 않아."

"할아버지는 늙었잖아요."

"나는 등반을 그만뒀지."

"왜요?"

"애들이 자랐으니까. 더 이상 돈이 필요 없지."

"할아버지는 돈 때문에 산을 오르는 게 아닌 것 같은데요."

"그거야 그렇지. 하지만 돈을 벌지 못했으면 등반을 하지 않았을 게다. 너는 운동 삼아 산을 오르지만, 셰르파들은 가족을 부양하기 위해 산을 오른단다."

"그러니까 할아버지는 순조가 셰르파 되는 걸 도와주려고 여기 있는 거죠?"

"아니야. 내가 여기 온 건 순조가 셰르파가 될 필요가 없기 때문이란다."

"그게 무슨 말이에요?"

"순조에 관한 내 계획을 말해 주지 않아서 화가 났을 테지. 그리고 내가 친할아버지라고 말하지 않은 순조한테 실망했을 거고."

"그게 순조가 셰르파가 되길 바라지 않는 것과 무슨 상관이 있어요?"

"순조를 여기까지 데려오면서 마음속으로 생각해 둔 게 있었지. 순조한테는 마음에만 담아 두라고 이야기했고. 순조는 전진 캠프에서 이야기를 듣기 전까지 내가 무슨 생각을 하는지 몰랐단다. 순조가 등산하는 걸 보기 전까지는 이야기해 줄 수가 없었어. 순조가 정상에 오르면 그 평판 덕분에 학교로 돌아갈 수 있을 게야. 나는 순조가 다시는 등반하지 않기를 바라거든."

"순조의 출생증명서는 진짜예요?"

"그래. 순조는 너보다 일주일 정도 빨리 태어났단다."

"저도 정상에 올라가면 어떻게 되는 거예요?"

조파 할아버지가 어깨를 으쓱했다. 그건 내가 바라던 대답이 아니었다.

"할아버지가 무슨 생각을 하고 있는지 알아요. 산이 누구를 허락하고 누구를 허락하지 않을지는 알 수 없다는 거죠?"

조파 할아버지가 웃음을 띠면서 탁자에서 일어났다.

"본부 텐트에서 만나자꾸나."

"저는 정상에 오를 거예요."

조파 할아버지가 식당 텐트를 빠져나갈 때 내가 말했다.

조파 할아버지와 나눈 대화는 이상한 방식으로 집중력을

높여 주었다. 일행과 함께 있다고 해도 등산은 혼자 하는 스포츠라는 말이 떠올랐다. 당신의 다리, 당신의 팔, 당신의 근육, 당신의 인내력, 당신의 의지는 당신만의 것이다. 파트너가 힘을 불어넣고, 추락하는 걸 막아 줄 수는 있다. 하지만 파트너가 당신을 정상으로 데려가지는 못한다. 정상에 올라가는 건 온전히 당신한테 달렸다.

아침을 먹고 나서 기분이 한결 나아졌다. 촬영 팀을 만나러 본부 텐트로 향했다. 조파 할아버지도 텐트 안에 있었지만, 홀리 아줌마는 없었다.

JR 아저씨가 말했다.

"홀리는 이미 포터 캠프로 갔어."

"크리거 선생님이 순조를 위해 약을 처방해 줬는데 선생님이 직접 캠프까지 약을 가져가고 싶지 않았던 거지. 셰크 대장이 약을 발견하면 수상하게 여길 테니까. 의사가 포터들을 치료하지는 않거든. 홀리가 크리거 선생님 대신 약을 가져간 거야."

산 때문에 바뀐 건 나뿐만이 아니었다. 홀리 아줌마도 전진 캠프에 올라간 이후로 눈에 띄게 달라졌다. 그리고 JR 아저씨의 태도로 볼 때 나만 주목을 받고 있는 게 아니었다. 홀리 아줌마의 목소리는 여전히 높았고 화려한 옷을 입고 있었지만, 전진 캠프에서는 나를 돌봤고 이제 순조를 돌보고 있다. 홀리 아줌마가 베이스캠프에 온 첫날이었다면 나나 순조는 거들떠보지도 않았을 것이다.

JR 아저씨가 샌드위치 크기의 소형 카메라를 건네줬다.

"생긴 건 별로야. 하지만 고도가 높은 곳에서 확실하게 작동하고, 영상도 깨끗해. 우리가 쓰는 것보다 좋지는 않지만 대형 카메라를 정상까지 들고 가는 건 너무 힘든 일이야."

JR 아저씨는 줌 인과 줌 아웃 하는 방법, 화면을 잡는 방법, 내장 마이크를 사용하는 방법, 비디오를 한 시간 동안 작동시킬 수 있는 메모리 카드 교환 방법을 설명해 주었다.

잭 아저씨가 말했다.

"목소리를 녹음하려면 아주 가까이 갖다 대. 특히 바람이 불 때는 더 그래. 크게 소리를 질러야 할 거야."

JR 아저씨가 말했다.

"등반이 끝날 때까지는 이 카메라가 네 거라고 생각해. 우리가 만약 정상까지 올라가게 되면 물론 우리도 한 대 들고 갈 거야. 카메라 사용법을 연습해야 돼. 가장 힘든 건 장갑을 낀 채 작은 버튼을 눌러야 한다는 거야. 그러니까 장갑을 끼고 연습해. 제5캠프 위쪽 지역에서 장갑을 벗으면 손가락이 떨어져 나갈지도 몰라. 그러면 평생 코로 버튼을 눌러야 할 거야."

참으로 유쾌한 상상이군.

"뭘 찍어야 하죠?"

윌 아저씨가 대답했다.

"이야기."

"무슨 이야기요?"

이번에는 JR 아저씨가 대답했다.

"중요한 질문이야. 재미있는 질문이기도 하고."

잭 아저씨가 덧붙였다.

"미스터리이기도 하지."

JR 아저씨가 말했다.

"조쉬는 너를 찍어 달라고 우리를 고용했어. 지금은 순조가 끼어들면서 이야기가 바뀌었지. 너하고 순조가 정상에 오르지 못한다면 이야기가 또 바뀔 거야. 아마 네가 정상 정복에 성공하지 못한 이유에 대한 이야기가 되겠지. 너를 가로막은 장애물이 무엇이었는지 말이야. 혹은 너와 순조 사이의 우정에 관한 이야기가 될 수도 있어. (아저씨가 이 말을 했을 때 나는 꽤 떨렸지만 아저씨한테 말하지는 않았다.) 아니면 순조와 조파 할아버지, 혹은 너와 아빠 사이의 우정에 관한 이야기가 될 수도 있고. 요점은 이야기가 어떻게 끝나는지 알기 전까지는 무엇에 관한 이야기가 될지 모른다는 거야. 우리가 지금 할 수 있는 거라곤 세부 장면을 촬영하는 거야. 촬영을 모두 마쳤을 때 조각 그림 맞추기 장난감을 맞추는 것처럼 다큐멘터리를 꾸미는 거지."

JR 아저씨의 이야기는 그린스트리트 학교의 빈센트 선생님이 설명한 이야기 구성법과 똑같았다. 빈센트 선생님은 조사를 끝낼 때까지 한 글자도 쓰지 못하게 했다.

'이야기가 터져 나올 때까지 가슴에 담고 있어야 돼.'

빈센트 선생님은 3×5인치 카드를 조사 노트로 사용하라고 했다. 각각의 카드는 어떤 장면이나 등장인물 노트나 세부 내용이 되는 것이다.

'조사를 할 때 흥미로운 거나, 상상력을 자극하는 거나, 중요해 보이는 거라면 무조건 적어야 해. 이야기는 돌담처럼 만들어지는 거야. 모든 돌들이 딱 들어맞지는 않아. 버려야 할 돌도 있고, 부수어서 모양을 다시 만들어야 하는 돌도 있어. 담을 다 쌓았을 때 처음 생각했던 담하고 똑같지 않을 수 있어. 그렇다 하더라도 이 담 안에 가축을 넣어 두고 약탈자가 들어오지 못하게 할 수 있지.'

(빈센트 선생님이 몰스킨 노트 대신 다큐멘터리를 숙제로 받아 줄지는 알 수 없다.)

"굉장할 거야. 네가 직접 촬영 내용을 쓴다면 말이야. 쉽지는 않아. 특히 높은 고도에서는 더 그렇지. 하지만 나중에 편집할 때 도움이 될 거야."

JR 아저씨가 그렇게 말하자 잭 아저씨가 덧붙였다.

"글을 쓸 수 없다면 그냥 네가 하고 있는 걸 마이크에 대고 녹음만 하면 돼."

멀리서 보면 포터 캠프는 깨끗하고 좋아 보였다. 하지만 가까이 다가갈수록 전혀 그렇지 않다는 걸 알 수 있었다. 포터 캠프 안에 있는 물건들은 전부 남들이 버린 것들을 모아 놓은 것 같았다. 등반 시즌이 끝나고 등반객들이 캠프에 버리고 간 물건을 포터들이 주워다 놓은 것 같다는 뜻이다. 초라한 오두막이 두 채 보였는데, 오두막의 벽은 나무가 아니라 깡통을 펴서 못으로 박아 놓았다. 텐트는 다른 텐트 조각들을 꿰매 만들었다. 또 야크 고삐는 닳아빠진 등반 밧줄을 썼다.

캠프의 냄새도 달랐다. 똥과 나무 연기, 그리고 포터들이 요리에 쓰는 오래된 야자 기름 냄새가 뒤섞여 있었다. 하지만 포터들이 조파 할아버지를 보고 몰려드는 바람에 텐트의 냄새나 무질서한 모습은 곧 잊혀졌다. 순조와 홀리 아줌마가 낡은 텐트에서 나와 우리와 합류했다. 순조는 아직 허약해 보였는데, 그런 순조의 모습 때문에 슬프지는 않았다. 내일 전진 캠프로 갈 때 순조는 어떻게 할지 궁금했다.

순조가 나를 한쪽 옆으로 끌고 갔다.

"지난밤에 내 편을 들어 줘서 고마워. 할아버지에 대해 미리 이야기하지 않은 건 미안해."

"괜찮아."

나는 마음과 달리 그렇게 말하고 나서 다시 물었다.

"어젯밤은 어땠어?"

"등반 캠프처럼 편하지는 않았어. 하지만 포터 아저씨들이 친절하게 대해 줬어."

조파 할아버지는 일렬로 길게 줄을 선 포터들과 일일이 인사를 하며 축복을 빌어 주었다. 인사를 마친 뒤 담요와 침낭 위에 둥그렇게 원을 그리고 앉아 이야기를 나누었다. 조파 할아버지가 통역을 해 주었다.

포터들이 먹고살기 위해 무엇을 하는지 쉽게 이해하려면 포터들을 히말라야의 트럭 운전사라고 생각하면 된다. 유일한 차이라고는 포터들의 트럭은 바퀴 대신 다리가 달렸고, 경유가 아니라 풀을 연료로 삼는다는 것이다.

와이오밍 집에서 제일 가까운 식당은 트럭 정류장이었다. 엄마와 나는 그 식당을 좋아해 늘 그곳에 갔다. 트럭 운전사들은 친절하고 재미있고, 이야깃거리를 잔뜩 가지고 있었다. 포터들도 트럭 운전사들과 비슷했다. 나는 포터들의 이야기에 흠뻑 빠져서 사진 찍는 걸 깜박했다.

포터들은 티베트와 네팔 출신이고 1년에 9개월 정도를 집 밖에서 보낸다. 포터들은 에베레스트 산과 다른 산들로 장비를 나르지 않을 때는 트레커들을 안내하거나 고도가 낮은 지역에 물건을 나르기도 한다. 어린 포터들은 대부분 벌이가 더 좋은 등반 셰르파가 되고 싶어 했다. 늙은 포터들은 힘들긴 해도 야크를 몰고 다니는 생활에 만족했다. 포터들은 추락을 하거나 길을 잃는 것에 대해 이야기했다. 하지만 가장 무서운 이야기는 순조의 고향 마을에서 온 늙은 포터, 글루 할아버지가 말한 세상의 종말과 관련된 이야기였다.

(글루 할아버지는 순조 엄마를 잘 알고 있었고, 아기였던 순조가 처음 야크를 탈 때 글루 할아버지가 그 야크를 몰았다고 했다. 포터와 셰르파들은 수천 킬로미터에 걸쳐 흩어져 살고 있지만, 그들은 이런 식으로 관계를 맺고 있었다.)

JR 아저씨는 캠프로 돌아오는 길에 글루 할아버지의 이야기가 무척 흥미롭지만 최종 다큐멘터리에는 쓸 수 없다고 말했다. 그럴 여유가 없다는 것이었다. 그래서 내가 몰스킨 노트에 글루 할아버지 이야기를 적은 것이다. (빈센트 선생님은 이야기를 독특하게 만드는 건 이야기에 담긴 정보가 아니라 작가가 그 정보를 어떻게 이야기에 넣거나 빼는가에 달려 있다고 했다.)

글루 할아버지가 젊었을 때 먼 마을에서 멋진 수컷 야크를 샀다. 글루 할아버지는 그 야크를 사기 위해 3년 동안 돈을 모았고, 가축의 숫자를 늘리기 위해 이 돈을 쓰기로 했다.

"야크를 파는 마을은 꽤 멀었어. 중국 군인들이 사방에 널려 있어서 도로를 따라 가는 건 위험했지. 나는 한밤중에 이동하고 낮에는 언덕에 숨어 있었어. 중국 군인들이 나한테서 돈을 뺏거나 죽이지 못하게 말이야."

글루 할아버지가 백발이 성성한 머리를 흔들며 말했다.

글루 할아버지는 마을로 가는 데 시간이 많이 걸려 마을에 도착했을 때 야크가 없을까 봐 걱정했다. 야크가 다른 고객한테 팔렸거나 군인들이 먹으려고 죽였을 수도 있었다.

"하지만 야크는 거기 있었어. 내가 생각했던 것보다 훨씬 멋진 놈이었지. 야크의 털은 칠흑처럼 까맣고 등은 마룻바닥의 나무처럼 곧고 내 키만큼 넓었어."

글루 할아버지가 웃으며 말했다.

"야크 주인은 흥정을 마치고 나서도 가격을 더 올리려고 했지."

두 사람은 사흘 동안 입씨름을 벌였다. 마침내 글루 할아버지가 야크 주인한테 가지고 있던 돈을 몽땅 주고, 야크가 다음 해에 낳는 새끼 두 마리를 주기로 약속했다.

"모든 게 너무 오래 걸렸어. 날씨가 나빠졌어. 일이 복잡해지려니 내가 산 야크는 1년 동안 운동을 거의 하지 않고 풀만 먹인 놈이었어. 우리에 가둬 두는 바람에 다리가 부실했지. 녀석이 쉬거나 먹을 때 멈춰야 했어. 또 다른 어려움은 돈이 없어 음식 찌꺼기를 먹어야 했다는 거야."

글루 할아버지는 야크와 함께 굶어 죽기 전에 집으로 돌아가는 유일한 방법은 산을 가로질러 지름길로 가는 거라고 판단했다.

"처음에는 길이 좋았어. 도로에서 멀리 떨어진 길이어서 낮에 군인한테 들킬 염려 없이 돌아다닐 수 있었지. 그런데 길이 오르막으로 바뀌었어. 위로 올라갈수록 날씨도 나빠졌어. 눈도 점점 깊어졌지. 나는 발길을 돌렸어야 했어. 하지만 나는 어렸고 또 어리석었지. 나는 야크를 앞장세운 채 계속 산을 올라갔어."

글루 할아버지가 싱글거리며 어깨를 으쓱했다.

글루 할아버지와 야크는 지름길의 꼭대기에 도착한 뒤 맞은편 내리막길로 접어들었다. 글루 할아버지는 야크를 데리고 집까지 무사히 갈 수 있을 거라고 확신했다. 하지만 글루 할아버지가 잠 잘 곳을 찾고 있을 때 굉음과 함께 눈사태가 덮쳤다. 글루 할아버지는 산 채로 눈에 갇히고 말았다.

"추웠어. 살면서 그렇게 추워 본 적은 없었지. 눈사태가 덮쳤을 때 내가 죽지 않은 게 불공평하다고 생각했던 게 기억나. 나는 춥고 어두운 곳에서 죽음을 기다렸지. 얼마나 있어야 죽을지 궁금해하며 말이야. 잠시 후 미끼를 문 물고기처럼 내 오른팔을 잡아당기는 느낌이 들었어. 처음에는 그게 뭔지 몰랐어. 하지만 야크 생각이 났지. 꼭대기에 올라갔을 때 야크가 멀리 도망가지 못하게 야크의 목에 밧줄을 감았던 거야. 밧줄이 길지 않았어. 2미터도 안 되었던 것 같아. 야크는 가까이 있었고, 그것도 살아 있었어. 하지만 야크가 위에 있는지, 아니면 아래에 있는지 알 수가 없었어. 나를 덮고 있는 눈이 너무 단단해 내가 얼굴을 바닥에 처박고 있는지 아니면 위쪽을 쳐다보고 누워 있는지 모를 정도였어. 똑바로

서 있는지 머리를 처박고 있는지도 알 수 없었으니까."

우리는 이야기를 듣다가 웃었지만, 산 채로 묻히는 건 재미있는 일이 아니었다.

"내가 왜 그랬는지 몰라. 하지만 야크한테 가는 게 중요하다는 생각을 한 것 같아. 단 한 번이라도 야크의 몸에 손을 갖다 대고 싶었어. 안전한 목장에서 데리고 나와 고생을 시키는 것에 대해 사과를 하고 싶었어. 밧줄을 잡아당겼어. 시간이 오래 걸리고 힘도 많이 들었어. 밧줄을 더 당길수록 야크를 당기는 게 힘들어졌어. 미처 눈을 치우지 못하고 얼굴을 처박기도 했어. 야크는 걸린 게 없이 눈 위에 서 있는데 눈 아래의 나 때문에 밧줄에 묶여 있다는 생각도 했어. 마침내 나는 눈을 뚫고 나와 숨을 헐떡거렸어. 야크가 눈 위에 있었지만 서 있는 게 아니었어. 내가 살펴보려고 하자 야크가 몇 번이고 발길질을 했어. 하지만 나는 감각이 마비되어 녀석이 발길질하는 걸 못 느꼈지. 내 멋진 야크의 두 다리가 부러져 있었어. 뼛조각이 살을 뚫고 들어갔더라고. 내가 할 수 있는 일은 한 가지뿐이었어. 나는 칼을 꺼내 녀석의 목을 찔렀지."

야크는 한참 만에 피를 흘렸다. 글루 할아버지는 뺨에 눈물이 얼어붙은 채로 그 모습을 지켜보았다. 3년 동안 열심히 일해 모은 돈으로 산 야크가 글루 할아버지의 발밑에서 피를 흘렸다.

"하지만 슬퍼할 시간이 없었어. 나는 마을로 돌아와야 했어. 그러지 않으면 나 대신 우리 가족이 야크 새끼 두 마리 값을 치러야 할 테니까. 하지만 먼저 밤을 이겨 내야 했어."

글루 할아버지는 야크의 몸을 칼로 잘라 내장을 눈 위에 꺼낸 뒤, 야크의 몸 안으로 들어가 몸을 데웠다.

"누가 격렬하게 흔들어 깨우는 바람에 다음 날 아침 일찍 일어났어. 야크가 산 밑으로 굴러 떨어진 줄 알았어. 나는 야크의 시체 밖으로 머리를 내밀었어. 누가 더 놀랐는지 모르겠어. 나 아니면 곰이었겠지. 곰이 내 귀중한 야크를 산중턱으로 끌고 가고 있었던 거야. 곰은 앞다리를 들고 몸을 일으키더니 심장이 멎을 만큼 울부짖었어. 내 몸의 뼈들이 모두 흔들릴 정도였어. 나는 곰한테 잡아먹히는 줄 알았어. 하지만 중국 군인 덕분에 목숨을 구했지."

군인 네 명이 곰을 뒤쫓아 오다가 곰이 울부짖는 순간에 공격했다. 총알은 빗나갔지만 곰은 총소리에 놀라 도망갔다. 곰은 쿵쿵거리며 비탈을 올라 나무들 사이로 사라졌다.

"이제 내가 해야 할 일은 군인들과 싸우는 거였어. 하지만 그게 문제는 아닐 것 같았어. 돈이 없었으니까. 군인들이 야크를 잡아먹을 거라면 내가 걸치고 있던 걸 가져가기만 하면 되는 일이었지. 군인들이 야크의 시체에 다가오는 걸 보고 나는 시체에서 빠져나왔어. 군인들은 나를 보자 겁먹은 아이들처럼 비명을 지르고 소총을 집어 던졌어. 내가 말을 하기도 전에 도망가 버렸어."

글루 할아버지가 말했다.

글루 할아버지는 집으로 돌아온 뒤 중국 군인 네 명이 야크를 잡아먹는 설인을 만났다는 소문을 들었다. 몇 주일이 지나자 황소가 사내를 낳았다는 이야기가 떠돌았다.

"새끼들 값은 어떻게 했어요?"

JR 아저씨가 물었다.

"군인들이 내버린 소총을 팔았지. 새끼 값을 지불하고 새 야크를 살 만한 돈을 받았어. 나를 낳았던 지난 번 야크처럼 멋지지는 않았지만 새끼를 잘 낳는 놈이어서 내 가축이 열 배로 불어났지."

글루 할아버지가 웃으면서 말했다.

제 4 캠 프

동틀 무렵 조파 할아버지가 텐트에서 자고 있던 홀리 아줌마와 나를 깨웠다. 날씨는 맑고 상쾌했으며, 기온이 영하 22도에서 점점 올라가는 화창한 날이었다. 방한 장비들은 이제 입지 않고 싸서 등에 짊어져야만 했다. 설상가상으로 조파 할아버지가 우리한테 한 더미씩 나눠 준 순조의 장비까지 함께 첫 번째 캠프로 날라야 했다.

홀리 아줌마가 들고 가야 할 순조의 짐은 내 것보다 적었다. 홀리 아줌마는 재빨리 짐을 다시 꾸린 뒤 식당 텐트로 향했다. 나는 간밤에 꾸렸던 짐을 다시 꾸리는 데 45분이나 걸렸다. 순조와 조파 할아버지를 향한 반감 때문에 짐을 꾸리는 손이 더디었다. 나는 믿을 수가 없었다. 조파 할아버지는 내 장비를 순조한테 주었을 뿐만 아니라, 이제 나는 순조를 대신해 그 장비를 산 위로 날라야 했다. 조파 할아버지는 내가 너무 허약해 정상에 올라갈 수 없다는 걸 입증하기 위해 모든 걸 자기 마음대로 하는 것 같았다.

마침내 짐을 다 꾸렸다. 전진 캠프에 처음 올라갔을 때보다 6킬로그램이 무거워졌다. 기분이 별로였다. 이 높이에서는 300그램만 해도 엄청나게 차이가 났다.

내가 어떤 짐을 놔두고 가야 할지 고민하고 있을 때 셰크 대장이 와서 물었다.

"정상에 가는 거니?"

셰크 대장은 군복이 아니라 등산복 차림이었기 때문에 몰래 다가서는 걸 눈치채지 못했다.

"오늘은 아니에요."

"너는 몇 살인데?"

셰크 대장은 계속 지켜보면서 지금처럼 내가 혼자 있는 순간을 기다렸던 게 틀림없었다.

셰크 대장이 다시 호전적으로 물었다.

"몇 살이냐고?"

교묘한 질문이었다. 셰크 대장은 내 여권을 보았기 때문에 내 나이를 정확히 알고 있었다. 셰크 대장은 내가 거짓말하길 기대하고 있었다. 하지만 나는 사실대로 대답했다. 그러자 다시 셰크 대장이 물었다.

"다른 꼬마는 어디 있니?"

에고.

"누구요?"

내 거짓말은 서툴렀다.

"지난주에 너하고 같이 등산하던 꼬마 말이야. 너하고 캠프로 가던 꼬마 있잖아. 둘이 친해 보이던데."

셰크 대장의 영어는 약간 어눌했지만 빈정거리고 있는 것만은 분명했다. 셰크 대장은 순조와 내가 캠프 주위를 서성거리는 걸 본 것이다. 또 셰크 대장은 순조와 내가 전진 캠프를 향해 산을 올라가는 걸 본 게 틀림없었다. 나는 어수룩한 표정을 지으며 말했다.

"아, 그 애요. 저도 요 며칠 못 봤는데요."

"어디 갔는데?"

나는 어깨를 으쓱했다.

"거짓말이지?"

(거짓말을 하면서 태연하게 어깨를 으쓱할 수는 없었다.)

"거짓말이면 산 밑으로 차 버릴 거야."

"그러세요."

나는 배낭의 지퍼를 닫으며 말했다. 그런 말을 하는 게 현명한 일은 아니었지만, 셰크 대장과 에베레스트 산의 모든 게 질색이었다.

셰크 대장은 금방이라도 화를 낼 것처럼 보였다. 셰크 대장이 열네 살 소년의 허세에 맞서는 데 익숙하지 않은 것 같았다. 셰크 대장이 손을 들어 올리는 걸 보고 나를 때릴 거라고 생각했다. 하지만 셰크 대장은 '여기는 중화인민공화국이기 때문에, 당신에게는 권리가 없습니다.' 와 같은 논리가 나한테는 소용이 없다는 걸 깨달은 듯 웃음을 지었다. 셰크 대장은 훨씬 부드러운 말투로 물었다.

"그 꼬마 이름이 뭔데?"

나는 배낭을 집어 들며 말했다.

"이름은 못 들었는데요."

"너를 지켜보겠다."

나는 셰크 대장의 눈길이 내 뒷목을 뚫고 들어오는 걸 느끼며 걸음을 옮겼다. 순조를 배신할 생각을 하지 않은 내 자신이 자랑스러웠다.

조파 할아버지를 만나자마자 셰크 대장과 나누었던 대화 내용을 들려주었다. 조파 할아버지는 나보다 훨씬 침착했다. 조파 할아버지는 셰크 대장은 우리가 안고 있는 문제 가운데 가장 사소한 것이라고 말했다.

"너는 2~3일 안에 제4캠프로 갈 게다. 그것만 걱정하면 된단다."

조파 할아버지의 말이 옳았다는 사실은 곧 밝혀졌다.

우리는 포터와 야크들과 합류한 뒤 산을 올라갔다. 순조는 포터들 틈에 끼어 있지 않았다. 조파 할아버지한테 물어보자 "곧 올 거야."라고 대답했다.

중간 캠프로 올라가는 일은 처음에 비해 훨씬 쉬웠다. 포터들처럼 노래를 부르지는 않았지만, 걸으면서 이야기는 할 수 있었다. 그건 커다란 발전이었다. 나는 소형 비디오카메라도 사용할 수 있게 되었다. 또 카메라 앞에 있는 것보다는 뒤에 있는 게 훨씬 편하다는 것도 깨닫게 되었다.

지난주부터 경치가 극적으로 바뀌었다. 날씨가 따뜻해지면서 빙하가 녹아 여기저기 새로운 시냇물이 생겼다. 물에 흠뻑 젖지 않고 시냇물을 건널 수 있는 곳은 찾기 힘들었다. 또 다른 문제는 바위였다. 해빙기가 되면서 얼음이 녹자 바위들이 떨어져 나왔다. 마치 빙하는 볼링 레인이고 우리는 볼링 핀이 된 것 같았다. 결국 포터 한 명이 자기 야크와 함께 커다란 바위에 맞아 베이스캠프로 돌아가야만 했다.

잭 아저씨가 물었다.

"바위에 부딪히는 거 촬영했니?"

"아니요."

잭 아저씨가 투덜거렸다.

나는 줄곧 홀리 아줌마와 같이 올라갔다. 홀리 아줌마는 등반이 서툴렀다. (아마도 홀리 아줌마가 계속 배낭을 메고 있었기 때문인 것 같다.) 내가 잠시 들고 가겠다고 했지만 홀리 아줌마는 자기가 메고 가겠다고 우겼다. (얼마나 다행이었는지 모른다.)

홀리 아줌마는 제4캠프에서 내려갈 때부터 집으로 돌아가는 것에 대해 생각했다고 말하며 내가 정상을 정복한 뒤 독점 인터뷰를 할 수 있는지 알고 싶어 했다.

"떠나겠다고요?"

"에베레스트 산 정상에 오르는 건 내 올해 목표가 아니야. 만약에 그게 목표였다면 연습 등반을 하고 체육관에서 운동을 더 열심히 했을 거야. 어쩌면 연습으로 고층 빌딩에 올랐을지도 모르지."

홀리 아줌마는 싱긋 웃으며 에베레스트 산 정상을 가리켰다. 구름이 걷혀 정상이 잘 보였다.

"너도 눈치챘는지 모르겠지만 저게 세상에서 가장 주눅 들게 하는 광경이야."

"아줌마는 웬만해선 주눅 들지 않을 것 같은데요."

"그래. 그런데……."

홀리 아줌마가 심호흡을 했다.

"나는 여기 와서 내 자신에 대해 한두 가지 깨달았어. 첫 번째는 내가 늙어 가고 있다는 거야. 두 번째는……."

홀리 아줌마가 다시 심호흡을 했다.

"이 산이 나보다 훨씬 크다는 거야. 초라하지. 사실 나는 생각할 시간을 갖게 되었어. 그동안 내가 얼마나 외로움을 느끼며 지냈는지 몰라. 그것도 초라한 일이야. 특히 피에르와 랄프가 떠난 건 나한테 일어난 일 가운데 최고의 것일지도 몰라."

삼백 명이 넘는 사람들과 함께 캠프에서 지내는 건 외로운 게 아니었다. 하지만 나는 홀리 아줌마가 무슨 말을 하는지 알고 있었다. 외로움을 느끼며 혼자 있을 필요는 없다.

홀리 아줌마가 다시 물었다.

"인터뷰는 어떻게 할래?"

나는 다른 걸 생각하고 있었다.

"그때 가서 생각해 보죠."

홀리 아줌마가 나를 설득하려고 하다가 숨이 차서 그만두었다.

홀리 아줌마와 나는 일행보다 뒤처져서 캠프로 걸어가다가, 바위에 앉아 있는 순조를 보고 놀랐다. 순조는 찻잔을 들고 있었는데, 포터 옷을 입고 있어 약간 추레해 보였다.

"언제 왔니?"

"30분 전에."

"우리보다 먼저 떠났니?"

"아니. 네가 출발할 때 나도 같이 했지."

순조가 나를 놀리는 것 같았다. 포터들은 모두 수십 명이었는데, 그건 야크의 절반 정도밖에 안 되는 숫자였다. 내가 순조를 알아차리지 못할 리가 없었다.

"글루 할아버지의 야크를 타고 왔어."

"그래. 네가 아기였을 때 탔다는 거지."

나는 올라오면서 글루 할아버지와 함께 걸은 적이 있다. 글루 할아버지의 야크 등에 있던 것은 건초 더미였다.

"아니. 건초 밑에 숨어 있었어."

"농담하지 마."

순조가 고개를 저으며 다시 말했다.

"덥고 불편했어."

셰크 대장 이야기를 하자 순조의 얼굴에 걱정스러운 표정이 드리워졌다.

"그럼 내가 다시 야크 등에 타고 산을 올라가야 한다는 소리네. 별로 그러고 싶지 않은데. 내 물건을 여기까지 들고 와 줘서 고마워."

나는 순조가 늘 그렇게 공손하지 않기를 바랐다. 이런 인사를 듣고 있는 것보다 차라리 순조한테 화를 내는 게 더 쉬울 터였다.

"괜찮아."

나는 순조의 물건 때문에 짐이 무거워진 건 문제가 아니라는 걸 깨달았다. 그건 오히려 힘을 북돋아 주었다.

캠프를 둘러보았다. 지난주보다 나아진 게 없었다. 얼음에 박혀 있던 호박돌이 굴러 떨어지는 비탈은 지난번보다 훨씬 불안정해 보였다. 조파 할아버지도 비탈을 바라보며 고개를 저었다.

"여기서 밤을 보낼 수는 없겠군. 더 가야겠어."

더 간다고 해도 텐트를 칠 만한 곳은 나타나지 않을 것 같았다. 그리고 내 생각이 맞았다. 조파 할아버지는 무너져 내리는 암벽의 300미터 위에서 우리를 멈추게 하더니, 얼음을 파서 잠을 잘 수 있도록 평평하게 만들라고 했다. 그 작업을 하는 데는 몇 시간이 걸렸고, 고도가 높은 곳에서 일을 하자니 몸이 금방 지쳤다. 하지만 나는 그 일을 하면서 즐거웠다. 암벽 밑에서 잠을 자는 것보다는 나았기 때문이다.

다음 날 아침이 되자 다행히 다시 추워져 눈사태가 일어날 가능성이 줄어들었다. 우리는 제2캠프로 가는 길에 제5캠프로 세 팀의 등반대가 올라가고 있다는 무전 내용을 들었다. 그 팀들은 다음 날 정상 정복을 시도할 예정이었다.

글루 할아버지는 등반대들이 제5캠프로 가는 데 쓸 산소 탱크가 한 통밖에 없는 걸 걱정했다. 조파 할아버지가 아빠한테 무전기로 연락을 했다.

"네, 그 얘긴 들었어요. 멍청이들. 고도에 완전히 적응한 등반객이 한 명도 없다니. 그들이 제4캠프 이상 올라가는 건 겨우 두 번째예요. 탱크의 산소가 다 떨어지면 산소 보충 없이 정상 정복에 도전해야 할 겁니다. 필요한 사람들이 쓸 산소가 충분히 있어야 해요."

"지금 같은 날씨가 지속된다면……."

"안 그래도 제가 산소 탱크 얘기를 했어요. 하지만 그 사람들 관심사는 더 이상 좋은 날씨가 지속되지 않을지도 모른다는 것뿐이었죠. 우리가 할 수 있는 건 없어요. 제5캠프에 도착한 뒤에는 그들이 알아서 올라가야 할 겁니다."

아빠의 말은 그들이 제5캠프 이상 올라가면 구조할 가능성이 희박하다는 뜻이다. 헬리콥터가 비행하기에는 너무 공기가 희박하고, 그 높이에서 다른 사람을 구한다는 건 불가능했다. 제5캠프 위로 올라가다 죽으면 시체를 영원히 그곳에 놔둬야 할 것이다.

"참, 한 가지 더 있어요. 셰크 대장이 셰르파 소년에 대해 묻고 다닌답니다. 셰크 대장은 그 꼬마가 영감님과 함께 트럭을 타고 왔다고 생각하나 봐요."

"순조 말인가? 순조는 며칠 전에 학교로 돌아가기 위해 떠났다네. 그냥 드라이브를 하러 왔던 거지."

"셰크 대장한테 그렇게 말해 두죠."

이 대화는 순전히 셰크 대장을 골리기 위한 것이었다. 다만 셰크 대장이 다시 한 번 순조를 목격하면 그때는 조파 할아버지도 곤란해질 것이다.

아빠가 물었다.

"다른 건 모두 괜찮죠?"

조파 할아버지가 말했다.

"그래. 우리는 모두 괜찮다네."

"나중에 점검해 보겠습니다."

조파 할아버지가 사인을 보내자 JR 아저씨가 비디오카메라를 할아버지한테 돌렸다.

JR 아저씨가 물었다.

"그 등반객들이 정상에 올라갈 수 있을 것 같아요?"

조파 할아버지가 말했다.

"어쩌면. 하지만 아직 너무 이르군. 그들이 정상에 오르면 다른 등반객들도 도전할 테고, 그러다 죽는 사람들도 생길 걸세. 사가르마타의 정상에 오르는 지름길은 없어."

다음 날 오후, 전진 캠프에 도착한 우리는 모두 지쳐 있었다. 특히 순조가 많이 지쳤는데 며칠 전에 아팠던 영향이 아직 남아 있는 것 같았다. 전진 캠프에서 순조와 나는 역할이 바뀌었다. 순조가 침낭 안에 누워 있는 동안 나는 저녁을 준비했다. 나는 순조가 내 등반 일정에 자꾸 영향을 주는 데에 여전히 화가 나 있었다.

나는 저녁을 먹고 나서 밖으로 나왔다. 포터와 셰르파들이 제5캠프로 운반할 장비들을 정리하고 있었다.

조파 할아버지는 야크들이 전진 캠프 위로는 올라갈 수 없다고 말했다. 셰르파들이 장비를 등에 지고 제4캠프, 제5캠프, 제6캠프까지 가야만 했다. 그리고 우리가 정상 정복을 시도하기 2~3일 전에 먼저 가서 텐트를 쳐 놓을 것이다. 한편 셰르파 두세 명은 전진 캠프에 남아 우리 물건을 지키고 있을 것이다.

"사람들이 물건을 훔쳐 가기도 해요?"

"그런 일이 벌어지기도 하지. 다른 등반대들이 모두 네 아빠네 등반대처럼 장비를 잘 갖추고 재정이 든든한 건 아니란다. 장비도 제대로 갖추지 않고 산에 올라오다가 눈에 띄는 장비를 슬쩍하는 등반객들도 있지."

다음 날 아침, 조파 할아버지는 제4캠프에서 저녁을 보내는 데 필요한 물건만 챙겨 배낭의 무게를 줄이게 했다. 그건 잘한 일이었다. 전진 캠프에서 세 시간 더 올라가면 고갯마루의 기슭에 도착하는데, 두 개의 봉우리 사이에 난 고갯길이었다.

고갯마루가 야크들에게 막다른 골목인 이유는 분명했다. 고갯길을 따라 나 있는 암벽은 거대했다. 그리고 기슭에서 보면 암벽은 무서울 정도로 불안정해 보였다. 암벽의 절반은 반질반질하고, 세찬 바람에 둥글게 깎여 소프트 아이스크림처럼 보였다. 나머지 절반은 험한 세락(serac, 빙하가 급경사를 내려올 때 빙하의 균열이 교차하여 생기는 탑 모양의 얼음덩이 : 옮긴이)이었는데, 톱니 모양의 커다란 치아처럼 보였다. 내가 숨이 차지 않았더라면 세락을 보고 움찔 놀랐을 것이다. 고도계를 보니 7,000미터를 가리키고 있었다.

홀리 아줌마가 터벅터벅 걸어 올라와 무릎에 손을 얹은 뒤 소름이 끼칠 정도로 대단한 세락을 올려다보았다.

"여길 올라간다고? …… 헉헉 …… 말도 안돼."

내 생각도 같았다.

그 다음으로 요기 아저씨와 야쉬 아저씨가 올라왔는데, 두 사람 모두 얼굴을 찡그리고 머리를 절레절레 흔들었다. 순조와 조파 할아버지가 마지막으로 도착했다. 조파 할아버지가 순조의 배낭을 메고 왔다. 순조는 정말로 몸 상태가 안 좋아 보였다. 암벽을 올려다보는 순조의 얼굴에 두려운 기색이 역력했다. 순조가 안됐다는 생각이 들 정도였다.

조파 할아버지가 말했다.

"이틀 전에 얼음이 녹기 시작할 때 어땠는지를 잘 생각해 보거라."

좋은 지적이었다. 지금보다 상태가 더 안 좋았을 때도 등 반대 세 팀이 고갯마루를 올라갔다.

첫 단계가 가장 어려운 법이다. 부드러운 얼음이 가파른 비탈을 이루고 있었다. 셰르파들이 얼음에 발판을 만들었고 또 고정 밧줄(fixed rope, 위험한 지점을 통과할 때 안전하고 신속하게 지나가기 위해 고정시켜 놓은 밧줄 : 옮긴이)도 있었지만, 우리가 그날 처음 올라가는 팀이었기 때문에 얼음은 미끄러웠고 밧줄은 얼음으로 뒤덮여 있었다.

우리는 곧 괴로운 리듬에 빠졌다. '밧줄이 미끄러지며 유마르가 올라간다. (유마르는 밧줄과 손잡이가 달린 기계식 승강기인데 밧줄을 따라 미끄러지면서 올라간다. 밧줄로 고정시킨 몸을 유마르를 이용하여 끌어올린다.) 한 걸음 올라간다. 숨을 쉰다. 유마르를 당긴다. 걷는다……' 세 시간이 지난 뒤에는 리듬이 조금 바뀌었다. '유마르를 당긴다. 생각한다. 위를 쳐다본다. 다시 생각한다. 한 걸음 올라간다. 쉰다. 쉰다. 쉰다. 암벽을 붙든다. 기도한다……'

사륜 구동 지프만 한 얼음 덩어리가 우리 곁을 지나쳐 아래로 떨어져 부딪히면 우리를 안내하는 요기 아저씨와 야쉬 아저씨가 웃는다. 어떻게 이런 상황에서 웃음이 나올까? 요기 아저씨와 야쉬 아저씨는 우리가 갈 루트를 따라 올라가며 흔들리는 얼음을 부숴 우리가 잡은 암벽이 뜻밖에 떨어져 나가거나 위에서 떨어진 바위에 머리를 맞지 않도록 했다.

내 뒤로 촬영 팀, 홀리 아줌마, 순조, 조파 할아버지가 차례로 올라왔다. 요기 아저씨와 야쉬 아저씨가 "얼음!"이라고 고함을 지르는 것과 조파 할아버지가 "더 빨리!"라고 소리치는 걸 빼면 조용했다.

출발한 지 네 시간 뒤, 나는 가장 가파른 곳에 도착했다. 거리는 15미터였지만 80킬로미터는 되어 보였다. 팔다리는 이미 감각이 없었기 때문에 사실 쓸모가 없었다. 그중에서도 최악인 것은 공기였다. 이제 그곳에는 공기가 거의 없었다. 아니, 그렇게 느껴졌다. 숨을 쉴 때마다 극소량의 소중한 산소가 생기는 것 같았다. 새를 살리기에는 충분할지 몰라도 열네 살짜리 지친 등반객을 살리기에는 역부족이었다. 우 선생님은 틀렸다. 내 몸에는 문제가 있는 게 분명했다.

요기 아저씨와 야쉬 아저씨는 벌써 꼭대기에 올라가 있었다. 나는 두 사람 가운데 한 사람이 밧줄을 맡고, 다른 한 사람이 제4캠프에서 눈을 끓이고 있었으면 했다. 제4캠프에 도착했을 때 우리에게는 따뜻한 차 한 잔이 꼭 필요했다. 제4

캠프에 도착을 한다면 말이다.

홀리 아줌마, 순조, 조파 할아버지는 한참 뒤처져서 올라
왔다. 하지만 조파 할아버지가 두 사람한테 빨리 걸으라고
외치는 소리가 들려왔다.

내가 등반을 포기하고 집으로 돌아갈 마음을 먹고 있을 때
JR 아저씨가 내 뒤로 따라붙었다. 아저씨는 끔찍해 보였다.
턱수염과 고글이 얼음으로 덮여 있어서 방향을 찾는 게 신기
했다.

"기다려 줘서 고마워. 네가 도착하는 걸 찍어야 돼. 촬영
준비하게 2~3분만 기다려 줘."

JR 아저씨가 숨을 헐떡이며 말했다.

아저씨를 기다린 게 아니라 숨이 차서 그랬다는 말을 할
수 없었다. 나는 시계를 들여다보고 나서야 몇 시인지 알 수
있었다. JR 아저씨는 벌써 2미터쯤 위에 올라가 있었다. 나는
여전히 그런 걸 생각하지 않고, 그저 JR 아저씨를 따라 걸어
올라갔다.

한 시간 뒤 내가 마침내 꼭대기에 도착했을 때 요기 아저
씨가 내 배낭의 모서리를 잡아당겼다. 그건 JR 아저씨가 원
하던 장면이 아니었다. 요기 아저씨가 나를 도와주는 걸 보
면서 7주 전에 울워스 빌딩 꼭대기에 올라갔을 때 경찰이 똑
같은 행동을 했던 게 생각났다.

몸이 점점 괜찮아지는 것 같았다. 나는 꼬박 10분 동안 무

릎에 머리를 파묻고 숨을 고르려고 했다. 그러나 그렇게 높은 곳에서는 숨을 고를 수 없다는 걸 깨달았다. 힘들게 몸을 일으켜 야쉬 아저씨가 물을 끓이고 있는 곳으로 비틀거리며 걸어갔다.

제4캠프는 작았다. 더 안 좋은 건, 그 꼭대기 바로 밑에 입을 크게 벌린 크레바스가 펼쳐져 있다는 것이다. 내가 읽은 책에서 그 크레바스는 매년 더 넓어지고 있다고 했다. 심지어 언젠가는 (오늘이 아니기를 바란다.) 크레바스가 무너져 내려 등반가들이 북면의 새 루트를 개발해야 할지도 모른다고 말하는 사람들도 있었다.

정상은 잿빛 안개로 뒤덮여 있었다. 북쪽 능선을 따라가다가 북면을 가로질러 피라미드 모양의 정상으로 이어지는 루트가 보였다. 야쉬 아저씨와 내가 쭈그리고 앉아 있는 곳에서 아주 멀리 있는 것만 같았다.

정상 정복에 도전한 등반대 세 팀이 나하고 같은 생각을 했으리라고는 상상할 수 없었다. 살기 위해 산소를 충분히 들이마시려고 하다 보니 갈빗대가 아팠다. 나는 조파 할아버지가 응급 상황에 대비해 산소 탱크를 두 개 가져왔다는 걸 알고 있었다. 혹시 요기 아저씨와 야쉬 아저씨가 산소 탱크 두 개를 감추고 있는 건 아닐까 싶었다. 셰르파들은 짐 없이는 산에 올라가지 않는다. 그것은 힘만 낭비하는 일이기 때문이다. 나는 야쉬 아저씨한테 산소 탱크를 열어 달라고 부탁하고 싶었지만, 그건 등반의 목적에 어긋난다는 걸 알기 때문에 참았다. 텐트를 쳤다. 전날 전진 캠프에서 할 때보다 훨씬 어려웠다.

잭 아저씨와 윌 아저씨가 그 다음으로 꼭대기에 올라왔다. 윌 아저씨가 손과 무릎을 바닥에 대고 10분은 족히 토했다. (JR 아저씨는 이 장면을 촬영하지 않았다.)

45분 뒤에도 나는 여전히 텐트를 치고 있었다. 요기 아저씨는 홀리 아줌마를 꼭대기로 잡아당겼고, 순조와 조파 할아버지가 그 뒤를 따라 올라왔다.

조파 할아버지는 넌더리를 내며 고개를 흔들었다.

"너무 느려, 너무 느려, 너무 느려."

조파 할아버지가 머리를 숙여 두 굼벵이를 쳐다보며 투덜거렸다.

"이 위에서도 그런 식으로 등반할 거면 정상은 포기해."

홀리 아줌마와 순조는 그곳을 벗어났다. 두 사람은 조파 할아버지가 하는 말을 전혀 귀담아 듣는 것 같지 않았다. 홀리 아줌마의 몸 상태가 좋지 않은 것과 순조가 얼마 전에 아팠던 걸 생각하면 조파 할아버지가 너무 모질어 보였다. 조파 할아버지는 내가 텐트를 치느라 씨름하고 있는 쪽으로 걸어왔다. 잘난 척할 거라 생각했지만 조파 할아버지는 내 등을 가볍게 두들겼다.

"잘했다. 너한테 기회가 오겠구나."

산소 탱크의 산소들이 모두 내 혈관으로 흘러들어오는 것
만 같았다. 조파 할아버지는 내가 정상에 도전하는 걸 방해
하려고 하지 않을 것이다.

순식간에 텐트가 완성되었다. 텐트를 조립하는 데 5분도
채 걸리지 않았다. 나는 짐을 풀지 않고 패드와 침낭을 펼쳐
놓았다. 그리고 홀리 아줌마와 순조가 생기 없는 눈으로 보
고 있는 동안 홀리 아줌마의 텐트를 쳤다.

그러고는 한꺼번에 에너지를 쏟아 부은 대가를 치러야만
했다. 내가 할 수 있는 거라곤 간신히 몸을 일으키는 것뿐이
었다. 조파 할아버지는 순조와 홀리 아줌마와 나한테 차를
주면서 다 마시라고 했다.

"버너에 불을 붙이거라. 배가 안 고픈 건 안다. 하지만 먹
어 둬야 해. 오늘 밤에 눈이 올 게다."

조파 할아버지가 하늘을 올려다보며 말했다.

체 포

날씨를 예견하는 스님답게 조파 할아버지의 말이 맞았다.
다음 날 아침 내린 눈은 60센티미터나 쌓였다.

순조와 나는 세 시간도 못 잔 것 같았다. 순조는 몸이 괜찮
아졌다고 생각했는지 비틀거리면서도 버너에 불을 피우자고
했다. 산소가 부족했기 때문에 버너에 불을 붙이려면 가스라
이터를 10분 이상 켜고 있어야 했다.

텐트 밖으로 기어 나가 냄비에 눈을 담다가 이미 깨어 있
는 조파 할아버지, 셰르파 형제, 촬영 팀 아저씨들을 보았다.
그들의 냄비에서 김이 나는 걸 보아 꽤 오래전에 일어난 게
틀림없었다. 조파 할아버지는 무전기로 통화를 하고 있었다.
이렇게 이른 아침에 통화를 하는 이유는 단 한 가지였다. 누
군가한테 문제가 생긴 것이다.

소용돌이치는 눈발 사이로 정상을 흘긋 쳐다보았다. 아래
쪽 날씨가 이렇게 나쁘면 정상 부근은 더 심할 것이다.

조파 할아버지가 말했다.

"요기와 야쉬는 제4캠프에 남을 거네. 날씨가 개면 제5캠프로 산소 탱크를 가져갈 거야."

그러자 무전기에서 불확실한 독일 억양의 목소리가 들려왔다.

"제5캠프로 데려갈 수 있을지 자신 없어요."

그러자 조파 할아버지가 단호하게 말했다.

"무슨 일이 있어도 데려와야 돼! 이런 날씨라면 제5캠프나 제6캠프에서는 구출할 가능성이 없네. 두 사람이 제4캠프로 내려와야 돼. 최대한 빨리 제6캠프를 떠나야 하네. 무슨 말인지 알겠지?"

오랜 침묵이 흐른 뒤 상대방이 낙심한 듯 나지막한 목소리로 말했다.

"예. 알았어요."

조파 할아버지는 네팔어로 축복을 해 준 뒤 출발 신호를 했다.

"푸자 의식을 했던 독일 사람들이에요?"

내가 묻자 조파 할아버지는 고개를 끄덕이며 말했다.

"위쪽에는 이탈리아 사람들도 있단다."

"무슨 일인데요?"

다시 묻자 이번에는 JR 아저씨가 대답했다.

"제6캠프에서 등반객 두 명이 고소폐수종 증세를 보인대. 제5캠프에서도 경증의 환자가 발생했나 봐. 그리고 등반객

두 명이 밤 12시가 지나서 정상 정복에 나섰는데 그 뒤로 소식이 없대."

이런 날씨라면 정상 정복에 나섰던 등반객들은 죽었거나, 저체온증으로 죽음 일보 직전까지 간 상태일 것이다.

내가 말했다.

"요기 아저씨와 야쉬 아저씨와 함께 제5캠프로 가면 그 등반객들을 도울 수 있잖아요?"

조파 할아버지가 고개를 저은 뒤 말했다.

"너하고 순조하고 안젤로 양은 전진 캠프로 내려가야만 한다. 다른 셰르파들이 등반객들을 도우러 갈 게야. 하지만 등반객들이 제5캠프에 도착할 때까지는 도와줄 방법이 없단다. 먹자마자 짐을 싸거라. 날씨가 나빠지기 전에 출발해야 하니까."

눈과 얼음 때문에 고갯마루를 내려가는 건 올라가는 것보다도 힘들었다. 산 위에서 등반객들이 죽어 가고 있다는 생각을 한다고 해서 전진 캠프로 내려가는 일이 더 수월해지는 건 아니었다.

등반객들을 구조하러 가는 셰르파들이 우리 곁을 지나갔다. 그들은 산소 탱크와 가모우 백을 지고 있었는데, 그날 오후 제4캠프에 도착할 계획이었다. 그리고 날씨 때문에 지체되지만 않는다면, 다음 날 아침에 셰르파들은 산 위로 올라간 요기 아저씨와 야쉬 아저씨를 도와 제5캠프까지 도착한 등반객을 제4캠프로 데리고 내려올 것이다. 날씨가 개면 구조 헬리콥터가 제4캠프까지 비행할 수 있지만, 날씨가 아주 좋은 날에도 그 높이에서 헬리콥터로 환자를 이송한다는 건 아슬아슬한 일이었다. 헬리콥터가 환자를 이송하지 못하면 어떻게 해서든 셰르파들이 등반객들을 전진 캠프까지 데리고 와야 했다.

눈이 내리고 있었는데도 우리는 꽤 빠른 시간 안에 전진 캠프로 돌아왔다. 우리가 그렇게 열심히 내려온 이유는 빨리 텐트로 들어가 이틀 동안 꼼짝 않고 잠만 자고 싶었기 때문일 것이다. 캠프는 텅 비다시피 했다. 순조는 여전히 기운이 없어 보였지만, 우리가 다시 올라갈 때쯤에는 몸 상태가 좋아질 것 같았다. 순조에게 났던 화가 조금씩 누그러들었다. 전날 조파 할아버지가 나를 칭찬했기 때문인 것 같았다. 조파 할아버지와 순조가 내 등반을 방해하지 않으리라는 믿음이 생겼다.

다음 날 아침 촬영 팀 아저씨들이 모두 토했다. 순조가 걸렸던 것과 똑같은 병에 걸린 것 같았다. 조파 할아버지는 고도순화를 중단하고 촬영 팀 아저씨들을 다른 등반대와 함께 베이스캠프로 내려보냈다. 불평하는 사람은 없었다.

홀리 아줌마가 말했다.

"저도 내려갈래요."

조파 할아버지가 고개를 저으며 말했다.

"당신은 괜찮다오. 고도순화를 하려면 여기서 이틀 이상 지내야 해요."

그러자 홀리 아줌마가 웃음을 지으며 말했다.

"전 됐어요. 제4캠프 이상 올라가고 싶은 욕심이 없어요."

조파 할아버지도 물러서지 않았다.

"당신은 정상에 올라갈 수 있어요."

홀리 아줌마는 이를 드러내고 싱긋 웃더니 손사래를 쳤다.

"너무 느려요. 올해는 아니에요. 할아버지가 베풀어 주신 친절에 감사드려요."

그러더니 나를 쳐다보며 말했다.

"정상에 오른 다음 인터뷰는 어떻게 할래?"

나는 빠져나갈 여지를 남겨 두었다.

"정상에 올라가지 못할지도 몰라요."

"너는 올라갈 거야."

홀리 아줌마가 말을 마친 뒤 순조를 쳐다보며 물었다.

"너는 어때? 나중에 산에서 내려가면 아줌마하고 독점 인터뷰를 할래?"

그러자 순조가 대답했다.

"예."

순조는 지나치게 낙관적인 것 같았다. 하지만 나는 아무 말도 하지 않았다.

"그럼 거래는 성사된 거야. 네 할아버지가 증인이야. 나하고 인터뷰하기 전에 다른 기자하고 이야기를 나누면 안 돼."

"뉴욕 시로 연락하면 돼요?"

"그래. 잃어버리지 마."

홀리 아줌마가 전화번호를 적어 주었다.

홀리 아줌마는 떠나기 전에 나를 껴안았다. 이번에는 꺼려하지 않았다. 사실 홀리 아줌마가 보고 싶을 것 같은 생각이 들어 나는 꽤 놀라고 있었다.

"피크, 뉴욕으로 돌아오면 연락해."

아줌마가 당부했다.

"그럴게요."

JR 아저씨가 내려가다 말고 고개를 돌리더니 카메라로 꼭 촬영하라고 소리쳤다.

어두워지기 직전에 등반객 다섯 명(독일인 두 명, 이탈리아인 세 명)과 셰르파들이 전진 캠프로 비틀거리며 걸어왔다. 생매장을 당했다 살아 돌아온 사람들 같았다. 그들은 대부분 손가락, 발가락, 귀, 코 가운데 한 곳이 동상에 걸려 있었다. 또 그들 중 한 명은 설맹(snow blindness, 눈에 반사되어 증가한 자외선 때문에 각막 표층 상피 세포가 손상을 입어 생기는 일시적 시력 상실 : 옮긴이) 증상을 보였는데, 그는 허리에 밧줄을 묶은 채 캠프로 끌려왔다.

캠프에는 의사가 없었기 때문에, 조파 할아버지와 글루 할아버지(순조를 야크에 감춰 베이스캠프로 돌아가려고 뒤에 남아 기다리고 있었다.)가 사람들의 부상을 치료하느라 애썼다. 할아버지들이 치료를 끝냈을 때 등반객 세 명은 자기들 힘으로 베이스캠프까지 돌아갈 수 없다는 게 밝혀졌다. 고소폐수종에 걸린 다른 독일인 등반객 두 명은 이미 꼼짝도 할 수 없었다. 조파 할아버지가 전날 무전기로 독일인과 대화를 나누고 두 시간 후에, 그들은 제6캠프에서 죽었다. 정상 정복을 시도했다가 실패한 등반객 두 명까지 치면, 모두 네 명이 죽은 것이다. (이건 꽤 정확한 추측이었다.)

그 높이에서 조리 있게 생각하는 건 힘들었다. 하지만 산소 부족으로 머리가 허덕이고 있었음에도 순조에 대한 생각은 부끄럽게 느껴졌다. 에베레스트 산 등반은 경쟁이 아니라 생사의 문제였다.

제6캠프에서 살아남은 등반객들이 제5캠프로 내려왔다. 요기 아저씨와 야쉬 아저씨는 경미한 고소폐수종 증세를 보이는 등반객을 제4캠프로 데려갔다. 그들은 다음 날 전진 캠프로 가야 했다.

조파 할아버지가 무전기로 아빠한테 진행 상황을 알렸다.

아빠가 물었다.

"헬리콥터가 도착했는데 중국인 조종사가 위험을 무릅쓰고 비행을 하려고 해요. 조종사가 시도하기 전에 빨리 날씨가 더 좋아져야 할 텐데 걱정입니다. 어두워지기 전에 날이 갤까요?"

조파 할아버지는 살펴볼 필요도 없었다. 가시도가 6미터 정도로 떨어진 상태였다.

"아니."

"그러면 내일까지 기다려야 해요. 제4캠프에서 온 등반객들은 언제쯤 전진 캠프로 내려갈 수 있을 것 같습니까?"

"모르겠네. 하지만 오후 일찍 그들을 만나러 올라갈 걸세. 날씨만 괜찮으면."

"헬리콥터는 작아요. 조종사와 셰크 대장을 제외하면 네 명밖에 못 탑니다. 헬리콥터에 탈 사람과 걸어 내려갈 사람을 나누어야 할 거예요."

"셰크 대장이 온다고?"

"그렇게 들었어요. 아이를 찾고 있다던데요."

"왜지? 그 아이는 떠났다네. 여기 없다고."

"셰크 대장한테 그렇게 말했어요. 하지만 제 말을 믿지 않는 눈치였어요. 어제는 포터 캠프를 수색하더니 오늘은 병사들을 동원해 베이스캠프로 내려오는 사람들을 일일이 조사했어요."

"하고 싶은 대로 하라 하게."

말은 그렇게 했지만, 조파 할아버지의 얼굴에는 걱정하는 기색이 역력했다.

순조도 마찬가지였다. 순조가 어떻게 포터 캠프로 다시 내려갈 수 있을지 알 수 없었다. 글루 할아버지의 야크는 건초를 모두 먹어 치웠다. 순조는 숨을 곳도 없었다. 셰크 대장이 등반객들을 조사하고 포터 캠프를 수색했다는 건 나쁜 소식이었다.

"부상을 입은 등반객들이 많다네. 그들을 헬리콥터에 실어야 할 걸세."

"저도 압니다. 셰크 대장한테 다시 이야기해 보지요. 어쩌면 셰크 대장은 헬리콥터의 빈자리에 시체가 된 등반객을 싣고 내려가야 할지도 모르죠. 그렇게 되면 그건 셰크 대장 책임이에요."

그건 사실이었다. 하지만 대화는 전적으로 아빠와 조파 할아버지의 대화를 엿듣고 있을 셰크 대장을 골리기 위한 것이었다.

"그럴 테지."

조파 할아버지가 그렇게 말한 뒤 화제를 바꾸었다.

"안젤로 양과 촬영 팀이 내려갔나?"

"방금 도착했습니다. 홀리는 짐을 싸고 있어요. 내일 트럭이 출발할 겁니다. 사실 홀리는 제가 예상했던 것보다 더 높이 올라갔어요. 크리거 선생이 촬영 팀 사람들을 진찰하고 있어요. 촬영 팀 사람들은 간신히 캠프로 돌아왔지요. 여기 있는 사람들 모두 바이러스에 감염된 것 같습니다. 크리거 선생이 환자들을 치료하느라 미칠 지경이거든요. 헬리콥터가 항생제를 더 가져올 겁니다. 오늘 아침에도 등반대 다섯 팀이 바이러스에 감염되어 산을 내려갔어요. 저도 감염된 것 같습니다. 이러다간 이쪽에서 정상 도전에 나설 수 있는 등반객이 아무도 없을 것 같아요."

지금 사람들이 감염되어 고생하고 있는 바이러스는 내가 전에 감염되었던 것이었다. 나는 다시 감염되고 싶지 않았다. 베이스캠프로 내려가면 조심할 것이다. 바이러스가 정상 정복의 기회를 빼앗아 가게 할 수는 없다.

다음 날 아침 일찍 조파 할아버지는 설맹 증세를 보이는 등반객과 발에 동상이 걸린 등반객을 제외한 나머지 사람들을 모두 베이스캠프로 돌려보냈다. 순조와 글루 할아버지도 그들과 함께 내려갔다. 셰크 대장이 올라오고 있는데 순조가 전진 캠프에 머무를 수는 없는 노릇이었다. 나는 순조를 어떻게 포터 캠프로 데려갈지 물어보지 않았다. 하지만 셰크 대장이 포기할 때까지 전진 캠프와 베이스캠프 사이에 있는 캠프에 숨겨 놓을 거라는 건 알 수 있었다.

조파 할아버지는 내게 가고 싶으냐고 물었다. 나도 내려가고 싶었다. 하지만 나는 여기 남아 제4캠프에서 내려온 등반객들과 함께 할아버지를 돕겠다고 말했다.

밤새 날씨가 개었다. 아직 추웠지만 구름이 옅어지고 바람도 제법 잦아들었다. 경미한 고소폐수종 증세를 보이던 등반객의 상태가 밤새 나빠져 가모우 백에 집어넣었다는 연락이 왔다. 이제 그 등반객은 전진 캠프로 데려올 수 없다. 헬리콥터가 제4캠프로 가서 이 등반객을 구조해야만 한다.

조파 할아버지와 내가 할 일은 요기 아저씨와 야쉬 아저씨를 도와 제4캠프에 있는 등반객과 셰르파들을 최대한 빨리 전진 캠프로 데려오는 것이었다. 헬리콥터가 전진 캠프에 도착했을 때 베이스캠프로 갈 사람들이 떠날 수 있도록 준비를 해야 했다. 헬리콥터는 딱 한 번만 비행할 예정이었다.

우리는 민첩하게 움직여 제4캠프로 이어지는 고개에서 요기 아저씨를 만났다. 요기 아저씨는 야쉬 아저씨가 부상을 입은 등반객들과 함께 제4캠프에 남아 있다고 했다.

"부상자가 몇 명이나 되는가?"

조파 할아버지가 물었다.

"세 명이에요. 두 명은 동상이 심하고, 한 명은 고소폐수종에 걸렸어요. 헬리콥터를 타고 베이스캠프로 가야 할 사람도 있어요."

요기 아저씨가 위를 올려다보며 말했다.

제4캠프에 도착해 보니, 등반객은 부상자까지 모두 여섯 명이었다. 그들은 모두 지쳐 있었지만 암벽에서 내려갈 수 있게 된 것을 기뻐했다. 조파 할아버지가 등반객들에게 산소 탱크를 건네자 그들은 고마워하며 받아들었다. 고도순화를 할 때가 아니었다. 이들은 베이스캠프에 도착하면 곧 집으로 돌아갈 것이다.

전진 캠프까지 30분 정도 남았을 때, 제4캠프로 향하는 헬리콥터가 보였다. 조파 할아버지는 헬리콥터가 전진 캠프에 들르기는 하겠지만 오래 머무르지는 않을 거라는 생각에 일행을 재촉했다.

하지만 헬리콥터는 우리가 전진 캠프에 도착하고 나서 10분 뒤에야 착륙했다. 그 전에 미리 조파 할아버지는 헬리콥터를 타고 내려가야 할 가장 쇠약한 부상자 두 명을 고르고, 셰크 대장이 헬리콥터를 타고 오지 않을 경우를 대비해 후보자 한 명을 골랐다.

하지만 셰크 대장은 헬리콥터를 타고 왔다.

군복 차림에 권총까지 찬 셰크 대장은 헬리콥터 날개가 일으키는 거센 바람을 헤치고 걸어 나왔다. 헬리콥터 조종사가 셰크 대장의 뒤를 따라왔는데 우리들만큼이나 힘들어 보였다. 헬리콥터는 그 높이에서 비행하도록 설계되지 않았다.

셰크 대장은 서두르는 기색이 전혀 없었다. 식당 텐트로 불쑥 들어가 안을 살피고, 마치 미식가라도 되는 듯 버너 위에서 부글부글 끓고 있는 스튜 냄새를 맡았다.

이윽고 셰크 대장이 말했다.

"모두 신분증을 꺼내시오."

농담을 하는 게 분명했다. 산을 내려오는 사람들의 신분증을 검사할 수는 있었다. 하지만 부상 등반객들이 후송을 기다리는 6,500미터 고도에서 그런 짓을 한다는 건 잔인무도한 일이었다. 공기가 부족하고 몸 상태도 안 좋았지만 등반객 몇 명이 악을 쓰며 대들었다.

"대체 왜 여기서 당신한테 그 망할 놈의 신분증을 보여 줘야 하는 거요?"

"위급 상황이란 말이오! 부상자를 베이스캠프로 데려가야 한다고."

셰크 대장은 등반객들의 반응에 적잖이 놀랐는지, 갑자기 태도를 위압적으로 바꾸었다.

"당신들 미쳤어? 출발 전에 캠프를 수색한다."

셰크 대장의 말에 사람들 원성이 쏟아졌다. 하지만 셰크 대장은 들은 척도 하지 않았다.

셰크 대장과 조종사는 모든 텐트를 뒤졌다. (조종사는 그 일을 하는 게 달갑지 않은 것 같았다.)

셰크 대장이 조사를 모두 마친 뒤 말했다.

"꼬마를 찾고 있다."

사람들의 눈길이 나한테 쏠렸다.

"저 애 말고. 네팔 소년이다. 나이는 저 아이 또래이고."

"일주일 전에 집으로 돌아갔다오."

조파 할아버지가 대답하자 셰크 대장이 고개를 저었다.

"나는 그렇게 생각하지 않는데. 날 따라와!"

셰크 대장이 한 손으로 헬리콥터를 가리키자, 조파 할아버지가 말했다.

"부상자들이 있소. 내일 베이스캠프에 도착하면 조사를 받겠소."

"아니, 지금 가야 돼. 너를 체포한다."

독일 등반객이 대장 앞으로 걸어 나왔다. 그는 제6캠프에서 우리한테 말하던 등반대 리더였다. 그의 이름은 디트리히였다. 그의 얼굴은 불그스름했는데 추위 때문에 그런 것 같지는 않았다. 그가 독일어로 고함을 질러 댔지만 나는 무슨 말인지 알아들을 수가 없었다.

셰크 대장도 알아듣지 못하는 것 같았다. 셰크 대장이 권총에 손을 갖다 대었다.

조파 할아버지가 디트리히 앞을 가로막고 독일어로 무슨 말인가를 했다. 그러고 나서 조종사한테 고개를 돌려 중국어로 또 무엇인가 말했다.

조종사가 잠시 생각하다가 대답했다.

그 말을 들은 조파 할아버지가 말했다.

"등반객 네 명을 태울 수 있다는군."

그 말은 부상자 외에도 등반객 두 명을 더 태울 수 있다는 뜻이었다. 그러자 디트리히는 표정을 조금 누그러뜨리면서 쌀쌀맞게 고개를 끄덕였다.

"할아버지는요?"

내가 조파 할아버지한테 물었다.

"글쎄, 뭔가 오해가 있는 것 같구나."

조파 할아버지가 어깨를 으쓱했다.

우리는 그게 오해가 아니라는 걸 알고 있었다. 문제는 셰크 대장이 얼마나 많이 알고 있느냐는 것이었다.

"아빠한테 무전기로 연락해 무슨 일이 있었는지 이야기할 게요."

"조심해서 내려가거라. 일찍 출발해서 천천히 가야 한다. 내가 예상보다 오래 잡혀 있게 되면 아빠한테 너를 마중할 셰르파를 보내 달라고 하거라."

10분 뒤 헬리콥터가 이륙했다. 나는 무전으로 아빠한테 조파 할아버지가 체포되었다는 소식을 전했다. 아빠는 고함을 질렀다.

"셰크는 미쳤어! 여기 있는 셰르파와 포터들이 그 소식을 들으면 돌아 버릴 거야."

셰크 대장의 부하들이 아빠의 이야기를 일러바칠지 아닐지 궁금했다. 그들은 그럴 것만 같았다. 어쩌면 아빠도 그걸 알고 일부러 그렇게 이야기한 것 같았다.

가족사

다음 날 전진 캠프에서 베이스캠프로 가는 길에 있는 중간 캠프에서 순조를 만날 거라고 기대했지만 순조는 어디에도 없었다. 순조를 포터 캠프로 데려가는 방법을 찾아냈거나, 아니면 셰크 대장이 순조를 체포한 것이 분명했다. 어쨌든 나는 순조가 어떤 운명을 맞이했을지 걱정하고 있을 시간이 없었다. 베이스캠프로 내려가는 길은 악몽이었기 때문이다.

날씨가 다시 따뜻해지면서 빙하가 떠다니는 강물이 급류로 바뀌어 미친 듯이 날뛰었다. 아이젠과 피켈이 아니라 보트와 노가 있었다면 단 몇 분 만에 베이스캠프에 도착할 수 있었을 것이다.

첫 번째 중간 캠프에 도착했을 때 일행의 절반 정도가 포기하고 고산지대에서 하룻밤을 보내려고 했다.

"계속 가야 해요. 동상을 치료해야 한다고요. 세 시간만 더 가면 베이스캠프에 갈 수 있어요."

디트리히 아저씨가 일행을 설득했다. 하지만 불행하게도

디트리히 아저씨와 같은 의견을 가진 사람이 없는 것 같았다. 디트리히 아저씨 팀의 다른 독일인들도 아저씨의 의견에 동조하지 않았는데, 정상 도전에 실패하면서 리더였던 디트리히 아저씨를 비난하는 것 같았다. 일행은 바위에 앉아 디트리히 아저씨가 제정신이 아니라는 듯이 바라볼 뿐이었다. 하지만 디트리히 아저씨 말이 맞았다. 우리는 비탈을 내려가야만 했다. 부상을 입은 사람들도 있었지만 베이스캠프까지는 그리 멀지 않은 거리였다. 그들이 지치고 몸이 아프다는 건 잘 알고 있었다. 그건 나 역시 마찬가지였다. 하지만 베이스캠프에 거의 다 와서 초라한 캠프에서 하룻밤을 보내는 건 어리석은 짓이었다. 셰르파들은 모두 디트리히 아저씨의 뒤에 가서 섰다. 앉아서 쉬는 셰르파는 한 명도 없었다.

"디트리히 아저씨 말이 맞는 것 같아요."

내 말에 독일인 가운데 한 명이 기가 막힌듯 웃었다.

"이제는 애까지 나서서 우리한테 이래라저래라 하네."

다른 사람들도 그 말을 듣고 웃었다.

아이쿠. 나는 입을 다물고 있어야 했다. 내 생각이 아무리 옳더라도 그들한테 무얼 해야 한다고 말할 처지가 아니었다.

그때 우리 뒤에서 누군가 소리쳤다.

"무슨 일입니까?"

나는 고개를 돌려 아빠를 보고 놀랐다. 아빠는 혼자가 아니었다.

조파 할아버지가 말했다.

"오늘 밤에 날씨가 안 좋을 걸세. 여기 있으면 안 되네."

아빠는 이를 드러내고 싱긋 웃었지만, 기분이 별로 좋은 것 같지 않았다. 눈은 충혈되어 있었고 얼굴은 수척하고 초췌했다. 아빠가 디트리히 아저씨의 등을 가볍게 두드렸다.

"산 위에서 난처하게 만들었던 것 미안해요."

디트리히 아저씨는 금방이라도 울음을 터뜨릴 것만 같았다. 그게 죽은 등반객들 때문에 슬퍼서 그런 건지, 아빠와 조파 할아버지가 나타나 도움의 손길을 내밀었기 때문인지는 확실하지 않았다.

아빠가 바위에 앉아 있는 아저씨들한테 걸어가 말했다.

"지금 바로 출발하면 어두워지기 전에 도착할 겁니다. 의료진이 당신들을 치료하려고 기다리고 있어요. 뜨거운 음식도 있고요. 자, 일어나세요. 갑시다."

아빠를 비웃는 사람은 아무도 없었다. 곤경에 처했을 때 아빠보다 더 믿음직한 사람은 없다는 엄마의 말이 떠올랐다. 아빠는 아픈 게 틀림없었지만 아빠의 등반대 대원도 아닌 다른 등반대 사람들에게까지 힘을 북돋아 주고 있었다.

아저씨들은 한 사람씩 천천히 자리에서 일어났다. 조파 할아버지와 디트리히 아저씨가 앞장서고 아빠와 내가 그 뒤를 따라갔다.

"제4캠프에서는 어땠어? 무슨 문제라도 있었어?"

아빠가 잔뜩 지친 표정으로 물었다.

"힘들었어요. 하지만 예상보다는 괜찮았어요. 공기를 충분히 마시려다가 갈빗대를 다쳤어요."

"걱정 마. 다른 사람들도 다 그래. 영감님 말로는 네가 정상에 오를 준비가 다 되었다던데."

조파 할아버지가 힘든 등반을 마친 뒤 나한테 격려의 말을 하는 것과, 아빠한테 내가 정상에 오를 준비가 되었다고 이야기하는 것은 달랐다. 나는 무슨 말을 해야 할지 알 수가 없었다. 그때만 해도 정상은 도전하기 어려운 문제이고, 정상 도전에 관해 이야기를 하는 것만으로도 불행이 찾아올 것만 같았다. 아빠는 내 생각을 나보다 더 잘 아는 것 같았다. 아빠는 더 이상 정상 도전에 대해 아무 말도 하지 않았다. 며칠 전의 과대망상 증세는 자취를 감춘 것 같았다.

"조파 할아버지와 셰크 대장은 어떻게 된 거예요?"

"작은 반란이 일어났지. 포터와 셰르파들은 영감님이 체포되었다는 이야기를 듣자마자 셰크 대장의 본부로 몰려가 밤새 침묵 기도를 했어. 그들은 헬리콥터가 착륙할 때 그곳에 있었지. 셰크 대장이 그들을 해산시키려고 했지만 꼼짝도 안 했어. 셰크 대장은 그들이 기다리다 지쳐 돌아가게 하려고 영감님을 건물 안으로 데려갔어. 하지만 소용없었지. 영감님을 풀어 주지 않았으면 그들은 아직 거기 있었을 거야. 셰크 대장은 영감님을 풀어 줄 수밖에 없었어."

"순조는요?"

"가장 중요한 부분이야. 셰크 대장이 병사들을 데리고 본부로 돌아가는 바람에 순조가 포터 캠프로 손쉽게 숨어 들어갔어. 셰크 대장이 조파 영감님을 감금하지 않았다면 순조가 산을 내려오기 쉽지 않았을 거야. 그렇게 되면 정상에 도전할 때까지 중간 캠프에 남아 있어야 했을 거야."

"셰크 대장이 왜 그렇게 순조 때문에 안달하는 거죠?"

"셰크 대장은 자기가 말하는 것 이상으로 우리가 하려는 걸 잘 알고 있는 것 같아."

"어떻게 알았죠?"

아빠가 어깨를 으쓱했다.

"여기서는 비밀을 지키기 힘들어. 모두 입을 다물고 있다고 해도 말이야. 그래서 말인데."

아빠가 말을 늦췄다.

"엄마가 전화를 했어."

아빠는 더 이상 싱글거리지 않았다. 아빠의 태평한 분위기가 완전히 바뀌었다.

"엄마한테 왜 편지를 썼니?"

"엄마가 나한테 편지를 썼으니까요."

나는 의도했던 것보다 약간 더 공격적으로 말했다.

(내 분위기도 바뀌었을 것이다.)

아빠는 당황한 것 같았다.

언젠가 아빠와 이런 대화를 나눴던 기억이 났다. 하지만 해발 6,000미터 높이에서 아픈 아빠와 피곤에 지쳐 몸을 일으키지 못하는 내가 나눌 만한 대화는 아니었다. 그렇지만 이런 대화를 나누는 데 이상적인 시간이나 장소가 따로 있는 게 아니라고 생각한다.

"나는 우리가 합의를 봤다고 생각했는데. 내가 엄마를 처리하기로 말이야."

"합의 같은 건 없었어요."

그 누구도 엄마를 '처리'할 수는 없었다.

아빠와 나는 서로를 노려보았다.

"엄마한테 편지를 썼다는 귀띔만이라도 해 줬으면 마음의 준비를 했을 텐데."

"저한테 답장만이라도 해 주셨으면 좋았잖아요."

"도대체 무슨 얘기니?"

"저는 아빠한테 편지를 보냈어요."

"네가 어렸을 때 보낸 편지 말이니?"

"예."

"그런데?"

"제 편지를 받았어요?"

나는 목소리를 높였다.

아빠는 걸음을 멈추고 목에 걸린 고글을 잡아당겼다.

"그래. 네 편지를 받았어. 그게 엄마한테 에베레스트 산에 관해 말한 것과 무슨 상관이 있니?"

"전부요."

아빠는 내 말을 알아듣지 못하고, 관심도 없는 것 같았다.

"엄마를 여왕처럼 떠받들며 달랬지. 엄마가 여기까지 날아 와 너를 정상에 올라가지 못하게 하는 걸 막을 수 있는 유일한 방법이었어. 그렇게 해서 엄마를 막기는 했어. 엄마가 베이스캠프에 도착하는 대로 전화해 달래."

"좋아요."

"엄마는 내가 직접 너를 데리고 정상으로 올라가야 한다고 우겼어. 모든 게 엉망이 되었어. 내가 너와 순조를 데리고 가거나, 네가 내 등반대에 합류하는 거야. 그렇게 되면 우리는 마지막 등반대가 될 테니까 정상 도전이 꽤 오래 지연될 거야. 내 몸은 지금 등반을 할 만한 상태가 아니야. 우리 등반대 사람들도 그래."

"순조로 바꾸면 되잖아요. 누구를 데리고 올라가든 최연소 등반가를 데리고 정상에 올라가면 되는 거잖아요."

"그래서 이 난리야? 너한테만 관심을 기울이는 게 아니어서 화가 난 거야?"

"아빠는 저한테 관심 가진 적 없었어요. 늘 아빠한테만 관심이 있었죠."

나는 아빠를 뒤로 하고 걸음을 옮겼다. 부상을 입은 등반객들과 디트리히 아저씨와 조파 할아버지를 차례로 지나 다른 사람들보다 30분 일찍 베이스캠프로 돌아왔다. 나는 본부 텐트로 가서 위성 전화를 집어 들었다. 무거운 발걸음으로 내 텐트로 돌아가면서 번호를 눌렀다. 전화벨이 한 번 울렸을 때 엄마 목소리가 들렸다.

"피크야!"

엄마 목소리를 들으니 목이 조금 메었다. 1~2초가 지나서야 대답을 할 수 있었다.

"엄마, 잘 있었어요?"

침묵이 흘렀다. 전화가 끊겼다고 생각할 만큼 오랫동안 침묵이 이어졌다.

마침내 엄마가 입을 열었다.

"엄마한테 말했어야지."

나는 몰스킨 노트에서 말했다고 이야기하려다 참았다. 그런다고 해서 달라지는 건 없다는 걸 알고 있었다.

"죄송해요."

"진심에서 하는 말 같지는 않지만 사과는 받아들일게. 제4캠프에서는 어땠어?"

엄마가 나지막하게 물었다. 나는 엄마의 침착한 목소리를 들으며 놀랐다.

"힘들었어요. 하지만 잘 해냈어요."

"갈빗대는 괜찮아?"

"조금 쑤시지만 괜찮아요. 화난 거 아니죠?"

"무지무지 화났어."

그게 더 맞는 말 같았다. 하지만 엄마 목소리는 화가 많이 난 것 같지 않았다.

"아빠 말로는 네가 아팠다고 하던데."

"다 나았어요. 하지만 지금은 다른 사람들이 그 병에 걸려 고생하고 있어요."

사실 아빠도 그 병에 걸렸지만 엄마한테는 말하지 않았다.

"알아. 네 일기를 받고 나서 에베레스트 산 웹 사이트를 찾아봤어. 많은 등반객들이 산을 내려오는 것 같던데. 제6캠프에서 일어난 사망 사건에 대해서도 읽었어."

"오늘 독일인 리더 아저씨하고 산을 내려왔어요. 아저씨 이름은 디트리히예요."

"어땠는데?"

"쇠약해 보였어요."

"너는 어떠니?"

"무슨 뜻이에요?"

"2킬로미터도 안 떨어진 곳에서 네 사람이나 죽었잖아. 아무 생각도 안 들어? 느낌은? 반응은?"

이제야 진짜 엄마 목소리처럼 들렸다.

어떻게 대답해야 할지 알 수가 없었다. "기분이 나빠요." 라고 대답해서 끝날 문제가 아니었다. 엄마는 이제 막 워밍

업을 시작했다.

"산에서 네 사람이 죽었어. 엄마, 아빠, 형제, 남매, 자식, 부인, 남편, 여자친구, 남자친구가 집에서 그들을 염려하고 있을 거야. 이제 그들은 전화나 이메일로 슬픈 소식을 듣게 될 거야. '죄송합니다. 당신 남편, 부인, 딸은 집으로 돌아오지 못할 겁니다. 아니요. 제4캠프 위쪽에 있는 시체를 가져올 수가 없어요. 너무 위험해요……' 라고 말이야."

나는 텐트 안으로 기어 들어갔다.

"질문이 있는데."

"하세요."

"죽은 사람들보다 네 실력이 더 낫다고 생각하니?"

"아니요."

"그들보다 운이 좋다고 생각하니?"

"그럴 거예요. 살아 있으니까요."

"내가 알고 싶은 건 그게 아니야."

"엄마 말은 저한테도 똑같은 일이 벌어질 수 있다는 거잖아요?"

"너는 지금 우리 집 뒤나 등산 캠프에 있는 암벽을 타는 게 아니야. 에베레스트 산 위에 있다고. 사람들은 거기서 죽음을 맞이해. 너도 잘못하면 죽을 수 있고."

"죽은 아저씨들은 고도순화에 실패해서 그래요. 아저씨들은 기다려야 했어요. 날씨가 개는 걸 보고는 정상 열병에 걸린 거죠. 실수를 한 거예요."

"그게 집에서 그 사람들을 기다리고 있던 사람들에게 무슨 의미가 있을 것 같니?"

나는 쌍둥이 여동생들이 보낸 그림을 쳐다보았다.

"안 그러니?"

엄마는 물러서지 않았다.

첫 번째 그림은 헬리콥터가 머리 위에 떠 있을 때 고층 건물에 매달려 있는 내 모습이었다. 그림 속의 나는 머리가 동그랗고 손발과 몸통이 일직선으로 되어 있었다. 내 뒤로 작고 푸른 산이 보였다.

처음보다 더 긴 침묵이 흐른 뒤에 나는 입을 열었다.

"정상에 도전할 거예요. 포기하기에는 너무 높은 곳까지 왔어요."

"피크야, 네가 정상에 도전하지 않았으면 좋겠지만 도전하겠다는 네 결정에 놀라지 않아. 만약 내가 에베레스트 산에서 정상에 도전할 준비를 마쳤다면, 나도 외할머니한테 똑같이 이야기했을 테니까."

엄마는 외할머니와 외할아버지에 대해 이야기한 적이 별로 없었다. 외할머니와 외할아버지는 아직 네브래스카에 살고 계시지만 나는 고작 두 번 만난 게 전부였다. 그리고 만날 때마다 재미도 별로 없었다. 그분들은 엄마, 나, 아빠, 새아빠, 두 여동생을 가족으로 받아들이지 않았다. 엄마는 고등

학교를 졸업하자마자 고향을 떠나 다시 돌아가지 않았다.

"조심할게요."

"산을 오르는 사람 가운데 다시 돌아오지 못할 거라고 생각하는 사람은 없어."

"동생들은 어때요?"

"너는 말을 돌리고 있구나."

"맞아요."

엄마가 한숨을 쉬었다.

"잠깐 기다려."

30초 뒤 위성 전화 수화기는 여섯 살짜리 아이들이 깔깔거리고 키득거리는 소리로 가득 찼다.

"오빠, 어디 있는 거야?"

"언제 올 거야?"

"보고 싶어!"

"아니야. 내가 더 보고 싶어!"

"우리 편지 받았어?"

"엄마가 오빠한테 화 많이 났어."

"우리 생일날 집에 올 거야?"

동생들은 한동안 쉬지 않고 떠들었다. 나는 그저 웃으며 듣기만 했다. 동생들의 목소리를 듣고 있으니 내가 동생들을 얼마나 보고 싶어 했는지 알 것 같았다.

마침내 엄마가 동생들한테서 전화기를 빼앗았다.

"좋아. 오빠가 대답할 기회를 줘야지. 스피커폰으로 연결할게. 저기 얌전하게 앉아 있어. 한마디라도 하면 전화 끊을 거야."

째깍하는 소리가 들렸다. 내가 말했다.

"나도 너희들이 보고 싶어. 나는 에베레스트 산이라는 높은 산에 올라와 있어. 티베트에 있는 산이야. 내 텐트에 너희들이 그린 그림을 매달아 놓았어. 지금도 보고 있어. 생일에 집에 갈 수 있을지는 모르겠어. 먼저 산 정상에 올라가야 하거든."

그때 패트리스가 질문했다.

"뭐 좀 물어봐도 돼요?"

엄마가 대답했다.

"그래. 한 가지만이야. 다음에 폴라도 한 가지 질문하고. 그리고 난 다음에는 너희 둘 다 부엌에 가서 아침을 마저 먹는 거야. 안 그러면 지각할 거야."

"그렇지만……."

엄마가 패트리스의 말을 가로막으며 말했다.

"안 돼. 한 가지씩만 물어보고 아침 먹으러 가는 거야. 약속한 거지?"

여동생들은 마지못해 동의했다.

먼저 패트리스가 물었다.

"다른 편지도 받았어? 두꺼운 편지 말이야."

"아직 못 받았는데. 지금 오고 있는 중일 거야. 오빠가 있는 곳에는 편지가 늦게 오거든."

그러자 폴라가 말했다.

"이제 내 차례야. 엄마가 오빠의 검정색 일기장을 빈센트 선생님한테 줬어."

"그래, 선생님이 좋아하셨으면 좋겠다."

폴라가 다시 말했다.

"빈센트 선생님은 재미있어."

"좋아. 여기까지."

엄마가 말을 자르자 폴라가 투덜댔다.

"하지만 나는 아직 못 물어봤는데."

"약속했잖아. 둘 다 부엌으로 가."

여전히 투덜대는 소리가 들렸지만 동생들은 엄마의 말을 따랐다.

"거긴 몇 시예요?"

"아침 8시가 조금 지났어."

나는 몇 시인지 생각도 못했다. 엄마는 아마 밤새 내 전화를 기다리고 있었을 것이다.

"새아빠는요?"

"지방 출장 갔어. 오늘 저녁에 돌아오실 거야. 네 전화를 받지 못해 속상해하실 거야."

엄마가 한숨을 쉬었다.

"피크야, 지금까지는 네가 정상 도전을 못 하게 하려고 애썼어. 하지만 이제 결심을 했으니 정상에 오르는 일에만 집중해. 나나 폴라나 패트리스나 새아빠나, 다른 사람에게 신경 쓰면 안 돼. 살아남으려면 네 자신만을 생각해야 돼. 엄마가 왜 등산을 포기했는지 아니?"

"엄마는 암벽에서 추락해서……."

엄마가 내 말을 가로막았다.

"아니야. 나는 너 때문에 등산을 관뒀어."

"뭐라고요?"

"치료만 받았으면 등반 컨디션을 다시 찾을 수 있었어. 사실 내가 추락하던 날 등반을 했던 이유는 네 아빠가 예전과 같이 나와 함께 등반을 하고 싶어 해서였어. 나는 추락 직전에 방울뱀이 차 안으로 미끄러져 들어와 의자에 안전벨트를 하고 앉아 있는 너를 물면 어떡하나, 하는 생각을 하고 있었어. 등반만 생각했다면 내 체중을 지탱하려고 붙잡은 바위가 단단하지 않다는 걸 깨달았을 거야. 네 아빠 수준으로 등반하려면 완전히 이기적인 사람이 되어야 해. 네가 태어났을 때 나는 더 이상 그럴 수가 없었어.

나는 네가 에베레스트 산이나 네가 원하는 다른 산 정상에 오를 육체적인 능력을 갖추었다고 확신해. 하지만 신경을 쓰지 않을 능력은 갖추지 못했을 거야. 앞으로 2~3주 동안은 무정한 사람이 되어야만 해. 얼음처럼 차가워져야 한다고.

나는 고산지대에 많이 올라가 보지는 않았어. 하지만 공기가 희박하면 뇌가 제대로 활동하지 않는다는 건 알아. 모든 걸 잊어버리고 등반에만 집중해. 너는 경험이 충분하니까 등반을 포기해야 할 때가 언제인지 알 거야. 등반을 못 하겠으면 더 이상 올라가지 마. 그랬다가는 영원히 끝장나는 거야. 발길을 돌려. 부끄러운 게 아니야. 다른 날 정상에 다시 한 번 도전하려면 살아남아야 돼. 그리고 다시 내려오면 산 위에서 너를 살아남게 도와준 이기심을 버려야 돼. 그게 가장 중요한 부분이야. 피크야, 사랑해."

엄마는 이 말을 마지막으로 전화를 끊었다. 나는 엄마가 한 말을 생각하며 얼마나 오래 누워 있었는지 알 수 없었다. 하지만 눈물을 많이 흘린 건 기억난다. 텐트 안으로 들어오던 푸른빛이 희미해지다 검게 변할 때까지 누워 있었다. 바로 그때 텐트 덮개가 열렸다.

아빠였다.

"위성 전화 쓰니?"

나는 몸을 일으켰다.

"예…… 죄송해요. 다시 갖다 놨어야 했는데."

아빠한테 전화기를 건넸다.

"엄마하고 통화했니?"

"예."

"한 가지 이야기할 게 있어. 순조를 정상에 올려 보내는 게 예비 계획은 아니야. 나는 순조와 조파 영감님한테 신세진 게 있어서 기회를 주는 거야."

"무슨 말이에요?"

"2년 전에 키타르가 내 목숨을 구해 줬어."

"순조 아빠요?"

"K2에서."

"아빠는 생존한 등반가였잖아요."

"사흘 동안 눈이 내렸어. 음식도 산소도 생존 가능성도 없었지. 등반대 사람들이 한 사람씩 죽어 가는 걸 지켜봤어. 나 혼자 남게 되었어. 내가 죽음을 맞이할 차례였는데 키타르가 최악의 눈보라를 뚫고 산을 올라왔어. 그것도 혼자서 말이야. 다른 셰르파들은 올라올 엄두도 못 냈지. 키타르 혼자서 나를 데리고 내려갔어. 우리는 베이스캠프로 내려오자마자 비틀거리며 의료 텐트로 갔지. 내가 한 침대에 눕고, 키타르가 다른 침대에 누웠어. 레아가 내 동상을 치료했어. 그런데 내가 정맥주사를 맞는 동안 내 목숨을 구한 키타르는 1미터도 떨어지지 않은 곳에서 죽음을 맞이했어. 키타르의 심장이 멎었어. 고맙다는 인사를 할 겨를도 없었지. 너도 키타르 이야기를 알아야 한다고 생각했어."

아빠가 텐트 덮개를 닫고 밖으로 나갔다. 아빠가 눈을 밟으며 걸어가는 소리가 저벅저벅 들렸다.

불안

이기적인 마음으로 등반에만 집중하는 건 큰 문제가 아니었다.

아빠는 내 텐트에서 K2 이야기로 폭탄을 터뜨린 뒤에 고객들한테 두 번째 폭탄을 터뜨렸다. 고객들한테 나를 정상에 데리고 올라간다는 계획을 밝힌 것이다. 모임에는 참석하지 않았지만, 다음 날 아침에 나는 폭발의 영향을 확실히 체험했다.

나는 전날 늦게 잠자리에 들었는데, 아침에 일어나니 온몸이 욱신욱신 쑤시고 허기가 졌다. 간밤에 내린 눈이 1미터 정도 쌓여 있었다. 나는 눈을 헤치고 텐트에서 빠져나왔다. 겨우 몸을 일으켜 주위를 살피다가 캠프가 텅 비어 버린 걸 알고 깜짝 놀랐다. (전날 알아차리지 못한 게 당황스러울 정도였다.) 대부분의 큰 상업 등반대는 그 자리에 있었지만, 소규모 등반대는 3분의 1 이상이 떠난 것 같았다.

셰크 대장의 공관을 흘긋 쳐다보았다. 셰크 대장한테 손을 흔들어 인사를 할까 생각하다가 그만두기로 했다. 장난을 칠 시간이 없었다. 정상에 오르려면 참고 집중해야 했다. 배가 고팠다. 식당 텐트 굴뚝에서 소용돌이치며 피어오르는 달콤한 연기를 보며 발길을 돌렸다. 식당 텐트 안에는 음식과 온기와 대화가 있었다. 하지만 대화 상대가 약간 걱정되었다. 다른 사람한테 너무 가까이 다가가 관심을 끄는 바람에 그 사람의 등반을 위태롭게 하고 싶지는 않았다.

하지만 대화 상대에 대해서는 걱정할 필요가 없었다. 내가 식당 텐트 안으로 들어서자 사람들이 대화를 중단했다. 가스 버너가 내는 쉿! 하는 소리와 국수 냄비가 끓으며 뚜껑이 덜거덕거리는 소리만 들릴 뿐이었다. 텐트 안에 있던 열 명의 사람들이 나를 빤히 쳐다보았다. 웃음을 짓는 사람은 한 사람도 없었다. 배가 고프지 않았으면 발길을 돌려 텐트를 빠져나왔을 것이다.

"호랑이도 제 말 하면 온다더니."

애빌린 출신의 카우보이 아저씨가 천천히 말했다. 카우보이 아저씨는 지난번에 봤을 때보다 몸무게가 6킬로그램은 준 것 같았다. 등반객들이 모두 몸무게가 준 것 같았다. 음식을 먹는 사람은 없었다.

나는 열 명의 사람들이 빤히 쳐다보고 있는 가운데 최대한 태연하게 말하며 선반으로 가서 접시를 꺼냈다.

"무슨 일이에요?"

누군가 대답했다.

"회의 중이야."

또 다른 사람이 말했다.

"비밀 회의."

모든 게 분명했다. 본부 텐트에서 온 사람은 한 사람도 없었다. 요리사도 촬영 팀도 셰르파도 없었다.

"뭘 좀 먹으려고요. 1분밖에 안 걸릴 거예요. 금방 사라져 드릴게요."

그러자 카우보이 아저씨가 말했다.

"그럼 들어온 김에 네 아빠가 너를 정상에 데리고 갈 계획이라는 걸 언제 알았는지 말해 봐."

뿌린 대로 거두는 법이었다. 일주일 전에 순조가 어떤 기분이었는지 알 것 같았다. 접시에 국수를 퍼 담았지만 식욕이 사라지고 말았다.

"여기 와서 알았어요."

나는 애매하게 대답한 뒤 국수를 입 안으로 밀어 넣으며, 텐트를 나갈 때까지 더 이상 질문에 대답하지 않아도 되기를 바랐다.

"이 식당 텐트 안에 앉아 있는 사람들이 낸 돈으로 네가 먹는 국수와 국수가 담긴 접시와 네가 입고 있는 파카를 샀다는 건 알고 있겠지."

조금 과장되기는 했지만 정확한 지적이었다. 나는 식탁에 접시를 내려놓고 텐트 밖으로 걸어 나왔다. 누군가 다시 들어오라고 하면서 농담이었다고 말하길 바랐다. 하지만 그렇게 하는 사람은 없었다.

본부 텐트는 덜 냉담했다. 그렇다고 활기에 넘치는 건 아니었다. 아빠와 새디어스 아저씨, 크리거 선생님, 그리고 다른 사람들이 회의를 하고 있는 것 같았다.

"식당 텐트에서 오는 길이에요."

"그쪽 분위기는 어떠니?"

새디어스 아저씨가 물었다.

"험악해요."

"괜찮아질 거야. 날씨가 험한 등반 시즌이어서 부상자들도 많이 생겨. 전에도 그랬어. 두세 명만 정상에 올려 보내면 모든 게 좋아질 거야."

아빠가 말했다.

하지만 텐트 안에 있는 사람들은 아빠의 낙관적인 생각에 동의하지 않았다. 특히 새디어스 아저씨가 아빠와 의견을 달리했는데, 아저씨 생각으로는 등반객들이 피크 익스피어리언스 회사를 고소해 승소할 거라고 말했다.

내가 물었다.

"순조 이야기도 했어요?"

"아니. 순조 이야기까지 했다가는 고객들이 미쳐 버릴 거야. 그건 우리만의 작은 비밀이야. 셰크 대장이 이미 알고 있는 것 같지만 말이야. 모든 걸 다시 바꿀 거야. 조파 영감님과 순조와 요기와 야쉬가 C팀이 될 거야. 우리의 등반 허가에 포함되어 있지만, 그들끼리만 올라갈 거야. 너는 나하고 같이 A팀이야. 우리는 촬영 팀을 팀별로 나눌 거야. JR이 회복하는 대로 A팀과 B팀의 촬영을 시작할 거야. A팀과 B팀의 장면을 사용하지는 않겠지만, 다큐멘터리 제작을 위해 인터뷰를 하고 있다는 걸 알면 고객들의 태도가 나아질 거야."

아빠가 크리거 선생님을 쳐다보았다.

"이 바이러스가 정확하게 언제쯤 사라질까요?"

"일주일 정도요. 더 걸릴 수도 있고요."

크리거 선생님도 바이러스에 걸린 것 같았다.

"더 큰 문제는 후유증이에요. 운동을 하지 못하고 음식물을 섭취하지 못해 조절 능력을 잃어버리는 거죠. 더할 나위 없이 좋은 조건이더라도 정상 정복은 힘들어질 거예요."

아빠가 말했다.

"어쩔 도리가 없어요. 정상에 오르거나, 못 오르는 것뿐이죠. 다른 해에도 마찬가지였어요."

그때 텍사스 출신 아저씨가 텐트 덮개를 열고 안으로 들어왔다.

"모두 여기 있어서 다행이에요. 우리가 회의를 했는데, 저 아이하고는 등반하지 않기로 했어요. 저 꼬마를 정상에 데려가기 위해 우리 시간과 돈과 에너지를 낭비하고 싶지는 않아요."

그러고 나서 텍사스 출신 아저씨는 나를 쳐다보며 말했다.

"얘야, 이건 개인적인 문제가 아니야. 너도 아저씨들과 마찬가지로 혼란의 한가운데로 빠진 거야."

"이야기해 줘서 고마워요. 하지만 나는 누가 정상에 올라가고, 누가 어느 팀에 소속될지 결정했어요."

아빠의 대꾸에 텍사스 출신 아저씨가 어색한 웃음을 지으며 말했다.

"글쎄요. 조쉬 당신이 우두머리예요. 하지만 우리가 당신 아들과 등반해야 한다고 결정했다면 우리는 등반하지 않을 거예요. 우리 모두 집으로 돌아갈 거고, 당신들은 우리 변호사와 업무를 처리해야 할 거예요."

아빠가 버럭 화를 냈다.

"그래요. 그럼 오늘 당장 짐을 꾸려 내려가요. 2~3년 후에 당신들이 소송에서 이길지도 모르죠. 당신들이 냈던 돈을 돌려받게 될 거고. 하지만 당신들은 세상의 꼭대기에 오르지 못할 거요."

텍사스 출신 아저씨가 허리에 6연발 권총을 차고 있었다면 뽑아 들었을 것이다. 텍사스 출신 아저씨는 아빠를 잠시 노려보다가 무거운 발걸음으로 텐트를 빠져나갔다.

아빠가 자신만만하게 말했다.

"저 사람은 허세를 부리고 있어."

하지만 새디어스 아저씨나 다른 사람들은 아빠처럼 자신
만만하지 않았다.

나는 이기적이 되라는 엄마의 충고를 지키느라 사람들 앞
에서 정상 도전을 포기하겠다고 말하지 않았다. 등반대를 위
해 정상 등반을 포기하겠다는 내 뜻을 아빠가 받아들이지 않
을 거라는 확신이 있었다면 사람들 앞에서 정상 도전을 포기
하겠다고 말했을 것이다. 하지만 아빠가 어떻게 나올지 알
수 없었다. 그저께부터 시작된 논쟁은 아직 해결되지 않았
다. 그리고 아무도 그 문제를 언급하지 않았다. 하지만 내가
속한 팀이 바뀌면서 등반이 지연된다는 건 열다섯 살 생일
이전에 정상에 오르지 못할 가능성이 커졌다는 걸 의미했다.
아빠와 새디어스 아저씨는 이 사실을 알고 있어야 했다. 순
조가 정상에 올라간다면 나는 필요 없었다.

그 일이 있고 나서 며칠 동안은 쥐 죽은 듯이 지냈다. 나를
찾는 사람이 없었기 때문에 그리 힘든 일은 아니었다. 아빠
의 고객들은 짐을 싸 산을 내려가지 않았다. 그렇다고 주장
을 바꾸지도 않았다. 아저씨들은 아빠가 생각을 바꾸기를 기
다리고 있는 것 같았다. 아빠의 고객들은 내가 식당 텐트 안
에서 '아저씨들이 낸 돈으로 마련한' 음식을 먹는다고 불만
을 털어놓지는 않았다. 하지만 여전히 나를 무시하고 노려보
았다.

나는 어른들의 싸움에 끼어들지 않고 등반을 했다. 제4캠프에서 깨달은 한 가지 사실은 내가 빙벽 등반 기술을 연마해야 한다는 것이다. 고갯마루를 등반할 때 내가 어려움을 겪었던 이유는 아이젠을 사용하는 게 서툴러서였다. 나는 빙벽 등반 경험이 많지 않았다. 에너지는 높이 올라갈수록 공기만큼이나 빨리 소모된다. 효율적으로 등반하면 에너지 소모를 줄일 수 있다.

캠프 바깥쪽에 높이가 800미터 정도 되는 빙벽이 있었다. 매일 몇 시간씩 빙벽 꼭대기로 올라가는 새로운 루트를 개척하려고 했다. 나는 미끄러지고 떨어지고 긁혔다. 하지만 등반을 거듭할수록 기술이 향상되는 걸 느꼈다.

밤에 텐트 안에서 두 번째 몰스킨 노트에 글을 적다가 마지막 정상 도전 모습을 그려 보았다. 특별한 기도 깃발까지 그렸다. 노란 깃발들 가운데 한 개를 골라 그 위에 파란색으로 산과 삼각 돛이 달린 배를 그렸다. 나는 텐트 안에 그림을 붙여 놓고 몇 시간 동안 빤히 쳐다보았다. 정상에는 장대가 꽂혀 있었는데, 장대에는 바람에 흔들리는 수십 개의 기도 깃발이 철사로 묶여 있었다. 나는 장대가 있는 에베레스트 산의 정상에 오르는 모습을 몇 번이고 떠올렸다.

셰크 대장은 여전히 순조를 찾고 있었다. 내가 매일 아침 빙벽으로 갈 때마다 셰크 대장은 군인을 시켜 나를 미행했다. 셰크 대장은 내가 연습 등반을 하는 게 순조를 비밀리에 만나기 위한 계략이라고 생각하는 것 같았다. 군인이 미행하는 건 신경 쓰지 않았다. 내가 사고라도 당하면 나를 도와주거나 베이스캠프로 가서 도움을 청할 사람이 주위에 있는 셈이었다.

조파 할아버지와 요기 아저씨와 야쉬 아저씨가 베이스캠프에 있었지만, 있는지 없는지 알 수 없을 정도로 꼼짝하지 않았다. 베이스캠프로 돌아온 뒤 나는 가끔 그들을 만났지만 이야기를 나누지는 않았다. 셰크 대장이 그들도 감시하고 있는 것 같았다. 그들은 서로 거리를 두었다.

사흘째 되는 날, 등반객 아홉 명이 북면을 통해 정상에 도착했다는 소식을 들었다. 그날 도전했던 등반객들이 모두 성공을 한 셈이었다. 여러분은 아저씨들이 이 소식을 듣고 매우 기뻐했을 거라고 생각할지도 모른다. 물론 겉으로는 그런 척했다. 하지만 속은 질투와 분노로 가득했다.

"우리가 아프지만 않았으면……."

"조쉬가 우리 등반을 포기하지만 않았더라도……."

"조쉬가 아들을 데려오지만 않았어도……."

"그 자리에 우리가 서 있을 수 있었어. 그랬다면 며칠 후에는 집으로 갈 수 있었을 텐데……."

"가모우 백에 갇히지도 않았을 텐데……."

그날 저녁에 아저씨들은 식당 텐트에서 밥을 먹으면서 나한테 들릴 만큼 큰 목소리로 불만을 털어놓았다. 아빠와 새디어스 아저씨와 촬영 팀이 등장하면서 잔소리가 멈췄다. 나는 제4캠프에서 돌아온 뒤 처음으로 그들을 식당 텐트에서 보았다. 다른 등반객들과 마찬가지로 JR 아저씨와 잭 아저씨와 윌 아저씨도 몸무게가 줄고 힘이 없어 보였다. 하지만 내려오는 길에 봤을 때보다는 좋아진 것 같았다.

아빠가 말했다.

"여러분의 몸과 날씨가 계속 좋아지면 일주일에서 열흘 뒤에 정상 도전을 시작하고 싶은데요."

JR 아저씨가 덧붙였다.

"내일 아침에 다큐멘터리에 들어갈 촬영 인터뷰를 시작할 거예요."

등반객들은 아빠와 JR 아저씨의 말을 듣고도 시큰둥했다. 텍사스 출신 아저씨가 물었다.

"아직도 당신 아들을 정상에 데리고 갈 계획이요?"

아빠가 말했다.

"예. 내가 아들을 데리고 올라가면 산을 내려갈 건가요?"

텍사스 출신 아저씨가 말했다.

"당신 아들이 올라가면 우리는 떠날 거요. 그게 우리 계획이요."

아저씨가 허세를 부리는 것 같지는 않았다. 다른 아저씨들도 마찬가지였다. 그들은 전문 등반가들이 아니었다. 그들은 성공한 사업가여서 하고 싶은 대로 하는 데 익숙했다.

아빠는 씁쓸한 웃음을 지으며 말했다.

"마음대로 하세요."

아저씨들이 아니라 아빠가 허세를 부리고 있다는 느낌이 들었다. 아빠는 들고 있는 카드 패가 센 것처럼 꾸며 상대를 속이려다 표정을 감추지 못하고 먼저 눈을 깜박이게 될 것이다. 아빠가 아니라면 새디어스 아저씨가 아빠 대신 눈을 깜박이게 될 것 같았다.

패 배

다음 날 아침, 내가 우리 등반대 사람들과 따로 앉아 불편하게 아침을 먹고 있을 때 아빠와 새디어스 아저씨가 텐트 안으로 들어왔다.

나는 아빠와 새디어스 아저씨가 촬영 일정 같은 걸 발표할 줄 알았다. 하지만 아빠는 다른 말을 했다.

"우리는 결정했어요."

아빠는 말을 마치더니 호주머니에서 종이를 꺼내 천천히 펼쳤다.

"파상이 인솔하는 B팀의 구성원은 다음과 같아요."

아빠가 B팀 사람들의 이름을 불렀다.

"내가 인솔하는 A팀은……."

아빠는 또 다른 사람들의 이름을 불렀다. 하지만 매우 중요한 이름이 하나 빠졌다.

내 이름이 없었다.

내가 목소리를 가다듬기 전에 텍사스 출신 아저씨가 고함을 쳤다. 소리가 너무 커서 귀가 멍멍할 지경이었다.

"피크가 정상에 올라가지 않는다는 거요?"

"내가 부른 명단에 피크가 있었나요?"

아빠가 쌀쌀맞게 물었다.

"아니요."

텍사스 출신 아저씨가 나지막하게 말했다.

그건 책략이 틀림없었다. 그렇지 않다면 이런 잔인한 발표
를 하기 전에 나한테 결정 사항을 미리 말했을 것이다. 아빠
는 고객들의 동정심을 얻으려는 것이다. 아빠는 아저씨들이
"조쉬, 잠깐만요. 우리 생각은 그게 아니라……." 하고 말하
게 만들려는 것이다. 정말 훌륭한 생각이야! 아저씨들이 나
를 정상에 데리고 가야 한다는 말을 스스로 한다면, 나중에
불평하는 일은 없을 것이다.

나는 그런 마법과 같은 말을 기다렸다. 하지만 그런 말은
들리지 않았다.

"피크야, 미안하다. 내가 멍청한 짓을 했어. 저 아저씨들
말이 맞아. 이건 아저씨들의 등반이야. 아저씨들이 비용을
지불했다고."

대신 아빠가 나를 쳐다보며 말했다.

나는 아빠가 과장된 연기를 하고 있다고 생각했다. 아빠가
무슨 짓을 하는지 알고 있기를 바랐다. 나는 텍사스 출신 아
저씨를 쳐다보았다. 이제 아저씨가 "속임수였어. 장난 좀 친

거라고. 우리하고 함께 에베레스트 산 정상에 올라가야지."
라고 말할 차례였다.

텍사스 출신 아저씨가 말했다.

"좋아요. 그럼 해결됐어요."

"잠깐만요! 이건 불공평해요. 저는 제4캠프까지 올라가느
라 누구 못지않게 열심히 했어요."

"피크야, 됐다."

아빠가 나지막하게 말했다.

"그럴 수 없어요!"

내가 갑자기 벌떡 일어나는 바람에 의자가 부서질 뻔했다.

아빠가 언성을 높였다.

"선택의 여지가 없어. 모두 끝났어. 조파 영감님이 지금 네
짐을 싸고 있어. 너는 영감님과 두 셰르파들과 함께 카트만
두로 갈 거야. 트럭이 기다리고 있어."

나는 불신에 찬 눈으로 아빠를 노려보았다. 이건 책략이
아니었다. 아빠가 진 거였다.

"일이 이렇게 돼서 미안하다. 내년에 다시 도전할 수 있을
거야. 너는 어리니까. 정상에 오를 기회는 많아."

"믿을 수가 없어요."

"짐 싸는 것 도와줄게."

"관둬요!"

나는 아빠를 밀어젖히고 텐트 밖으로 뛰어 나갔다.

텐트로 돌아왔을 때, 내 짐은 이미 트럭에 실려 있었고 막 출발하려는 참이었다. 모든 준비가 끝났다. 조파 할아버지와 요기 아저씨와 야쉬 아저씨가 화물칸에 앉아 나를 기다리고 있었다.

나는 차가운 눈물을 훔쳐내며 말했다.

"저한테 미리 말했어야죠."

조파 할아버지가 고개를 저었다.

"스스로 배워야 하는 거란다."

"제가 배운 건 아빠와 할아버지가 거짓말쟁이라는 것뿐이에요."

조파 할아버지가 침착하게 말을 이었다.

"우리는 이제 떠나야 해. 어두워지기 전에 먼 길을 가야 하거든."

나는 할아버지의 다음 말을 기다리며 빤히 쳐다보았다. 하지만 토론(당신이 그렇게 부르고 싶다면)은 끝난 게 분명했다. 운전사가 트럭의 시동을 걸었다.

우리가 캠프 밖으로 철수하고 있을 때 아빠가 식당 텐트에서 걸어 나와 나한테 손을 흔들었다. 나는 몸짓으로 욕을 했다. 아빠는 내 모욕적 행동에 이를 드러내 놓고 싱긋 웃었다. 조파 할아버지가 내 옷깃을 잡지 않았으면 트럭 짐칸에서 뛰어내려 맨주먹으로 아빠를 쓰러뜨렸을 것이다.

어떻게 모든 것이 그렇게 금방 끝나는지 믿을 수가 없었다. 내가 에베레스트 산 정상에 오르지 못할 수도 있다는 건 알고 있었다. 하지만 정상에 오르지 못한다면 날씨, 부상, 인내력 때문이지 멍청한 사업상의 결정 때문일 거라고는 상상도 하지 못했다.

아빠는 내가 카트만두로 돌아가면 뭘 하게 될지도 이야기해 주지 않았다. 아마도 아빠를 기다려야 할 것이다. 아니면 치앙마이로 가야 할지도 모른다. 그건 중요한 문제가 아니었다. 어디를 가든 엄마한테 전화를 걸어 내가 다시 뉴욕으로 돌아가도 될 정도로 상황이 진정되었는지 알아볼 것이다. 한가지 확실한 건 이제 아빠와 관련된 일은 하지 않을 거라는 사실이었다.

우리는 덜컹거리며 험한 도로를 3킬로미터쯤 달린 뒤 중국 군인들이 지키고 선 방책에 도착했다. 군인들은 우리 신분증을 검사한 뒤 트럭을 샅샅이 뒤졌다. 나는 그제야 순조가 우리와 함께 있지 않다는 걸 알아차렸다. 나는 캠프에서 쫓겨날 때 너무 흥분해서 순조는 생각도 하지 못했다. 트럭이 다시 도로로 나오고 나서야 조파 할아버지한테 물었다.

"순조는 어디 있어요?"

"앞에서 우리를 기다리고 있지."

순조도 정상에 도전하지 못하게 된 것 같았다. 셰크 대장 때문에 순조가 정상에 도전하는 게 더 위험해졌다. 부끄러운 이야기지만 순조도 정상에 도전하지 못한다는 생각을 하니 기분이 한결 나아졌다.

트럭이 3킬로미터쯤 가다가 속도를 줄였다. 나는 순조가 있을 거라고 생각하며 운전석 지붕 너머를 쳐다보았다. 하지만 베이스캠프로 가는 야크와 포터뿐이었다. 운전사가 트럭을 포터한테 바싹 붙여 세웠다. 포터는 바로 글루 할아버지였다. 글루 할아버지는 이가 다 빠진 입을 벌려 웃음을 지었다. 그러고 나서 조파 할아버지와 잠시 이야기를 나누었다. 하지만 두 사람이 하는 이야기를 알아들을 수가 없었다. 이야기를 마치자 글루 할아버지는 손을 흔든 뒤 베이스캠프를 향해 계속 걸어갔다.

트럭은 도로를 따라 2킬로미터 정도 더 달린 뒤 다시 멈춰 섰다. 이런 속도라면 카트만두 가는 데 1년은 걸릴 것 같았다. 요기 아저씨와 야쉬 아저씨는 트럭에서 내려 장비를 풀기 시작했다.

"무슨 일이에요?"

"우리는 C팀이란다."

"도대체 무슨 말씀을 하시는 거예요?"

조파 할아버지는 대답 대신 호주머니에서 구깃구깃한 종이를 꺼내 나한테 건넸다.

널 속여서 미안해. 하지만 진짜처럼 해야 셰크 대장이 너와 순조가 떠났다고 생각하고 순조 찾는 걸 그만둘 거야. 또 멍청한 고객들을 달래야 했거든. 이렇게 하는 게 네 생일 전에 널 에베레스트 산 정상에 데려가는 유일한 방법이야. 조파 영감님의 생각이었어. (조파 영감님이 빈틈없는 사람이라는 이야기는 전에 한 번 했지.) 조파 영감님이 다른 루트를 통해 너를 전진 캠프로 데려갈 거야. 영감님은 너를 살리려고 엄격하게 명령을 내릴 거다. 그렇게 안 하면 네 엄마가 나를 죽일 거야. 네가 정상 도전에 성공하기를 바란다. 하지만 실패하더라도 너무 걱정하지 마.

나는 아빠의 메모를 두 번이나 꼼꼼하게 읽었다. 그러고 나서 조파 할아버지를 쳐다보았다. 조파 할아버지가 웃음을 짓고 있었다.

"우리는 전진 캠프까지 지름길로 갈 거란다. 셰크 대장이 속임수를 알아차리기 전에 신속하게 이동해야 한다."

나는 아빠와 조파 할아버지한테 화가 난 건지, 아니면 기분이 좋은 건지 확실하지 않았다. 잔인한 속임수였다. 아빠와 조파 할아버지가 왜 그런 일을 꾸몄는지 이해가 되었다. 하지만 두 사람은 나를 믿었어야 했다. 나는 잘 해냈을 것이다. 조파 할아버지한테 이 이야기를 하려는 순간에 순조가 작은 언덕 꼭대기에 나타나 손을 흔들었다.

남루한 포터 옷과 글루 할아버지의 야크 때문에 머리카락에 묻은 풀을 제쳐 놓는다면, 순조는 등반 준비를 마친 듯 보였다.

지름길

글루 할아버지는 포터 캠프에서 빠져나올 때 순조 말고도 많은 걸 들고 나왔다. 언덕의 맞은편에는 밧줄, 산소 탱크, 마스크, 텐트, 음식 등의 등반 장비가 작은 산을 이루고 있었다. 나는 위쪽의 캠프까지 어떻게 올라갈 건지 궁금했다.

조파 할아버지가 장비를 다섯 뭉치로 나누는 걸 보고 궁금증이 풀렸다. 나는 조파 할아버지가 물건들을 나누는 동안 순조한테 어떻게 된 건지 물었다. 하지만 순조도 나보다 많이 알고 있는 건 아니었다. 한밤중에 글루 할아버지가 순조를 깨우더니, 포터 캠프를 즉시 빠져나가야 한다고 말했다고 한다.

"처음에는 셰크 대장이 나를 찾아낸 줄 알았어. 하지만 무사히 포터 캠프를 빠져나온 뒤 글루 할아버지가 그랬어. 우리 할아버지가 너하고 나를 데리고 정상에 올라갈 거라고 말이야. 너희 아빠와는 별도로 등반대를 꾸려서. 하지만 여전히 너희 아빠의 허락을 받아 움직이는 거라고 했어."

나는 순조한테 정상 도전 소식을 어떻게 알게 되었는지 말하지 않았다. 아직 흥분이 가라앉지 않은 데다가 약간 당황한 상태였기 때문이다.

요기 아저씨와 야쉬 아저씨의 짐은 순조와 내 것보다 훨씬 컸다. 하지만 순조와 나 또한 짐이 많았다. 순조와 내가 대부분의 음식을 반씩 나누어 지게 되었다. 조파 할아버지는 순조와 내가 추가로 짐을 지며 투덜거리자 웃었다.

"너희 짐은 가면서 계속 먹어야 하니까 시간이 갈수록 가벼워질 거야."

베이스캠프와 그 위의 다른 캠프들이 그 자리에 있는 이유가 있다. 전통적인 루트는 정상에 오르는 지름길이 아니라 가장 안전하고 편한 길이었다. (에베레스트 산에 안전하거나 쉬운 길은 없다.) 조파 할아버지의 '지름길'은 최단 코스일지는 몰라도 통상적인 루트보다 열 배는 더 어려웠다. 첫 번째 장애물은 거대한 백상어의 이빨처럼 생긴 톱니 모양 얼음이 바닥에 박혀 있는 커다란 들판이었다. 순조와 나는 미끄러지거나 꿰찔리지 않으려고 지팡이를 이용했다. 셰르파 형제는 지팡이를 사용하지 않고 스케이트를 타듯 속도를 내며 전진했다. 두 사람은 지평선 위의 작은 점처럼 보였다. 조파 할아버지는 셰르파 형제를 쉽게 따라잡을 수 있었지만 걷는 속도를 일부러 늦췄다. 조파 할아버지는 거리를 100미터 정도 유지하며 우리 앞에서 걸어갔는데, 때때로 뒤돌아보면서 순조와 내가 뾰족한 얼음 위로 넘어져 피를 흘리지나 않는지 살폈다.

순조와 내가 그날 오후 늦게 조파 할아버지와 셰르파 형제를 따라잡았을 때, 요기 아저씨와 아쉬 아저씨는 이미 텐트를 치고 버너에 음식을 올려놓고는 하늘로 솟구친 빙벽에 피켈을 집어 던지면서 재미있어하고 있었다.

너무 피곤해서 나도 모르게 다리가 떨렸다. 목과 어깨는 쇠망치로 얻어맞은 것만 같았다. 순조가 나보다 더 지쳐 보인다는 게 유일한 위안이었다. 순조는 등에서 배낭을 내려놓을 힘도 없었다. 우리는 뜨거운 차를 두 잔 마시고 나서야 입을 열었다.

차를 석 잔째 마시자 빙벽을 쳐다볼 수 있을 정도로 집중할 수 있게 되었다. 빙벽은 양쪽으로 꽤 멀리까지 펼쳐져 있었다. 다음 날 아침 나는 샛길까지 암벽을 타고 올라간 뒤 꼭대기로 가면 될 거라고 생각했다.

내 생각을 말하자 조파 할아버지가 웃으면서 바로 우리 머리 위를 가리켰다.

"여기가 샛길이란다."

"농담이시죠?"

조파 할아버지가 고개를 저었다.

손으로 잡거나 발을 지탱할 홀드가 한 개도 보이지 않았다. 빙벽은 내가 연습 삼아 오르던 실내 암벽 등반용 벽처럼 생겼다.

저녁을 먹고 나서 조파 할아버지가 무전기를 켰고 우리는 다른 사람들의 통화 내용을 들었다. 그날 아침에 세 명이 더 정상에 올랐다. 또 다른 여덟 명은 정상에서 몇백 미터를 남겨 놓고 발길을 돌렸다. 한 사람은 전진 캠프에서 다리가 부러졌다. 바이러스가 수명을 다하면서 베이스캠프에 갇혀 지내던 사람들도 빠른 속도로 회복되고 있었다.

하루 일과를 마치고 내 텐트로 기어 들어갔다. 바로 그때 아빠 목소리가 들렸다. 아빠는 제4캠프의 다른 등반대 리더와 무전기로 잡담을 하고 있었다. 이상한 일이었다. 아빠는 무전기는 중요한 정보를 주고받을 때만 써야 한다고 굳게 믿는 사람이었다. 아빠는 사람들이 무전기를 휴대 전화처럼 쓰는 걸 몹시 싫어했다.

아빠는 날씨와 다리가 부러진 여자와, 정상 도전 일정에 관해 이야기했다.

리더가 말했다.

"아들하고 다퉜다는 이야기를 들었어요."

산에서는 비밀이 없다.

"예. 그 애는 떠났어요. 하지만 내려가서 만나면 수습해야죠. 좋은 아이니까요. 그나저나 셰크 대장이 아들의 등반 허가를 취소하려고 할 거예요. 내가 그 애를 내려보내서 그런 건 아니에요."

"셰크 대장이 아직도 다른 아이를 찾아다녀요?"

"예. 아직도 길길이 날뛰고 있어요. 오늘 오후에 글루라는 포터를 구금했어요. 지독하게 심문을 한 뒤에야 풀어 줬어요. 하지만 글루는 아무것도 몰라요. 그 아이는 몇 주 전에 이곳을 떠났으니까요. 셰크 대장이 뭘 입증하려는 건지 모르겠어요. 내가 듣기로는 더 많은 부하들을 트럭으로 실어 날랐대요. 부하들 가운데는 등반가들도 있나 봐요. 셰크 대장은 그들을 산 위로 올려보내 더 높은 곳에 있는 캠프를 조사하겠다는 거죠. 미친 짓이에요. 내가 이미 중국 정부에 전자우편을 보냈고, 담당 변호사가 다른 공식적인 조치를 알아보고 있어요. 중국은 등반 허가를 내 주면서 돈을 많이 벌고 있어요. 지나치게 열심인 군인 한 사람 때문에 이런 수입원이 고갈된다면 얼마나 부끄러운 일이겠어요. 어쨌든 제5캠프에 행운이 함께하길 빌게요. 내일 다시 통화하죠. 교신 끝."

조파 할아버지가 무전기를 껐다. 모든 대화는 우리를 위해 꾸민 것이었다. 적어도 아빠의 목적을 위해 마련된 것이었다. 우리는 대화에 끼어들지 않았지만 들으면서 많은 걸 알 수 있었다. 우리들 가운데 중국군 등반가들이 산 위로 올라온다는 소식을 좋아할 사람은 없었다.

내가 말했다.

"전진 캠프도 통과하지 못할 거예요. 고도순화를 할 시간이 없으니까요."

조파 할아버지가 말했다.

"그럴지도 모르지."

순조가 물었다.

"내려오는 길에 만나면 어떻게 해요?"

조파 할아버지가 어깨를 으쓱했다. 하지만 이번에는 정말 몸짓대로인 것 같았다. 조파 할아버지도 어떻게 될지 모르는 것이다.

조파 할아버지가 침낭 안에서 잠자고 있던 순조와 나를 깨웠을 때, 요기 아저씨와 야쉬 아저씨는 벌써 암벽을 15미터나 올라가서 우리가 그곳에 장비를 걸 수 있도록 아이스 스크루를 박아 놓았다. 해가 뜨기 시작했다. 아저씨들은 어두울 때 출발했을 것이다. 우리는 재빨리 아침을 먹고, 짐을 싼 뒤 아이젠과 하네스를 착용했다. 조파 할아버지는 뒤에 남아서 배낭을 싼 뒤 나중에 올라가겠다고 했다.

살을 에는 바람이 암벽을 향해 불었는데, 우리를 암벽에 밀어붙여 주어 다행이었다. 바람이 비스듬하게 불었다면 우리는 빙벽에서 떨어지고 말았을 것이다.

'손에 피켈을 든다. 아이젠을 밀어 넣는다. 피켈을 찔러 넣는다. 얼굴에 얼음 조각이 튄다. 몸을 끌어 올린다. 반대편 아이젠을 밀어 넣는다. 피켈을 찔러 넣는다……'

20미터 정도 올라간 뒤 얼음 앵커(anchor, 로프를 고정시키

는 점을 말한다 : 옮긴이)를 잡고 한숨 돌렸다. 요기 아저씨와 야쉬 아저씨는 벌써 꼭대기로 올라가 밧줄을 내려뜨리고 장비를 모두 옮겼다.

조파 할아버지가 암벽을 올라오기 시작했다. 순조는 나보다 6미터 뒤처진 채 기어 올라오고 있었다. 순조는 무척 힘들어 보였다. 한동안 아팠던 데다, 지난 며칠 동안 포터 텐트에 숨어 있었던 걸 생각하면 힘들어하는 게 당연했다. 나는 순조가 고개를 들 때까지 기다렸다가 손을 흔들어 주었다. 순조는 굳은 얼굴로 고개를 끄덕였다.

나는 다시 암벽을 올라갔다. 세 발짝쯤 올라갔을 때 고함 소리가 들렸다. 몸을 고정하고 아래를 내려다보는 데 1초 정도가 걸렸다. 내가 본 장면은 멋진 게 아니었다. 순조가 3미터 아래로 미끄러져 암벽 돌출부의 모서리에 피켈을 건 채 매달려 있었다. 나는 올라오면서 그 돌출부를 보았다. 돌출부가 너무 멀리 있어서 순조가 얼음에 박힌 아이젠을 빼내지 못한 것이다.

"그리 가마!"

조파 할아버지가 순조를 향해 소리쳤다. 하지만 순조한테 가려면 적어도 45분 이상은 걸릴 것 같았다.

순조는 2~3분 버티기도 힘들어 보였다. 조파 할아버지보다는 내가 순조와 훨씬 가까웠다. 하지만 빙벽을 올라가는 것보다 내려가는 게 더 어렵고 시간도 많이 걸렸다. 요기 아저씨와 야쉬 아저씨가 보고 있기를 바라며 고개를 들었다. 하지만 아저씨들은 보이지 않았다. 아저씨들은 다음 캠프를 세우기 위해 벌써 출발한 게 틀림없었다.

다음에 무엇을 할지 생각할 여유도 없었다. 나는 9미터쯤 떨어져 있는 전동 밧줄 쪽으로 암벽을 비스듬하게 가로질러 갔다. 조파 할아버지는 계속해서 순조한테 소리를 질러 기운을 북돋아 주었다. 조파 할아버지는 최대한 빨리 암벽을 올라갔다. 하지만 아무리 빨리 가도 손자를 구할 수 없다는 걸 알아야만 했다.

나는 로프에 손을 뻗어 세게 잡아당겼다. 단단해 보였지만 내 몸무게를 지탱해 줄 수 있을지는 알 수 없었다. 요기 아저씨와 야쉬 아저씨는 밧줄로 장비를 실어 날랐기 때문에 아주 단단하게 고정하지는 않았을 것이다.

순조가 절망적으로 말했다.

"미끄러져요."

내가 소리쳤다.

"1분만 기다려!"

조파 할아버지가 소리쳤다.

"순조야, 꽉 붙들어! 포기하면 안 돼!"

조파 할아버지는 내가 뭘 하려는지 알아차린 것 같았다.

밧줄을 더 시험해 보고 싶었지만 시간이 없었다. 나는 밧줄에 체중을 실었다. 밧줄이 늘어나기는 했지만 그럭저럭 내 몸을 지탱해 줬다. 마음을 가라앉히고 게걸음으로 순조한테 다가갔다. 순조 바로 위에 도착하자마자 재빨리 단단해 보이는 아이스 스크루에 밧줄을 걸었다. 그러고 나서 순조한테 거꾸로 내려갔다. 내가 순조의 하네스에 밧줄을 거는 순간에 순조의 피켈이 얼음에서 미끄러졌다.

나는 조파 할아버지한테 소리쳤다.

"잡아요!"

그러고 나서 순조를 쳐다보았다. 다행히 순조의 하네스에 밧줄이 걸렸다.

"괜찮니?"

순조가 고개를 끄덕였다.

순조는 울고 있었다. 나도 울었다. 나는 분명히 순조를 용서했다.

순조와 내가 꼭대기까지 올라가는 데 한 시간이 더 걸렸다. 조파 할아버지는 순조와 내가 올라가고 10분 뒤에 올라왔다. 걱정과 안도가 교차하는 표정이었다.

조파 할아버지가 물었다.

"부러진 데는 없고?"

순조가 고개를 저었다.

"어떻게 된 게냐?"

"피켈이 부러졌어요."

조파 할아버지가 고개를 끄덕였다. 그러고는 나를 쳐다보며 말했다.

"고맙다."

"밧줄을 단단하게 박아 놓은 요기 아저씨와 야쉬 아저씨한테 고마워하세요."

꼭대기에 도착했을 때 맨 먼저 밧줄을 살펴보았다. 밧줄은 단단하게 박힌 7센티미터짜리 아이스 볼트에 부착된 카라비너에 묶여 있었다. 순조와 내가 밧줄에 매달린 채 하루 종일 타잔 놀이를 한다 해도 끄떡없을 것 같았다.

"하지만 얼마나 단단하게 박혀 있는지는 알 수 없었어."

조파 할아버지의 말에 나는 약간 당황했다.

"예. 그건 맞아요. 하지만 요기 아저씨와 야쉬 아저씨는 잘 알아서 하니까."

"항상 그런 건 아니란다. 순조가 오늘 사용한 피켈은 어제 오후에 두 사람이 빙벽에 집어 던지며 장난치던 것들 가운데 하나거든."

저런. 우리가 요기 아저씨와 야쉬 아저씨를 따라잡으면 아저씨들은 순조 일로 혼나게 될 것 같았다. 내 짐작은 맞았다. 캠프에 도착하자 조파 할아버지는 요기 아저씨와 야쉬 아저씨를 한쪽으로 데려가 10분 이상 이야기했다. 조파 할아버지는 목소리를 높이지 않았지만, 아저씨들이 나중에 돌아왔을 때 보니 채찍으로 얻어맞기라도 한 것 같은 표정이었다.

"오늘 트럭 두 대에 나눠 탄 중국 군인들이 이 곳에 들렀어요."

아빠는 전진 캠프에 막 도착한 다른 등반대 대장과 이야기를 나누고 있었다.

"군인 등반가들도 여섯 명이나 있었어요. 꼭 군대 야영지 같더라니까요."

"여기 올라와 있는 게 다행이네요."

대장의 대답에 이어 다시 아빠 목소리가 들렸다.

"곤경에서 벗어난 건 아니에요. 내가 듣기로는 군인들이 내일 아침 산으로 올라가 모든 사람의 신분증을 검사할 거래요. 당신들도 여권, 비자, 허가서가 없으면 산에서 쫓겨 내려갈 거예요."

"우리는 증명서가 있어요. 도대체 문제가 뭐래요?"

"조파 영감님과 내 아들이 어제 타고 떠난 트럭이 두 번째 검문소에 도착했을 때, 그 두 사람이 트럭에 없었나 봐요. 운전사가 조파와 내 아들이 두 번째 트럭을 타고 다른 길로 갔다고 우겼대요."

"당신 아들이 무사하길 바랄게요."

"걱정 안 해요. 조파 영감님이 내 아들을 잘 보살필 거예요. 지금쯤 두 사람 다 네팔로 가고 있을 거예요. 아래쪽 캠프에서 벌어지고 있는 일에 대해 경고하려고 말씀드리는 거예요."

"고마워요. 중국 등반가들은 어때요? 쓸 만해요?"

그러자 다른 대장이 대답했다.

"그들은 충성심에 불타고 있고 장비도 잘 갖추고 있어요. 또 그들은 고산 등반도 잘하는 것 같아요. 하지만 그들이 어디 있는지 잘 모르겠어요. 군인들이 위쪽 캠프에 올라갔다가 정상에 도전한다고 해도 놀랍지 않을 것 같아요. 나라도 그럴 테니까요."

"알았어요. 정상이 혼잡하겠는데요."

조파 할아버지와 셰르파 아저씨들은 지도를 펼쳐 놓고 네팔어로 이야기하기 시작했다.

순조에게 물었다.

"무슨 일이야?"

"할아버지 말로는 제5캠프에 도착할 때까지 다른 캠프에서 쉬지 못할 거래. 지금 캠프들 말고 쉴 수 있는 곳을 찾고 있어."

지도를 들여다보았다. 우리는 제2캠프와 나란히 있었지만, 북쪽으로 12킬로미터 정도 떨어져 있었다. 전진 캠프까지 가는 데는 하루하고도 조금 더 걸릴 것이다.

하지만 우리는 일주일 안에 정상에 오를 수 있을 것이다.

$3\frac{1}{2}$ 캠프

조파 할아버지는 이틀 내내 우리를 재촉했다. 우리는 동이 트기 전에 캠프를 떠나 헤드램프를 켜고 등반을 했다. 요기 아저씨와 야쉬 아저씨는 언제나 우리가 출발하기 훨씬 전에 길을 나섰고, 그날 등반을 멈출 때까지 아저씨들을 만나지 못했다.

나는 우리가 어디 있는지 알 수 없었다. 하지만 고도계를 보면 점점 높이 올라가고 있었다. (이제 숨을 쉬기도 고통스러웠다.) 하루가 끝날 무렵에 순조와 내가 할 수 있는 일이라고는 음식을 조금 먹고, 차를 마시고, 침낭으로 기어 들어가는 것뿐이었다.

셋째 날 아침에 나는 눈을 뜨면서 놀랐다. 햇빛이 파란 텐트 천으로 쏟아져 들어왔다. 순조를 쳐다보았다. 순조도 햇빛을 빤히 쳐다보고 있었다.

우리는 지난 며칠 동안 대화를 거의 나누지 않았다. 시간도 없고 숨도 찼다.

"괜찮아?"

내가 묻자, 순조가 대답했다.

"별로."

"지난 며칠 동안 괜찮은 것 같던데."

내 말에 순조가 고개를 저으며, 겸손하게 말했다.

"많이 힘들었어."

지난 이틀 동안 기술적 등반을 몇 차례 했다. 그건 지금까지 내가 해 본 것 가운데 가장 힘든 등반이었다.

"여기가 어디쯤이야? 정상에 있는 것 같은데."

순조가 신음 소리를 내며 몸을 일으켰다.

나는 웃었다. 웃음은 짧지만 고통스러운 기침으로 바뀌었다. 나는 기침을 진정시키며 말했다.

"조파 할아버지가 오늘은 우리를 쉬게 해 주시려나 봐."

"아닐걸."

우리는 작은 텐트에서 몸을 비틀며 옷을 껴입은 뒤 밖으로 기어 나왔다. 서늘한 안개가 깔린 캠프 주위에 싸락눈이 내렸다. 우리는 사흘 동안 하늘을 보지 못했다. 요기 아저씨와 야쉬 아저씨가 야외용 버너 옆에 쭈그리고 앉아 있었다.

그런데 요기 아저씨가 하는 말을 듣고 있던 순조의 얼굴이 갑자기 하얗게 질렸다.

"왜 그래?"

"할아버지가 아프시대."

순조의 표정이 어두운 이유를 알 것 같았다. 조파 할아버지는 아픈 적이 없었다. 조파 할아버지는 강철 같은 사람이었다. 어제 캠프에 도착할 때만 해도 건강해 보였다. 우리는 서둘러 조파 할아버지의 텐트로 갔다. 조파 할아버지의 모습은 끔찍했다. 눈이 충혈된 데다가 콧물이 흐르고, 얼굴은 창백했다. 하지만 조파 할아버지는 우리를 보더니 악착같이 침낭에서 몸을 일으켰다.

"오늘 오후에 제4캠프로 갈 게다."

조파 할아버지의 몸 상태로는 아무 데도 갈 수 없었다.

"바이러스예요?"

내 물음에 조파 할아버지가 입가에 희미한 웃음을 띄었다.

"그런 것 같구나. 아니면 나이 탓인지도 모르지."

순조가 말했다.

"어떻게든 내려가야 해요. 저희가 도와 드릴게요."

조파 할아버지가 말했다.

"못 내려가. 중국 군인들이 우리를 기다리고 있을 게야. 도망가려면 정상으로 올라가는 수밖에 없단다."

내가 말했다.

"결국은 내려가야 해요."

조파 할아버지가 말했다.

"하지만 이쪽 측면으로는 내려갈 수 없어."

"무슨 말씀이세요?"

"네팔은 여기서 2킬로미터 정도 떨어져 있단다."

나는 조파 할아버지가 헛소리를 하는 줄 알았다. '우정의 다리'를 지나 네팔까지 가려면 며칠은 걸릴 터였다.

조파 할아버지는 지도를 꺼내 정상의 남면을 가리켰다.

"여기가 네팔이야."

다시 북면을 가리켰다.

"여기는 티베트고."

조파 할아버지의 손가락이 에베레스트 산의 북면으로 건너갔다가 남면으로 내려왔다.

내가 물었다.

"그러니까 할아버지 말씀은 우리가 다시 북면을 내려와 티베트로 가는 게 아니라는 거죠?"

"정상에 도달하면 남쪽으로 방향을 틀어 네팔로 내려가는 거지."

내가 이의를 제기했다.

"하지만 우리는 남면에 맞춰 계획을 세운 게 아니잖아요. 텐트나 장비가 없어요."

"셰르파들이 도와줄 게다. 내 친구들이지. 벌써 얘기해 뒀단다. 그들이 맞은편에서 기다릴 게다. 요기와 야쉬가 너희를 정상으로 데려갈 거야."

순조가 물었다.

"할아버지는요?"

"보다시피 나는 등반을 할 몸 상태가 아니야. 기껏해야 제 4캠프까지밖에 못 갈 게다."

순조도 물러서지 않았다.

"그럼 할아버지가 회복될 때까지 기다릴게요."

나도 거들었다.

"그래요. 제 생일까지 정상에 올라가는 것 따위는 신경 안 써요. 그건 중요하지 않아요. 근처에 캠프를 만들거나, 할아버지가 회복될 때까지 여기 이렇게 있을게요."

조파 할아버지가 고개를 흔들었다.

"음식과 보급품이 부족해."

내가 말했다.

"요기 아저씨와 야쉬 아저씨가 다른 셰르파 아저씨들한테서 보급품을 받으면 돼요."

"그게 전부가 아니란다. 날씨도 문제지. 사흘 뒤면 정상 도전에 가장 좋은 날씨가 될 게다. 너희는 미리 자리를 잡고 있어야 해."

나는 밖을 흘깃 쳐다보았다. 눈발이 거세지고 안개가 더 짙어졌다.

내가 물었다.

"할아버지가 그걸 어떻게 아세요?"

조파 할아버지가 어깨를 으쓱했다.

할아버지도 모르는 게 틀림없었다.

내가 다시 물었다.

"좋아요. 날씨가 개면 우리는 정상에 도전했다가 남면으로 내려갈게요. 그럼 할아버지는 북면에서 중국 군인들을 어떻게 통과할 건데요?"

"나는 티베트에 사는 네팔 시민이야. 증명서도 있어. 셰크 대장이 나를 체포할 이유는 없지. 셰크 대장이 지난번에 나를 체포하려다 실패한 걸 알잖니. 내가 체포될 거라고는 생각하지 않지만 만일 그렇더라도 최악의 상황은 추방을 당하는 거란다. 그건 내가 원하는 것이기도 하거든. 맞은편 쪽에서 너희 둘하고 다시 만날 게다."

순조가 말했다.

"저는 정상에 올라가지 못할 것 같아요. 어제도 무척 힘들었어요."

조파 할아버지가 말했다.

"지금까지 힘든 상황을 잘 이겨냈어. 이제 정상에 도전하는 거야."

나는 제4캠프에 함께 남아 있다가 할아버지 몸이 괜찮아지면 산을 내려가는 걸 도와 드리겠다고 말할 생각이었다. 하지만 그건 이기적이 되라는 엄마의 조언에 위배되는 것이었다. 그리고 정말로 정상에 오르고 싶었다. 조파 할아버지가 논쟁에 마침표를 찍었다.

조파 할아버지는 스님 같은 웃음을 지으며 말했다.

"피크야, 나는 네 도움이 없어도 된다. 하지만 순조는 네 도움이 필요하단다."

나는 조파 할아버지를 멍하니 쳐다보았다. 내가 결정을 내리지 않아도 된 게 다행스러웠다. 그리고 조파 할아버지가 내 마음을 읽는 것 같아 간담이 서늘했다.

"어떻게······."

조파 할아버지가 손을 들어올렸다.

"네 도움이 없으면 순조는 정상에 올라가지 못할 게야. 이제 좀 쉬어야겠구나. 너희도 쉬어야지. 앞으로 힘든 등반을 해야 하니까."

순조는 조파 할아버지의 조언을 받아들였다. 나는 눈을 붙여 보려고 했지만 헛수고였다. 나는 요기 아저씨와 야쉬 아저씨 옆으로 가서 불을 쪼였다. 요기 아저씨는 배낭에서 산소 탱크와 마스크를 꺼냈다. 그러고는 조절기에 산소마스크를 부착하는 방법을 알려 준 뒤, 손가락 두 개를 펴서 다이얼을 1분당 2리터에 맞춘다는 것을 알려 주었다. 그리고 나서 야쉬 아저씨를 모델 삼아 마스크 착용법을 알려 주었다.

시범이 끝난 뒤 요기 아저씨는 장비를 분해해 놓고 나한테 다시 결합하게 했다. 보는 것처럼 쉽지 않았다. 나는 벙어리 장갑을 벗었다. 벙어리 장갑 말고도 또 장갑을 끼고 있었기 때문에 맨손이 아니었지만 손가락이 얼얼했다. 곱은 손을 보자 갑자기 배낭에 JR 아저씨의 소형 비디오카메라가 있다는 게 생각났다. 그동안 까맣게 잊고 있었는데, 나는 우리의 등반을 촬영해야 했다. (이런 일화는 고도가 높은 곳에서 뇌가 어떻게 작용하는지에 대해 어느 정도 보여 준다.)

나는 가까스로 산소마스크를 산소 탱크에 연결했다. 그러고 나서 마스크를 쓰고 끈을 조절해 코와 입에 꽉 끼게 했다. 마스크는 차갑고 불편하고, 밀실 공포증까지 느끼게 했다. 야쉬 아저씨가 내 불안감을 깨끗이 해결했다. 스위치를 켜서 산소를 공급한 것이다.

살면서 그렇게 근사한 느낌은 처음이었다. 산소는 불로장생약처럼 내 몸으로 흘러들었다. 몇 주 만에 처음으로 내 몸이 따뜻해지고, 예민해지고, 강인해지는 걸 느꼈다. 요기 아저씨가 곧바로 스위치를 껐기 때문에 황홀한 기분은 이내 사라졌다. 나는 마지못해 마스크를 벗었다. 요기 아저씨와 야쉬 아저씨는 나를 보며 웃음을 지었다. 요기 아저씨는 네팔어로 말하면서 다섯 손가락을 펼쳤다.

"알았어요. 제5캠프까지는 안 된다는 거죠."

이론적으로는 등반을 하는 내내 산소 탱크를 이용할 수 있다. 문제는 등반을 하며 산소 탱크를 충분히 들고 가려면 셰르파를 여섯 명은 고용해야 한다는 것이다. 그리고 산소 탱크 속의 산소는 한정 되어 있다.

요기 아저씨와 야쉬 아저씨가 정오쯤에 떠났다. 두세 시간 뒤에 조파 할아버지가 텐트에서 나왔다. 시체가 무덤에서 빠져나온 것 같은 모습이었다. 조파 할아버지는 따뜻한 차를 세 잔 마시고 나서야 기운을 조금 차렸다. 나는 조파 할아버지의 장비를 챙기고, 순조를 깨웠다. 순조는 낮잠을 자고 나더니 한결 좋아진 것 같았다.

우리는 제4캠프를 향해 출발했다. 이번에는 순조와 내가 조파 할아버지를 기다려야 했다. 중간쯤 갔을 때 조파 할아버지는 산소마스크를 썼다. 아마 발걸음이 훨씬 가벼워질 것이다. 나는 조파 할아버지가 부러웠다.

제5캠프와 제6캠프

제4캠프가 가까울 거라고 생각했지만 어두워지고 한참이 지나서야 제4캠프로 가는 무서운 빙벽에 도착했다. 늦게 출발한 탓이었다.

"밤에 빙벽을 올라가는 거예요?"

내가 놀라서 물었다.

조파 할아버지가 산소마스크를 벗었다.

"눈에 띄지 않고 제4캠프로 가는 유일한 방법이란다. 이 시간이면 모두 잠들어 있을 게다."

사람들은 텐트 안에 있을 것이다. 바람이 윙윙거리고 온종일 눈이 내렸다. 하지만 지난번에 내가 제4캠프에서 겪은 경험에 비추어 볼 때 그들은 잠을 이루지 못할 것이다. 밤새 생명을 유지할 수 있을 만큼 공기가 충분한지 걱정하며 침낭 안에 누워 있을 것이다.

지난번에 왔을 때 꼭대기까지 가는 데만 다섯 시간 이상 걸려 도중에 거의 포기할 뻔했다. 날씨는 그때보다 더 안 좋았고 주위도 어두웠다.

요기 아저씨와 야쉬 아저씨가 우리한테 밧줄을 내려보내 주었다.

"헤드램프가 필요할 게다."

"알았어요."

'유마르를 끌어당긴다. 발을 딛는다. 숨을 쉰다. 유마르를 끌어당긴다. 발을 딛는다. 유마르를 끌어당긴다. 생각한다. 위를 올려다본다. 다시 생각한다. 발을 딛는다. 쉰다. 쉰다. 쉰다. 암벽을 껴안는다. 기도한다.'

똑같은 과정이었다. 하지만 이상하게도 등반이 쉬웠다. 적어도 헤드램프가 있으니 덜 무서웠다. 불빛 때문에 내 앞에 보이는 얼음과 바위에만 집중했다. 약 3미터 위에 있는 빙벽 가장자리에 불빛이 나타나기 전까지는 어디가 꼭대기이고 어디가 바닥인지 알 수가 없었다. 불빛의 주인공을 구분하기는 힘들었지만 옷차림을 보아 요기 아저씨였다. 나는 요기 아저씨가 잡아 주지 않고도 꼭대기까지 내 힘으로 올라갔다. 나는 얼굴을 무릎에 묻고 숨을 고르며 토하지 않으려고 애썼다. 시계를 들여다보았다. 이번에는 빙벽을 올라오는 데 다섯 시간이 채 걸리지 않았다.

15분 뒤에 순조가 꼭대기에 올라왔다. 순조는 금방이라도 쓰러질 것 같았다. 나는 순조의 귀에 대고 순조가 지난번보다 30분 일찍 빙벽을 올라왔다고 소리쳤다. 순조는 내 말을 듣고 기운이 난 것 같았다. 순조가 간신히 몸을 일으켰다.

조파 할아버지가 마지막으로 올라왔다. 조파 할아버지의 모습은 끔찍했다. 요기 아저씨와 순조와 내가 모두 달려들어 조파 할아버지를 빙벽 모서리에서 끌어 올렸다. 꼭대기로 올라온 조파 할아버지는 꼼짝하지 않았다. 나는 조파 할아버지의 산소 탱크를 살펴보았다. 산소 탱크가 비어 있었다. 요기 아저씨가 서둘러 가더니 새로운 산소 탱크를 들고 야쉬 아저씨와 함께 왔다. 아저씨들은 마스크에 산소를 흘려 넣은 뒤 조파 할아버지를 텐트로 데려갔다. 한 시간이 지난 후 조파 할아버지는 어느 정도 회복되어 눈을 뜨고 물을 마셨다. 그러고는 몇 분 뒤 아저씨들에게 아빠한테서 무슨 소식을 들었냐고 물었다.

그날 오후에 중국 군인 등반가들이 전진 캠프에 도착했다. 그들은 제4캠프로 등반하기 전에 그곳에서 하루 이틀 정도 머물 예정이었다. 군인들은 사람들의 신분증을 일일이 조사하고 텐트를 모두 뒤졌다. 전진 캠프의 등반객들 말로는 군인들은 체격이 좋았고 등반 속도가 빠르다고 했다. 군인 등반가들이 정상에 도전할 게 뻔했다.

최악의 소식 같았지만 조파 할아버지는 전혀 신경 쓰지 않고 말했다.

"너희들이 군인들보다 하루 빨라. 오늘과 내일은 쉬어야겠다. 모레 아침에 해가 뜨기 전에 제5캠프로 올라가는 게야."

순조가 물었다.

"할아버지는요?"

조파 할아버지가 헐떡거리며 웃었다.

"군인들이 여기 올라와서 늙고 병든 중한테 신경이나 쓸 것 같니? 그들이 훌륭한 등반가라면 정상 도전에만 관심이 있을 게다. 뒤에 남아서 이 노인네가 산을 내려가는 걸 도와줄 군인이 있겠어? 군인들이 다시 내려올 때쯤이면 나는 이미 떠나고 없겠지."

"내일 아침 해가 뜨고 나서 제5캠프로 올라가도 되잖아요? 군인들보다 그렇게 앞서 있는데."

내가 물었다.

"그랬다가는 중간에 폭풍을 만날 게다. 아침에 보면 무슨 말인지 알 게야."

다음 날, 오전 10시경에 폭풍이 덮쳤다. 내 말대로 출발했다면 제5캠프로 가는 도중에 폭풍을 맞게 되었을 것이다. 그리고 그날 아침에 길을 나선 등반객 세 명처럼 우리도 죽었을 것이다. 그들 가운데 제5캠프에 도착한 사람은 없었고, 그들을 도와줄 사람도 없었다. 폭풍의 기세는 무척 맹렬했다.

나는 몰스킨 노트에 일기를 쓰다가 한 번에 두세 개 이상의 단어를 배열할 정도로 집중하지 못한다는 걸 알았다. 잠시 후 일기 쓰는 걸 포기하고 잠을 자 보려고 누웠다. 순조도 잠을 청했다. 텐트 안에 누워 있는 것 말고는 할 게 없었다. 조파 할아버지는 캠프 주위를 돌아다니지 말라고 했다. (우리는 그럴 힘도 없었다.) 폭풍이 너무 거셌다. 우리는 쭈그리고 앉아 폭풍이 잠잠해지기만을 기다렸다.

그날 밤 8시가 되자, 갑자기 바람과 눈이 텐트를 날려 버릴 것처럼 덤벼들다가 다음 순간에 고요해졌다. 텐트 밖으로 머리를 내밀었다. 캠프에 있던 사람들도 모두 머리를 내밀었다. 별들이 반짝이는 맑은 하늘이 흘러가고 있었다.

야쉬 아저씨가 우리보다 세 시간 앞서 제5캠프로 떠났다. 야쉬 아저씨는 우리를 위해 캠프를 준비할 것이다. 요기 아저씨가 출발 한 시간 전에 우리 텐트 안으로 머리를 들이밀더니 짐을 싸라고 말했다. 짐을 많이 챙기지는 않았다. 우리한테 필요한 것들은 대부분 제5캠프에 있을 것이다. 우리가 지난번에 제4캠프에 있을 때 요기 아저씨와 야쉬 아저씨가 제5캠프로 장비를 옮겨 놓았기 때문이다.

우리는 출발하기 전에 조파 할아버지와 함께 점검했다. 조파 할아버지는 앉아서 차를 마시고 있었다. 조파 할아버지는 산소마스크를 쓰고 있지 않았는데, 얼굴색이 어느 정도 돌아온 것 같았다. 하지만 조파 할아버지는 아직 쇠약해 보였다.

"지금 제일 중요한 건 속도야. 죽음의 지대(death zone, 해발 7,000~8,000미터에 해당하며 산소 부족으로 생명에 위협적인 지대 : 옮긴이)에 오래 머물렀다가는 죽게 될 게다. 제6캠프를 출발한 날 오후 1시 35분까지 정상에 오르지 못하면 요기와 야쉬한테 너희들을 철수시키라고 하마. 산에서 죽느니 중국 군인들한테 체포되는 게 낫거든."

조파 할아버지가 말했다.

안전을 위해 순조를 정상에 올려 보낸다는 계획과 모순되는 것 같았지만 조파 할아버지의 말이 옳았다. 제6캠프에서 정상에 올라갔다가 돌아오는 게 열여덟 시간 안에 이루어져야만 했다. 산소가 있든 없든 제6캠프보다 높은 지역에서 생존할 수 있는 시간은 한정되어 있다. 정상에 오르면 열여덟 시간 안에 맞은편에 있는 정상 캠프에 도착해야 한다.

내가 물었다.

"요기 아저씨와 야쉬 아저씨가 정상에 올라가 본 적이 있어요?"

조파 할아버지가 정상에 올라가지 못한다고 이야기한 뒤로 마음에 담아 두고 있던 질문이었다.

"물론이지. 세 번이나 올라갔단다."

"좋아요. 아빠도 할아버지가 우리하고 함께 올라가지 않는다는 걸 알고 있어요?"

조파 할아버지는 고개를 저었다. 그러고는 신의 은총을 빌며 말했다.

"카트만두에서 만나자꾸나. 출발하거라."

어두운 캠프를 떠나 정상의 북쪽 능선으로 출발할 때 날씨는 맑고 쌀쌀했다. 흥분을 가라앉히기 힘들었다. 제5캠프에서 하룻밤을 보내고, 제6캠프에서 다시 하룻밤을 보낸 다음에는 세상에서 가장 높은 곳에 오르게 된다.

제5캠프로 가는 건 등반이라기보다 강행군에 가까웠다. 우리는 고정 밧줄을 연결했다. 요기 아저씨가 걷는 속도를 조절했다. 나는 열두 걸음걸이 법을 구사했다. 1분 동안 숨을 몰아쉬며 몸을 회복한 뒤 다시 열두 걸음을 걷는 식이었다. 한 시간 뒤에는 여덟 걸음으로 줄었는데, 회복하는 데 몇 분이 걸렸는지 확실하지 않다. 산소를 보충하지 않고 정상까지 올라가는 등반가들이 있다는 게 믿기 힘들었다. 아빠도 그런 등반가들 가운데 한 명이었다. 하지만 아빠도 이런 등반에서라면 산소를 들이마셨을 것이다. 무엇보다도 고객들을 잃어버리지 않으려면 정신을 똑바로 차리고 있어야 하기 때문이었다.

해가 떠오르자 피라미드 모양의 에베레스트 산 정상이 최고의 장관을 연출했다. 멋진 경치가 멍한 내 머리를 깨웠고 그제야 비디오 카메라 생각이 났다. 제4캠프를 떠나기 전에 카메라를 호주머니에 집어넣었다. 나는 앞에서 걸어가고 있는 순조한테 기다리라고 고함을 질렀다. 순조는 매우 기뻐하며 멈춰 섰다. 나는 벙어리장갑을 벗고 녹화 버튼을 눌렀다. JR 아저씨 흉내를 내 보았다.

"세상에서 가장 높은 곳이 1,500미터도 안 남았는데, 지금 기분이 어때?"

나는 정상을 배경으로 순조가 화면 안에 들어오게 했다.

"무서워. 기대도 되고. 할아버지 걱정도 돼. 이렇게 힘들 줄 몰랐어."

이게 장갑을 벗지 않은 손가락으로 찍은 전부였다.

"이번엔 내가 널 찍어 줄게."

"아냐, 됐어. 다시 올라가야지."

30분쯤 지나 첫 번째 시체를 보았다. 순조가 먼저 발견했다. 나는 순조가 시체를 빤히 쳐다보고 있을 때 옆으로 걸어갔다. 요기 아저씨는 시체를 보지 못한 듯 쓱 걸어갔다. 하지만 요기 아저씨도 틀림없이 시체를 보았다. 여자였다. 10미터 정도 떨어진 곳에 또 다른 시체가 있었다. 하지만 엎드려 있어 자세한 건 알 수 없었다.

죽은 사람을 본 건 처음이었다. 얼어 죽은 사람을 보는 건 말할 것도 없었다. 여자는 사람이라기보다는 밀랍 인형처럼 보였다. 여자의 시체를 보니 마음이 더 복잡해졌다. 여자는 조각조각 찢어진 옷이 무슨 이정표라도 되는 듯 그곳에 있었다. 여자는 앉아서 죽은 뒤 옆으로 쓰러진 것 같았다. 여자는 제4캠프의 텐트를 떠나 몇 시간 걷지 못하고 죽은 것이다. 순조와 내가 얼마나 오랫동안 시체를 쳐다보고 있었는지 잘 모른다. 요기 아저씨가 빨리 오라고 고함을 치지 않았으면 더 오래 서 있었을 것이다. 시체를 다섯 구 더 보고 나자 더 이상 시체에 눈길이 가지 않았다.

정오에 북쪽 능선의 가파른 지역에 도착했다. 날씨는 훨씬 추워졌다. 고정 로프가 얼어붙었다. 셰르파들은 쉽게 오를 수 있도록 얼음을 깎아 얕은 계단을 만들었다.

요기 아저씨가 순조와 내가 따라붙을 때까지 기다렸다. 요기 아저씨는 제4캠프에 있는 텐트와 제5캠프에 있는 텐트를 차례로 가리키며 네팔어로 말했다.

"이제 절반쯤 왔대. 여섯 시간을 더 가야 한대."

순조가 통역했다.

그후에는 세찬 바람 때문에 걷는 게 더 힘들었다. 우리는 능선에서 날아가지 않으려고 산을 오르면서 허리를 굽혔다. 내가 계속해서 올라가는 유일한 이유는 위에 산소마스크가 있기 때문이었다. 순조가 계속 올라가는 이유는 알 수 없었다. 아마 중국 군인들이 뒤에서 쫓아오고 앞쪽에 자유가 있기 때문일 것이다.

우리는 7시가 되기 직전에 7,680미터 지점에 있는 제5캠프에 도착했다. 더 이상 올라가는 건 불가능해 보였다. 세상의 끝이었다. 그리고 그건 캠프가 아니었다. 사방이 탁 트인 플랫폼이었는데, 북쪽 능선 쪽으로 400미터 정도 펼쳐져 있었다. 세차게 부는 바람을 피할 수 있는 피난처가 아니었다. 커다란 플랫폼에는 텐트를 대여섯 개 칠 수 있고, 작은 플랫폼에는 한두 개 칠 수 있었다. 플랫폼에는 텐트들이 있었지만 그곳에 몇 명이 있는지는 알 수 없었다. 텐트 대부분은 제4캠프에서 올라오거나 정상 도전을 마치고 제6캠프에서 내려오는 등반가를 기다리고 있는 것만 같았다.

우리가 서 있는 작은 돌 더미는 고작해야 텐트 두 개를 칠 정도의 넓이였다. 우리는 이곳에 머물렀던 등반가들이 남긴 쓰레기 위에 텐트를 쳤다. 야쉬 아저씨가 찻물을 끓이고 있었다. 하지만 내가 관심 있는 건 야쉬 아저씨가 쓰고 있는 산소마스크였다. 그 마스크는 야쉬 아저씨의 폐에 산소를 공급하고 있었다. 야쉬 아저씨는 순조나 나보다 두 배는 빨리 움직였다.

나는 짐 더미에 있던 산소 탱크를 끌어당겼다. 배낭에서 산소마스크를 꺼내 산소 탱크에 연결한 뒤 얼굴에 썼다. 처음으로 가슴 가득 산소를 들이마셨을 때의 기분은 말로 표현하기 힘들다. 황홀하다는 말이 그 느낌과 가장 비슷한데, 그것 이상으로 강렬한 느낌이었다.

야쉬 아저씨는 순조가 산소마스크 쓰는 걸 도와주었다. 순조와 나는 서로 마주보며 웃음을 터뜨렸다.

우리는 살아남을 것이다. 우리는 정상에도 오를 수 있을 것이다.

"중국 군인들이 내일 제4캠프로 올라갈 거예요."

전진 캠프의 등반객이 아빠한테 말했다.

"농담이죠? 고도순화는 어떻게 하고요?"

"군인들은 고도순화를 마쳤어요. 우리 대원 가운데 중국어를 조금 할 줄 아는 사람이 있어요. 군인들은 에베레스트 산으로 오라는 명령을 받았을 때 K2에 올라가 있었대요. 군인들이 말은 안 했는데 아마 정상에 올라가기 전에는 내려가지 않을 거예요. 그들은 등반 기계예요. 당신은 언제 올라갈 거예요?"

"날씨가 좋으면 모레요. 우리는 조금 더 연기할 거예요. 오늘 우리 대원들을 데리고 나가 봤는데, 몸 상태가 좋았어요. 바이러스가 자취를 감춘 것 같아요."

"우리는 아침에 제4캠프로 올라갈 거예요. 내려올 때 당신을 만나겠군요, 조쉬."

"행운을 빌어요."

"교신 끝."

우리가 들을 수 있는 마지막 무전 내용이었다. 아빠가 등반하면서 나를 만나지 못하면 걱정을 할지 궁금했다.

나는 순조에게 몸 상태가 어떤지 물었다.

"산소를 마시니까 한결 좋아. 하지만 아직 걱정이야. 오늘 많이 힘들었거든."

"너만 그런 게 아니야. 여기서는 다 힘들어."

"난 올라갈 거야. 여동생들과 엄마를 위해."

그건 순조가 목숨을 걸 만한 중요한 이유였다. 하지만 나는 왜 정상에 도전하고 있는 걸까? 아빠의 사업을 위해? 내 자존심 때문에?

뇌에 산소가 공급되자 그동안 여동생들과 엄마와 새아빠 생각을 하지 않았다는 걸 깨달았다. 올라오면서 본 시체들이 떠올랐다. 그들이 남겨 놓은 사람들은 누굴까? 이런 생각을 하다 보니 기분이 언짢아져 잠이 오지 않았다.

산소는 놀라운 것이었지만 잠자리에서 마스크는 골칫덩어리였다. 마스크 끈이 얼굴을 찌르지 않도록 자세를 잡는 건 무척 어려웠다. 또 배기 장치에서는 냄새가 났고, 마우스피스 밸브에는 차갑고 끈적끈적한 물질이 쌓였다. 고개를 돌리자 침이 목으로 흘러내렸다. 순조와 나는 산소마스크 때문에 일찍 일어났다.

순조와 나는 장비를 점검하고 또 점검했다. 예비 헤드램프 배터리나 장갑을 빠뜨리고 가는 건 사형 선고와 다름없었다.

이번에는 요기 아저씨가 먼저 출발하고, 야쉬 아저씨가 제6캠프까지 우리를 데리고 갔다. 첫 번째 장애물은 가파른 눈밭이었는데, 피켈과 아이젠으로 네 개의 점을 찍으며 올라가야만 했다. 산소마스크를 쓴 채 걸으며 나는 바보같이 해수면 높이에서 등반하는 걸로 착각했다. 그럴 리가 없었다.

눈밭 꼭대기에 도착했을 때 가슴이 산소를 달라고 소리쳤다. 산소마스크에 문제가 있거나 탱크의 산소가 다 떨어진 것 같았다. 하지만 모든 게 완벽하게 작동했다. 산소 2리터는 해수면에 있는 것처럼 꾸미기 위해서가 아니라 7,600미터 높이에서 살아남기 위해 필요한 것이었다. 그리고 아무것도 하지 않고 텐트 안에 누워 있는 것과 네 발로 기다시피 하며 가파른 눈밭을 올라가는 건 전혀 다른 일이었다. 나는 소형 비디오카메라를 꺼내 순조가 게걸음으로 다가오는 걸 찍었다. 순조의 얼굴 표정을 보니 순조도 방금 전에 내가 산소에 대해 생각했던 것과 똑같은 생각을 한 것 같았다.

"나는 정상에 올라가기 힘들 것 같아. 정말이야, 피크. 너무 힘들어."

순조는 말하면서 숨을 헐떡거렸다.

"눈밭을 올라오느라 좀 무리한 것뿐이야. 원래 페이스를 찾으면 괜찮아질 거야."

나는 자신 있는 척하며 말했다.

순조가 고개를 끄덕였지만 눈에는 두려움이 가득했다. 순조의 기분이 지금 어떤지 잘 알고 있었다. 우리는 올라오면서 시체를 서너 구 더 보았다.

몇 시간 뒤 휴식을 취하기 위해 멈춰 섰다. 시계에 달린 고도계를 들여다보았다. 7,600미터 지점을 지나 죽음의 지대에 와 있었다. 우리는 지금부터 조금씩 죽어 갈 것이다.

야쉬 아저씨와 순조와 나는 제6캠프에 좀비처럼 비틀거리며 들어왔다. 요기 아저씨가 텐트를 세워 놓았는데, 우리보다 몸 상태가 좋아 보이지는 않았다. 요기 아저씨는 순조한테 버너를 가져다가 눈을 녹여 마실 물을 최대한 많이 끓이라고 했다. 뭔가를 마시거나 먹을 생각을 하니 배가 요동을 쳤다.

나는 비디오카메라를 켠 뒤 순조가 난로에 불을 붙이는, 아니 불을 붙이려고 애쓰는 장면을 촬영했다. 순조는 공기가 희박한 고산지대에서 불을 붙이려고 라이터를 50번 이상 켜야만 했다. 마침내 불이 붙었을 때 순조의 엄지손가락에서는 칼에 베인 것처럼 피가 났다.

우리는 음식을 먹고 물을 마시느라 입도 벙긋하지 않았다. 그러고 나서 침낭 안으로 들어가 잠들기를 기다렸다. 하지만 잠이 올 기미는 없었다.

텐트 안쪽은 입김 때문에 얇은 성에가 끼었다. 몸을 뒤척일 때마다 차가운 물방울이 얼굴로 떨어졌다.

사람들 말로는 죽을 때가 되면 살아온 날들이 순간적으로 눈앞에 펼쳐진다고 한다. 내 삶이 공포영화의 한 장면처럼 슬로모션으로 눈앞을 스쳐갔다. 그건 죽음의 순간들이었다. 엄마가 암벽에서 추락하고, 만난 적 없는 아이가 플랫아이언 빌딩에서 추락하고, 순조가 빙벽에 위태롭게 매달려 있고, 순조 아빠가 우리 아빠를 구해 주고 난 뒤에 심장 마비로 죽었다.

텐트 덮개가 열리면서 산소마스크를 쓴 요기 아저씨의 얼굴이 나타났다. 덕분에 기분을 처지게 하던 화면 재생이 멈췄다.

"간다."

요기 아저씨가 하고 싶은 말은 "출발할 준비가 되었어."인 것 같았다. 요기 아저씨와 야쉬 아저씨는 순조와 나한테 물을 더 마시라고 한 뒤 용변을 보고 오라고 했다. 영하 30도의 날씨에 용변을 본다는 건 말처럼 쉬운 게 아니었다. 2시간 후에 우리는 출발 준비를 마쳤다.

우리는 에베레스트 산의 정상을 향해 출발했다.

시계를 들여다보았다. 새벽 1시 35분이었다. 정상 도전에 주어진 시간은 열두 시간이었다.

세상 꼭대기

제6캠프를 떠나 눈밭을 두 개 지났다. 야쉬 아저씨가 길을 안내하고 요기 아저씨는 순조와 내 옆에 바짝 붙어서 갔다. 두 번째 눈밭 건너편에 눈에 덮이지 않은 바위가 모습을 드러내기 시작했다. 나는 야쉬 아저씨의 헤드램프에 눈을 고정했다. 야쉬 아저씨는 우리보다 150미터쯤 앞에 있었다. 숨쉬기가 힘들었고 몸은 얼어붙었다. 하지만 예상했던 것보다 심한 건 아니었다. 틀림없이 지금까지 겪었던 것보다 심한 게 아니었다.

놀랍게도 야쉬 아저씨의 헤드램프가 바닥에서 올라가기 시작했다. 나는 착시 현상이라고 생각하며 몇 번이고 눈을 깜박였다. 하지만 아니었다. 야쉬 아저씨는 가파른 암벽을 오르고 있었다.

"옐로 밴드다! 조심해!"

요기 아저씨의 목소리가 세차게 부는 바람을 뚫고 들렸다. 우리는 암벽을 오르기 시작했다. 누르스름한 사암으로 이루어진 큰 덩어리가 손으로 잡기만 하면 부서졌다. 등산화에 부착한 아이젠은 아무짝에도 쓸모가 없었다. 아이젠은 얼음에서 쓰는 거지 바위에서 쓰는 게 아니었다. 하지만 아이젠을 벗을 시간이 없었다. 베이스캠프에서 아이젠을 벗는 데는 3분밖에 안 걸린다. 하지만 공기가 희박한 이곳에서는 30분 이상이 걸린다. 그리고 다음번에 얼음이나 눈을 지날 때는 아이젠을 다시 착용해야 하는데, 신을 때는 벗을 때보다 더 시간이 걸린다.

밧줄은 대부분 썩어 쓸모없이 바람에 휘날리고 있었다. 암벽을 오른 지 한 시간쯤 지났을 때 어려운 피치(pitch, 루트의 한 부분으로 등반의 단위 역할을 한다. 보통 50미터 자일 한 동의 길이를 말함 : 옮긴이)를 통과하려고 밧줄을 잡았지만, 밧줄은 앵커에서 풀리고 말았다. 나는 뒤로 떨어져 죽기 전에 간신히 암벽을 잡고 중심을 잡았다. 그 후 올라가면서 다른 밧줄은 손도 대지 않았다.

정상까지는 스텝(step, 능선에 계단처럼 돌출한 곳 : 옮긴이)이 세 개 있었는데, 이게 첫 번째 스텝이었다. 그렇다면 야쉬 아저씨가 그걸 옐로 밴드라고 부른 까닭은 무엇일까?

'셰르파들이 붙인 별명일 거야.'

다섯 시간 뒤, 내 짐작이 틀렸다는 걸 알았다.

우리가 암벽 꼭대기에 올라갔을 때, 마침 해가 떠오르고 있었다. 능선이 보였다. 능선은 거대한 용의 꼬리 같았는데,

지그재그형 산악 도로와 비늘 모양의 복잡한 바위투성이 계단이 있었다. 나는 저 앞에 보이는 스텝을 세어 보았다. 하나…… 둘…… 맙소사…… 셋. 옐로 밴드는 그냥 옐로 밴드였다. 아직 첫 번째 스텝에도 도착하지 못했다.

야쉬 아저씨와 순조가 몇 분 뒤에 나를 따라잡았다. 나는 무릎에 손을 얹은 채 쉬고 있는 야쉬 아저씨와 순조의 모습을 촬영했다. 그런 다음에 카메라로 정상을 한 번 훑었다. 야쉬 아저씨는 자기 시계를 가리키더니 첫 번째 스텝의 기슭으로 출발했다.

요기 아저씨는 우리를 기다리며 바위에 앉아 있었다. 요기 아저씨는 우리 산소 탱크를 점검하고, 물을 마시게 한 뒤 다음 계획을 설명했다.

첫 번째 스텝은 20미터쯤 떨어져 있었다. 지금은 아침 7시다. 온도는 영하 35도이다. 조파 할아버지의 날씨에 관한 이야기가 또 들어맞았다. 하늘에 구름 한 점 없었지만, 언제 어떻게 변할지 모르는 일이었다.

처음 3미터는 낭떠러지 왼쪽에 있는 크랙(crack, 바위의 갈라진 틈새 : 옮긴이)으로 연결되어 있었다. 그 다음에는 불안정한 레지를 가로질러 갔는데, 다리에 힘이 없어 다른 때보다 훨씬 힘들었다. (내내 다리가 휘청거렸다.) 등반의 마지막 구간은 호박돌 두 개 사이의 황무지였다.

오전 8시 30분에 첫 번째 스텝 꼭대기에 도착했다.

두 번째 스텝은 첫 번째 스텝보다 두 배는 더 가파르고 높았다. 두 번째 스텝에 도전하기 전에 요기 아저씨가 우리의 산소 탱크를 모두 교환했다. 순조와 나는 요기 아저씨가 귀중한 산소 탱크를 다시 갖다 주길 기다리다 거의 쓰러질 뻔했다.

첫 번째 부분의 암벽에는 알루미늄 사다리가 붙어 있었다. 우리가 사다리에 올라서자 몸무게 때문에 흔들리고 얽히는 바람에 사다리가 암벽에 긁히며 듣기 싫은 소리가 났다. 아이젠을 신고 미끄러운 사다리를 올라가는 일은 쉽지 않았다. 마치 스케이트를 타고 사다리를 오르는 것 같았다. 마침내 사다리에서 내려갈 수 있게 되어 기뻤지만 꼭대기에 내리는 동작은 훨씬 어려웠다. 그것은 손만을 사용하는 텐션 트래버스(tension traverse, 근처의 확보물을 통해 팽팽한 로프를 사용하여 가로지르는 방법 : 옮긴이)였는데, 슬링에 묶여 있는 낡은 밧줄 다발을 잡고 몸을 흔들어 꼭대기로 가야만 했다. 불가능하다고 생각했지만 요기 아저씨는 거침없이 그렇게 했다. 순조가 바로 내 뒤에 있었다. 순조는 내가 움직이는 걸 보고 얼굴이 창백해졌다.

나는 요기 아저씨의 루트를 한 동작씩 따라 움직여 갔다. 하지만 밧줄을 잡았을 때 아이젠이 미끄러져 나는 마치 죽은 생선처럼 밧줄에 매달렸다. 스텝의 꼭대기까지 가는 데 필요한 탄력을 얻을 수가 없었다. 게다가 몸이 뒤틀리면서 등이 암벽을 향하게 되었다.

순조와 야쉬 아저씨를 쳐다보았다. 두 사람은 꼼짝없이 나를 바라보기만 했다. 순조와 야쉬 아저씨가 할 수 있는 일은 없었다. 나는 위를 올려다보았다. 요기 아저씨가 레지 위로 상체를 구부려 슬링을 잡아 나를 끌어 올리려고 했다. 하지만 요기 아저씨는 슬링에 가까이 가지도 못했다. 우리는 밧줄을 가져오지 않았다. 짐 때문에 무게가 늘어나면 속도가 느려지고, 그러다가 죽을 수도 있기 때문이었다.

더 오래 매달려 있을수록 팔의 힘이 더 빠지게 된다는 걸 알고 있었다. 너무 오랫동안 해결책을 기다리기만 하면 나중에 그 방법을 행동으로 옮길 힘이 없게 될지도 몰랐다. 움직여야만 했다. 바로 지금!

내가 몸을 홱 움직이자 얼굴이 암벽에 부딪혔다. 그러고 나서 아이젠의 앞쪽 스파이크를 단단한 바위에 박았다. 스파이크 한 개가 박혔고, 그쪽 다리에 몸무게를 지탱했다. 내 팔에 전달되던 압력을 줄일 수 있었다. 왼손으로 밧줄을 꽉 잡고 오른손을 풀었다. 이빨로 벙어리장갑을 벗어 버리고 나서 팔을 흔들었다. (배낭에 벙어리장갑이 또 한 켤레 있었다.) 왼손으로 똑같은 과정을 반복했다. 다음 동작을 위해서는 팔에 젖 먹던 힘까지 모아야 했다. 요기 아저씨가 아래쪽을 주의 깊게 지켜보고 있기를 바랐다. 잠시 후에 요기 아저씨의 도움이 필요했기 때문이다.

나는 자세가 '〈' 모양이 될 때까지 아이젠을 암벽에 대고 걸어 올라갔다. 그리고 아이젠이 고정되길 바라며 멈춰 섰다. 마지막 순간에 요기 아저씨가 잡을 수 있을 정도로 높이 던질 수 있기를 바라며 왼손으로 잡고 있던 밧줄을 던졌다. 요기 아저씨가 밧줄을 잡았지만 나를 끌어 올리려면 도움이 필요했다. 요기 아저씨가 벙어리장갑을 벗고, 나를 꽉 잡았다. 나는 오른손을 들어 홀드를 찾아 더듬었다. 쑤시는 손가락 끝을 간신히 밀어 넣을 만한 크랙을 찾아냈다. 있는 힘껏 잡아당겼다. 실패하면 요기 아저씨가 나를 놓치고 말 것이다. 최대한 높이 올라갔다고 생각할 때 오른쪽 무릎을 가슴에 대고 발을 슬링에 걸쳤다. 간신히 걸렸지만 그걸로 충분했다. 이제 일어서기만 하면 꼭대기까지 몇 센티미터밖에 안 남게 될 것이다.

요기 아저씨가 나를 암벽 위로 끌어 올렸다. 요기 아저씨와 나는 꼭대기에 누워 숨을 헐떡거렸다. 요기 아저씨가 팔을 뻗어 내 산소 탱크의 분당 산소 공급량을 4리터로 올렸고, 나도 요기 아저씨 산소 탱크의 분당 산소 공급량을 4리터로 올려 주었다. 추가로 산소를 공급했지만 숨을 고르는 데는 5분이나 걸렸다.

순조가 무슨 생각을 했을지 궁금했다. 순조는 내가 실수하는 걸 지켜보며 배운 게 틀림없었다. 순조가 3~4분 뒤에 거미원숭이처럼 몸을 흔들어 암벽 가장자리로 올라왔기 때문이다. 야쉬 아저씨가 순조 바로 뒤에 올라왔다.

나는 아저씨들이 시키는 대로 15분 더 쉬었다. 나는 휴식이 필요했다. 요기 아저씨는 떠날 준비가 되기 전까지 내 산소 탱크를 끄지 않았다. 나는 산소도 필요했다.

세 번째 스텝은 세 개의 스텝 가운데 가장 높은 곳에 있는 것이었지만 가장 쉬웠다. 지금까지 겪은 것에 비하면 식은 죽 먹기였다.

세 번째 스텝 꼭대기에 도착했을 때 또 다른 시체를 보았다. 시체는 드러누운 채 한 손을 뻗치고 다른 손은 오리털 파카의 호주머니에 넣고 있었다. 죽은 지 얼마 안 된 것 같았다. 우리가 전진 캠프에 있을 때 죽은 독일인 등반객들 가운데 한 명인 것 같았다. 다른 등반객과 함께 있었던 흔적은 없었다. 또 다른 독일 등반객은 정상에 오르다 죽었는지, 아니면 정상에서 내려가다 죽었는지 알 수 없었다. 문득 얼마나 많은 사람들이 이미 고인이 된 독일 등반객이 집으로 돌아오길 기다리고 있을까 하는 생각이 들었다.

'산을 오르는 사람 가운데 다시 돌아오지 못할 거라고 생각하는 사람은 없어.'

나는 엄마의 경고를 생각하지 않으려고 애쓰면서 시체에서 눈을 돌렸다.

시체 너머로 정상 피라미드의 빙원이 보였고, 그 너머로 정상의 능선이 보였다.

요기 아저씨가 시계를 가리키며 손가락 두 개를 들어 보였다. 2시간 남았다는 뜻이었다.

우리는 밧줄을 잡고 빙원을 가로질러 갔다. 순조는 어떨지 몰라도 나는 정상 열병에 빠져들고 있었다. 이 지점에서 완전히 녹초가 될 수도 있었지만 활기에 넘쳤다. 엄마의 경고는 까맣게 잊었다. 팟! 내가 정상에 오르는 걸 방해할 수 있는 건 아무것도 없었다.

빙원이 점점 가팔라졌다. 빙원은 에베레스트 산의 정상으로 보이는 곳을 향해 구부러져 있었다. 하지만 우리는 새로 생긴 눈사태의 잔해 쪽으로 발길을 돌렸다. 얼음 덩어리 가운데는 학교 버스만 한 것들도 있었다. 나는 욕을 했다. 여기까지 와서 고작 눈사태 때문에 중단해야 하는 걸까? 눈사태 잔해를 넘어가는 데 며칠은 아니더라도 최소한 몇 시간은 걸릴 것이다.

요기 아저씨가 잔해들을 가리키며 고개를 저었다.

'농담일 거야.'

잔해를 쓸쓸하게 쳐다보며 생각했다. 요기 아저씨가 내 옷소매를 홱 잡아당겼다. 요기 아저씨가 지금 돌아가야 한다고 말하는 것 같았다. 모든 게 끝났다는 뜻이다. 나는 순조를 위해서라도 정상에 도전해야 한다고 소리를 지르려고 했다. 가망이 없는 일인 줄 알면서도 말이다.

하지만 요기 아저씨는 내 발길을 돌리려는 게 아니었다.

요기 아저씨는 마지막 버트레스(buttress, 산정이나 능선을 향해서 치닫고 있는 암릉을 지지해 주는 벽 : 옮긴이)와 맞닿은 또 다른 암벽을 가리키고 있었다. 잔해로 가득한 빙원이 정상으로 올라가는 루트가 아니었다.

우리는 다시 암벽 면을 따라 있는 좁은 레지를 가로질렀는데, 한 300년 동안 그곳에 있었을 것 같은 밧줄을 잡고 가야만 했다. 레지를 따라 45미터 정도를 지나 노두(outcrop, 암석이나 지층이 흙이나 식물 등으로 덮여 있지 않고 지표에 드러나 있는 곳 : 옮긴이)로 갔다. 레지를 가로질러 가려면 등반 솜씨가 뛰어나야 했고 시간이 제법 걸렸다. 레지의 끝은 다시 일련의 좁은 레지들로 이어져 있었는데, 이 루트를 등반하는 데는 20분이 걸렸다. 우리는 산사태 잔해들을 모두 지나 정상에 있는 피라미드 모양의 빙원 위쪽 비탈로 빠져나왔다.

바람이 거세게 불었다. 야쉬 아저씨는 우리를 노두로 안내했다. 우리는 마지막으로 정상에 도전하기 전에 그곳에서 3~4분 정도 쉬었다. 요기 아저씨는 다시 한 번 시계를 가리키고는 일어섰다. 나는 뒤쪽에서 정상을 향해 발걸음을 옮기는 요기 아저씨, 순조, 야쉬 아저씨를 촬영했다. 하지만 그곳은 정상이 아니었다. 빙원의 꼭대기에 도착하자 진짜 정상이 나타났다. 200미터 앞에 있는 정상 장대에는 다양한 색깔의 기도 깃발들이 바람에 나부끼고 있었다.

우리는 걸음을 멈추고 쉬었다. 하지만 나는 금방 다시 일어섰다.

"나는 전진할 거야. 네가 올라오는 걸 찍어 줄게."

나는 귀청이 터질 것 같은 바람에 대고 소리쳤다. 완전히 진심은 아니었다. 내가 먼저 올라가는 이유는 기다릴 수가 없기 때문이었다.

180미터.

축구장의 두 배쯤 되는 길이였지만, 해발 8,800미터의 높이에서는 30킬로미터가 넘는 것처럼 느껴졌다.

세 걸음 …… 휴식 …… 세 걸음 …… 휴식 …… 두 걸음 …… 휴식 …….

정상을 올려다보지 않는 게 상책이라는 걸 깨달았다. 정상을 살짝 엿볼 때마다 뒷걸음질이라도 치는 듯 더 멀어지는 것 같았다. 순조와 야쉬 아저씨와 요기 아저씨는 나보다 30미터 뒤에서 달팽이처럼 느린 걸음으로 따라왔다. 나는 2~3분 동안 그들을 촬영한 뒤 다시 시작했다.

30미터.

27미터.

발길을 멈추고 산소 탱크를 확인했다. 산소 탱크가 비어 있을 줄 알았는데 절반쯤 남아 있었다. 1분에 2리터씩 산소를 공급하고 있었지만, 내 목숨을 유지하는 데는 역부족인 것 같았다.

24미터.

15미터.

시계를 들여다보았다. 오후 1시 9분. 26분 안에 정상을 넘어야 한다. 몇 걸음 더 걷고 나서 쉬려고 발길을 멈췄다. 나는 세상의 그 어떤 산보다 높은 해발 8,840미터에 서 있었다. 조금만 더 가면 정상이었다.

바람이 불고 추운 날이었다. 하지만 이 고도에서의 날씨치고는 좋았다. 사방으로 수백 킬로미터씩 보였다. '아름답다'나 '웅장하다'는 말로는 경치를 제대로 표현할 수 없었다. 내가 생각해 낸 가장 그럴듯한 단어는 '성스럽다'였지만, 사실 그 말도 눈앞에 펼쳐진 경치를 표현하기에는 부족했다.

순조가 따라오는 데 시간이 좀 걸렸다. 순조는 이제 나와 6미터도 채 안 되는 거리에 있었다. 요기 아저씨와 야쉬 아저씨가 순조 양 옆에서 걸어왔다. 나는 발길을 돌려 등반을 끝마치고 싶었다. 하지만 카메라를 꺼내 세 사람이 올라오는 걸 촬영했다. 순조가 올라오려고 애를 쓰고 야쉬 아저씨와 요기 아저씨가 순조를 도와주는 것이 보였다. 세 사람이 내가 서 있는 곳까지 왔을 때 1시 19분이었다. 순조는 무릎을 꿇고 앉아 힘들게 숨을 쉬었다. 나는 순조의 산소 탱크 계량기를 살펴보았다. 요기 아저씨와 야쉬 아저씨가 벌써 1분당 4리터가 공급되도록 올려놓았다.

나는 순조가 쉴 동안 기다렸다가 옆에 쭈그리고 앉았다.

"너는 할 수 있어. 이제 10미터도 안 남았어. 봐!"

나는 능선의 장대를 가리켰다.

순조는 갖가지 색깔의 기도 깃발들이 바람에 날리는 걸 뚫어지게 쳐다본 뒤 천천히 고개를 끄덕였다. 하지만 순조는 움직이지 않았다.

"장대에 손을 대기만 하면 그때부터 내리막길이야."

"나는 안 되겠어."

순조가 고개를 저었다.

"해야 돼! 여동생과 네 자신을 위해."

순조가 계속해서 고개를 저었다. 나는 요기 아저씨와 야쉬 아저씨를 쳐다보았다. 아저씨들의 상태도 순조만큼이나 안 좋아 보였다. 순조를 여기까지 데려오느라 아저씨들도 지친 것이다. 나는 시계를 들여다보았다. 이제 복귀 시간까지는 12분 남았다. 지금 간다고 해도 정상에 1시 35분까지 도착할 수 있을지 자신이 없었다.

"너라도 가. 나는 내려갈 거야."

순조가 가냘픈 목소리로 말했다.

"북면으로 내려가면 안 돼. 중국 군인들이 기다리고 있단 말이야."

"군인들을 피해 갈 거야."

순조나 나나 이 말이 진실이 아니라는 걸 알고 있었다. 산을 내려다보았다. 세 번째 스텝에 도착한 다른 등반대 두 팀이 용의 꼬리를 닮은 능선을 따라 올라오고 있었다. 그들은 출발을 늦게 했거나, 올라오는 도중에 문제가 생겼던 게 틀림없었다. 날씨만 변덕을 부리지 않는다면 다른 등반대 사람들도 괜찮을 것이다.

'산이 누구를 허락하고 누구를 허락하지 않을지는 알 수 없단다…… 네 도움이 없으면 순조는 정상에 올라가지 못할 게야…….'

"가자."

나는 순조를 잡아 일으켰다.

우리는 다시 걸음을 옮겼다. 순조도 걸을 때마다 기운을 차리는 것 같았다.

8미터.

6미터.

5미터.

3미터.

나는 멈춰 서서 정상 장대를 쳐다보았다. 그리고 고개를 돌려 아래를 내려다보았다.

"무슨 일이야?"

순조가 물었다.

나는 다시 정상 장대를 쳐다본 뒤 고글을 내리고 순조를 쳐다보며 물었다.

"오늘 며칠인지 아니?"

순조가 고개를 저었다.

"5월 30일이야."

"그래서?"

"나는 여기까지야."

"무슨 소리야? 정상이 몇 발자국 안 남았잖아. 도대체 날짜가 무슨 상관인데?"

"내일이 네 생일이야. 너는 여기 올라온 이유가 있어. 중요한 이유지. 너와 네 여동생의 장래 때문이야. 나는 여기 올라야 할 이유가 없어. 나는 북면으로 내려갈 거야."

순조는 지금 제정신이냐는 듯한 얼굴로 나를 빤히 쳐다보았다. 사실 나는 그 순간에 제정신이 아니었을지도 모른다. 하지만 정상을 몇 미터 앞에 남겨 놓고 내가 한 결정은 옳았다고 생각한다. 나는 에베레스트 산 정상에 오른 최연소 등반가가 되고 싶지 않았다. 순조의 아빠는 우리 아빠의 목숨을 구하다 죽었다. 순조가 정상에 오르면 순조와 순조의 여동생들이 살 수 있게 될 것이다. 순조는 등산 장비 추천을 하여 받는 돈으로 학교에 다시 돌아갈 수 있을 것이다.

"나한테 너무 과분한 일이야."

"별것 아냐."

"우리하고 같이 남면으로 내려가서 네팔로 가자."

나는 고개를 저었다.

"내가 남면으로 내려가면 사람들이 내가 정상에 올랐다는 걸 알게 될 거야. 내가 내려갈 길은 올라왔던 바로 그 길이야. 그런데 부탁이 있어."

나는 배낭을 벗어 몰스킨 노트를 찾았다. 일기장 뒤쪽 주
머니에 파란 산 그림이 있는 노란 기도 깃발이 감춰져 있었
다. 나는 그 깃발을 꺼내 순조한테 건넸다.

"정상에 오르면 이 깃발도 장대에 묶어 줘."

"물론이지. 하지만……."

"어서 가."

순조는 두꺼운 장갑을 불교식으로 맞대고 절을 했다.

"고마워, 피크. 절대 잊지 않을 거야."

"시간이 없어. 네가 정상에 오르는 걸 촬영해서 기록으로
남길 거야."

순조는 재빨리 요기 아저씨와 야쉬 아저씨한테 내가 하려
는 일에 대해 설명했다. 아저씨들은 처음에 놀라서 나를 쳐
다보았지만, 잠시 뒤 환한 웃음을 지으면서 내 등을 두드려
주었다.

"피크, 요기 아저씨가 너하고 내려갈 거야."

"나는 괜찮아."

"아저씨가 그러고 싶대. 내 생각도 그렇고."

"좋아."

나는 순조와 악수하고 포옹을 했다. 그러고 나서 순조와
야쉬 아저씨가 정상까지 열 발자국쯤 걸어가는 모습을 촬영
했다. 두 사람은 세상에서 가장 높은 산의 정상에 도착한 뒤

산소마스크를 벗고 웃으면서 비디오카메라를 향해 손을 흔들었다.

순조는 장대에 내가 준 노란 깃발을 묶은 뒤 야쉬 아저씨와 함께 네팔로 내려갔다.

하산

제6캠프로 내려오며 겪은 일에 대해서는 생각나는 게 별로 없다. 요기 아저씨와 나는 어두워지고 한참이 지나서 비틀거리면서 캠프로 돌아왔다. 나는 요기 아저씨가 내 산소마스크에 새 산소 탱크를 연결해 준 것까지는 어렴풋이 기억나지만, 그 다음부터는 아무것도 기억나는 게 없다. 나는 별다른 어려움 없이 잠들었다. 그것까지는 안다. 그리고 정상에 올라가지 않은 일을 조금도 후회하지 않았다.

잠에서 깼을 때 얼굴 전체에 입김이 얼어붙어 있었고, 나는 태어나서 최악의 두통에 시달렸다. 산소 탱크가 비어 있었다. 나는 다른 탱크를 잡고 산소가 2~3분에 6리터씩 공급되게 조절했다. 그러자 두통이 거의 사라졌다.

요기 아저씨와 나는 어서 내려가 조파 할아버지를 살펴보려고 했다. 우리는 제5캠프를 그냥 지나친 뒤 바로 제4캠프로 갔다. 우리가 제4캠프에 도착하자마자 중국 군인들 중 한 명과 마주쳤다. 군인은 허리에 찬 권총 말고는 일반 등반객과 똑같이 등산복을 입고 있었다. 군인은 썩 훌륭한 영어로 우리가 누구이고 무엇을 하고 있는지 물었다.

"제 이름은 피크 마르첼로이고, 이 아저씨는 셰르파인 요기 아저씨예요. 우리는 제5캠프에 보급품을 가져다주고 베이스캠프로 돌아가는 길이에요."

군인은 무전기로 셰크 대장을 불러내더니 오랫동안 중국말로 통화를 했다.

"대장님이 통화하고 싶으시대."

군인은 그렇게 말하면서 나한테 무전기를 건넸다.

"네, 피크 마르첼로입니다."

"조슈아 우드의 아들 말이지?"

"예."

"산에서 뭐하고 있지?"

"대장님 부하한테 말한 것처럼 제5캠프에 보급품을 갖다주고 왔어요. 아빠가 내일 등반대를 이끌고 제5캠프로 갈 거예요."

"하지만 너는 산을 떠났잖아."

"무슨 말씀이세요? 저는 제4캠프에 있었어요."

나는 대장과 통화하는 게 재미있었다.

"아빠와 크게 다투었다며?"

"아, 그거요. 아빠는 제가 정상에 도전할 기회를 안 주겠다고 했죠. 저는 그 말을 듣고 화가 났어요. 하지만 아빠는 제가 제5캠프까지 가는 건 괜찮다고 했거든요."

"다른 꼬마는?"

"다른 꼬마라뇨?"

"순조 말이다!"

"아, 순조는 네팔에 있어요."

그건 사실이었다.

"못 믿겠군. 부하한테 너와 셰르파를 베이스캠프로 데려오라고 할 테다."

"그러시든가요."

나는 그렇게 대답하고 무전기를 군인한테 주었다.

셰크 대장과 군인은 또 중국어로 오랫동안 이야기를 나눴지만, 무슨 이야기를 하고 있는지 알 것 같았다. 다른 군인들도 무전기 주위에 몰려와 귀를 기울였다. 무전기를 들고 있던 군인이 통화를 마치고 포기한 듯 고개를 저었다.

"우리를 호위할 필요 없어요."

"명령을 받았어."

"저야 좋죠. 그런데 우리가 베이스캠프 말고 어디를 가겠어요?"

그때 아빠가 무전기에서 나를 찾았다. 군인이 들고 있던 무전기를 다시 건넸다.

"괜찮니?"

"예. 그런 것 같아요. 그런데 셰크 대장은 왜 그래요?"

"몰라. 어쨌든 우리는 내일 전진 캠프로 갈 거야. 네가 베이스캠프로 내려오는 길에 만날 수 있을 것 같구나. 요기 아저씨와 함께 제5캠프에 보급품을 갖다 줘서 고맙다."

아빠와 다른 사람들이 본부 텐트에 모여 셰크 대장의 통화를 엿들었다는 걸 알았다.

"괜찮아요. 제가 정상에 도전하는 걸 다시 생각해 보지 않으실래요?"

"피크, 그건 이미 끝난 이야기야. 대답은 안 된다는 거야. 내년이나 후년에는 될지도 모르지. 더 나이가 들면 말이야. 너는 아직 아냐."

"교신 끝."

나는 애써 실망한 표정을 지으며 무전기를 돌려주었다.

무전기를 받아든 군인이 잠시 나를 쳐다보았다.

"베이스캠프로 내려간다는 네 말을 믿어도 되겠니?"

"제 말을 믿으세요. 지금 제가 하고 싶은 건 텐트로 기어들어가 푹 자는 것뿐이에요."

내가 오른손을 들고 말했다.

군인이 고개를 끄덕였다.

요기 아저씨와 나는 조파 할아버지의 텐트로 갔다. 텐트에서 무엇을 발견하게 될지 알 수 없었다. 텐트 안에는 메모가 남아 있었다.

피크에게

어제 제4캠프를 떠났다.

모든 게 순조로워.

언젠가 길 위에서 다시 만나자.

조파

조파 할아버지가 괜찮다는 소식을 들으니 기뻤다. 하지만 할아버지의 메모를 보니 흥분되었다. 메모는 나한테 쓴 것이었다. 원래 계획은 내가 순조와 함께 에베레스트 산의 정상으로 올라갔다가 네팔로 내려가는 것이었다. 조파 할아버지는 내 마음을 어떻게 알았을까? 정상을 3미터 남겨 놓은 곳에서 내가 어떤 마음을 먹게 될지는 나도 전혀 예상하지 못했다.

요기 아저씨와 나는 일찍 일어나 다른 사람들이 깨기 전에 제4캠프를 떠났다. 군인들이 대장한테 자기들이 일어나기 전에 요기 아저씨와 내가 떠났다고 변명할 거리를 만들어 주고 싶었다.

전진 캠프에 도착해 보니 제4캠프보다 군인들이 더 많았다. 군인들은 군복을 입고 있었고, 기분이 언짢을 정도로 냉

담했다. 나는 다시 한 번 잔뜩 화가 난 셰크 대장과 통화를
해야만 했다.

"제4캠프를 떠났다며?"

"예."

"군인들도 없이."

"아침이 밝기 전에 떠났어요. 군인 아저씨들을 깨우고 싶
지 않았어요. 그리고 베이스캠프로 내려오는 길도 알고 있었
거든요. 호위는 필요 없어요."

"전진 캠프의 군인들이 너를 호위할 거야."

"좋아요."

호위를 맡은 군인 두 명은 전진 캠프를 떠나게 되어 기뻐
했다.

우리는 제2캠프에 막 도착한 아빠와 고객들을 만났다. 아
빠가 이끄는 등반대가 그렇게 빨리 온 걸 보니 베이스캠프를
일찍 떠난 게 틀림없었다. 아빠는 중국 군인들이 호위를 하
고 있던 나를 데리고 한쪽 구석으로 갔다.

"정상에는 올라갔니?"

아빠가 나지막하게 물었다.

"아니요."

"무슨 일이 생겼어?"

"지쳐서요."

"괜찮아. 영감님과 순조와 야쉬는?"

"조파 할아버지는 아파서 제4캠프도 통과하지 못했어요. 할아버지가 지금 어디 있는지는 저도 몰라요. 아빠하고 만났으면 좋겠어요."

아빠가 고개를 저었다.

"영감님은 괜찮을 거야. 한밤중에 포터 캠프로 미끄러져 들어가 녹초가 되어 자고 있을 테지."

"그랬으면 좋겠어요."

"순조와 야쉬는?"

"제가 알기로는 네팔에 있을 거예요."

"뭐라고?"

나는 아빠한테 조파 할아버지의 계획에 대해 말했다.

아빠의 얼굴에 환한 웃음이 번졌다.

"부전자전이군. 셰크 대장이 그 사실을 알게 되면 이성을 잃을 거야. 그래, 결국 에베레스트 산의 정상에 올랐다 이거지."

아빠는 고개를 저으며 조금 더 진지한 표정을 지었다.

"너는 어디까지 갔니?"

"제6캠프 위까지요."

"대부분의 등반객들보다 훨씬 많이 갔네. 내가 내년이나 후년에 너를 데리고 정상에 도전할 거야. 네팔 쪽에서 올라가는 거야. 셰크 대장이 순조 소식을 듣게 되면 이쪽으로 올라가는 등반 허가를 받지 못할 거야. 순조가 언제 정상에 올랐니?"

"5월 30일 오후 1시 32분. 순조의 열다섯 번째 생일 하루 전이요."

아빠가 내 어깨에 손을 얹었다.

"네가 정상에 오르길 바랐는데."

"괜찮아요."

이때 군인 하나가 소리쳤다.

"출발!"

"잠깐!"

아빠가 말한 뒤 나한테 고개를 돌렸다.

"베이스캠프에 가면 셰크 대장이 너를 붙들고 질문을 할 거야. 새디어스가 네 곁에 있을 거야. 새디어스는 변호사이고, 중국어와 중국 법에 대해 잘 알아. 아무 일 없을 거야."

나는 괜찮을 것이다. 그건 아빠가 생각한 이유 때문이 아니다. 그리고 다음번 에베레스트 산 등반 때는 아빠하고 함께하지 않을 것이다. 시체들이 흩어져 있는 8,000미터 지점에 올라간 걸로 만족한다.

"집에 갈 거예요."

"무슨 뜻이니?"

"뉴욕으로 돌아간다고요."

"내가 내려오면 다시 이야기하자."

"아빠가 내려왔을 때 저는 없을 거예요."

"왜 그렇게 서두르는데?"

"아빠는 이해하지 못할 거예요."

"노력해 볼게."

"좋아요. 쌍둥이 여동생들과 생일을 함께 보내고 싶어요."

아빠의 얼굴을 보니 내 말이 맞았다. 아빠는 이해하지 못했다.

"잊지 말아야 할 게 있는 거잖아요."

아빠가 한동안 나를 빤히 쳐다보았다.

"새디어스가 카트만두까지 태워 줄 거야."

중국 군인이 소리쳤다.

"이제 출발!"

아빠가 짜증스럽게 말했다.

"다 끝났어요."

"가야겠어요."

"그래…… 그런데…… 일이 제대로 안 돼서 미안해."

아빠가 손을 내밀었다.

"사실 잘 됐어요. 다시 뵈어요."

내가 아빠와 악수를 하며 말했다.

나는 군인과 요기 아저씨를 따라 걸었다. 그러다 뒤돌아보며 소리쳤다.

"기회가 되면 편지하세요."

아빠가 나를 보며 싱긋 웃었다.

"그렇게."

우리는 5시쯤 베이스캠프에 도착했다. 셰크 대장과 군인들과 새디어스 아저씨가 나를 기다리고 있었다. 그들은 요기 아저씨한테는 관심이 없었다. 그들은 요기 아저씨를 캠프로 보냈다.

셰크 대장의 본부에 도착해서 맨 먼저 한 건 커다란 탁자에 내 배낭 안에 있던 걸 전부 꺼내 놓는 일이었다. 그러고 나서 셰크 대장은 (100년 전의 뉴욕 탐정처럼) 내용물을 일일이 조사했다.

아빠가 준 디지털 카메라, JR 아저씨의 비디오카메라, 몰스킨 노트 말고는 관심을 끌 만한 물건이 없었다. 셰크 대장은 몰스킨 노트를 넘겼다. 노트의 대부분은 비어 있었다. 셰크 대장은 노트를 내려놓고 디지털 카메라와 비디오카메라를 탁자 한쪽으로 밀어 놓았다.

"앉아."

등받이 의자가 한 개 놓여 있었다.

내가 앉자 셰크 대장은 제4캠프에서 했던 것과 똑같은 질문을 했다. 하지만 이번에는 녹음기로 녹음을 하고 군인이 받아 적고 있었다. 나는 제4캠프에서와 똑같이 대답했다. 셰크 대장은 질문을 마치고 물건을 배낭에 집어넣어도 좋다고 했다. 나는 배낭에 물건들을 집어넣었다. 하지만 디지털 카메라와 비디오카메라를 집으려 하자 셰크 대장이 내 손을 가로막았다.

"그건 안 돼."

"당신은 이 아이 물건에 손 댈 권리가 없어요."

새디어스 아저씨가 말했지만 셰크 대장은 한 치도 물러서지 않았다.

"이것들은 우리가 살펴본 뒤 돌려줄 거야."

새디어스 아저씨가 말했다.

"돌려줄 때 물건에 아무런 손상이 없어야 할 겁니다."

'내가 뉴욕 판사 앞에서 재판을 받을 때 새디어스 아저씨가 변론을 맡지 않은 게 다행이야. 만약 그랬다면 지금쯤 감옥에 있었을 거야.'

본부 건물 밖으로 나왔을 때 새디어스 아저씨가 속삭였다.

"카메라들 안에 유죄를 입증할 만한 거라도 들어 있니?"

"참 일찍도 물어보시네요. 하지만 아니에요. 촬영할 때 쓴 메모리 카드를 빼고 새 메모리 카드를 끼워 넣었으니까요."

"촬영할 때 쓴 메모리 카드는 어디 있는데?"

"안전한 곳에요."

(메모리 카드는 내 양말 안에 있었다.)

나는 피곤했다. 내 텐트를 향해 걸었다. 하지만 더 이상 내텐트는 없었다. 아빠 텐트로 기어 들어갔다. 모든 게 깔끔히 정돈되어 있는 걸 보고 나는 조금 놀랐다. 옷들은 모두 개켜져 있었고, 장비는 박스 안에 들어 있었다. 펜과 종이와 랩톱 컴퓨터가 있는 작은 접이식 책상도 있었다. 컴퓨터 옆에는 편지 두 더미가 쌓여 있었다. 첫 번째 더미에는 수취인이 아빠로 되어 있는 편지들이 있었다. 두 번째 편지 더미의 수취인은 나로 되어 있었다. (내 편지 더미가 아빠의 편지 더미보다 훨씬 작았다.) 편지 때문에 다시 화가 날 수도 있었지만, 기운도 관심도 없었다. 부모를 선택할 수는 없다. 아빠는 아빠일 뿐이다. 내가 아빠를 바꿀 수 없고, 그가 우리 아빠라는 사실을 바꿀 수도 없다. 내가 할 수 있는 일이라곤 아빠처럼 되지 않는 것뿐이다.

수취인이 '피크 피피 마르첼로'로 되어 있는 커다란 봉투를 열었다. 안에는 그림과 작은 봉투가 들어 있었다. 봉투 겉에는 '비행이 갑'이라고 써 있었다. 여섯 살짜리 아이가 '비행기 값'이라고 쓰려 했던 것이 분명했다. 안에는 67달러 86센트가 들어 있었다. 뉴욕에 가기에는 부족한 액수였다. 하지만 나한테는 새아빠가 준 300달러와 엄마가 준 신용카드가 있다. 나는 봉투 안에 들어 있는 그림을 꺼내 보았다. 생일 파티 초청장이었다. 제시간에 도착하려면 서둘러야 했다.

나는 새디어스 아저씨를 만나러 본부 건물로 걸어갔다. 그런데 도중에 트럭에 시동 거는 소리가 들렸다. 나는 트럭을 얻어 타고 갈 수 있는지 알아보려고 뛰어갔다. 트럭 짐칸에는 요기 아저씨가 타고 있었다.

운전사가 차비로 100달러를 달라고 했지만 나는 신경 쓰지 않았다. 차비가 그 두 배였어도 줬을 것이다. 나는 집으로 가고 있었고, 트럭은 산에 올라올 때 탔던 것보다 근사했다. 포장을 씌운 짐칸은 비어 있어서 눕거나 잠을 잘 수 있을 만큼 넓었다.

운전사 두 사람이 교대로 운전대를 잡았고, 모두 다 서둘렀다. 트럭은 기름을 넣을 때만 멈췄다. 나로서는 잘된 일이었다.

죄수들이 호박돌을 깨던 '우정의 다리' 위쪽 도로에 도착하자 트럭이 속도를 줄이다가 멈췄다.

요기 아저씨와 나는 짐칸에서 뛰어내려 무슨 일인지 살펴보았다

호박돌과 죄수들은 보이지 않았다. 죄수들이 있던 자리에는 오렌지색 법복을 입은 스님 한 분이 서 있었다. 스님은 등을 진 채 운전사와 이야기를 나누고 있었다.

요기 아저씨와 내가 걸어가자 스님이 고개를 돌리고 웃음을 지었다. 조파 할아버지였다! 조파 할아버지는 완전히 회복된 것 같았다. 인드라야니 사원에서 처음 만났을 때처럼 건강해 보였다.

내가 물었다.

"여기까지 어떻게 오셨어요?"

그러자 조파 할아버지가 엄지손가락을 들어 보였다.

"히치하이킹을 했지."

나는 조파 할아버지의 말이 미심쩍었다. 조파 할아버지를 태워 준 사람은 왜 할아버지를 인적이 드문 도로에 내려 주었을까? 근처에 있는 거라곤 국경을 넘어갈 수 있는 '우정의 다리' 뿐이었다. 조파 할아버지가 여기서 내리겠다고 하지 않았으면 운전사가 할아버지를 여기다 내려 주지 않았을 것이다. 조파 할아버지는 메모에 '언젠가 길 위에서 다시 만나자.'라고 적었다. 나는 메모를 처음 보았을 때 할아버지가 '산 아래'라고 적어야 할 것을 '길 위'로 잘못 적었다고 생각했는데, 지금 보니 내가 잘못 생각한 모양이다. 조파 할아버지와 요기 아저씨와 나는 트럭 짐칸에 탔다.

다리에서 한바탕 말싸움이 벌어질 줄 알았다. 하지만 다리에 도착했을 때 보초는 트럭을 살피고 신분증을 흘긋 보더니, 말 한마디 없이 가라고 손짓을 했다.

우리가 타고 가던 트럭은 카트만두 공항에 가기 전에 한 번 더 멈췄다. 나는 공항에 빨리 가야 한다고 불평했지만 조파 할아버지가 충고를 했다.

"너 같은 몰골에 냄새까지 풍기는 사람을 비행기에 태우려 하지는 않을 게다."

내가 절에서 장시간 목욕을 하는 동안 스님들이 내 옷을 세탁했다.

　조파 할아버지가 나와 함께 공항으로 갔다.

　터미널로 들어가기 전에 조파 할아버지가 제4캠프에서 남긴 메모를 꺼냈다.

　"길 위에서 저를 만나게 될 걸 어떻게 알았어요?"

　조파 할아버지가 어깨를 으쓱했다. 조파 할아버지의 대답은 놀랍지 않았다.

　나는 배낭 옆 주머니 지퍼를 열고 메모리 카드를 꺼냈다.

　"순조가 에베레스트 산 정상에 올랐다는 걸 증명하려면 이게 필요할 거예요."

　조파 할아버지가 메모리 카드를 받아 오렌지색 법복 주름에 감췄다.

　"사가르마타에서 다시 만나게 될까?"

　조파 할아버지가 물었다.

　나는 어깨를 으쓱하는 걸로 대답을 대신하려 했지만, 대답을 알기에 그럴 수 없었다.

　"아니요. 하지만 카트만두에는 올 거예요."

　"언제든 환영이야."

　조파 할아버지는 내게 허리를 굽혀 인사를 하고 축복을 해주었다.

　"내 손자를 위해 한 일 고맙다."

조파 할아버지가 허리를 펴며 말했다.

나도 허리를 굽혀 인사를 했다.

"저도 할아버지의 아들이 우리 아빠를 위해 했던 일에 감
사드려요."

대단원

뉴욕까지 가는 데는 꼬박 스물네 시간이 걸린다. 하지만 비행기가 국제 날짜 변경선을 서쪽으로 지나갔기 때문에 나는 카트만두를 떠난 지 서너 시간 만에 뉴욕에 도착했다.

나는 택시를 탔다. 운전사가 도심으로 들어가는 도로가 막혀 애를 쓰는 동안 나는 신경질을 내며 안절부절못했다. 파티 시간에 늦지 않기를 바랄 뿐이었다. 택시가 우리 집 앞에 도착하자 나는 운전사한테 세지도 않고 돈을 한 움큼 쥐어 주고는 엘리베이터를 타고 위층으로 올라갔다.

나는 눈으로 파티를 보기 전에 귀로 엿들었다. 새아빠는 파티를 즐길 줄 아는 사람이었다. (엄마와 나는 이 분야에 조금 취약했다.) 집에는 적어도 일흔다섯 명 이상의 사람들이 있을 것이다. 부모와 아이들, 그린스트리트 학교의 선생님들, 이웃 주민들, 엄마 서점의 고객, 새아빠 사무실의 변호사들. 새아빠는 작년에 파티의 여흥을 돋우기 위해 재주 부리는 개들을 돈을 주고 빌려 오기도 했다. 재작년에는 뱀, 거북이, 도마뱀과 함께 파충류 여성(쌍둥이 여동생들이 제일 좋아하는 헬렌이라는 파충류 학자)을 데려왔다.

올해는 내가 바로 그 오락거리였다. 현관으로 들어섰을 때, 그런 기분이 들었다.

"오빠가 올 거라고 했잖아!"

"나도 그랬어!"

쌍둥이 여동생들은 생일 선물을 떨어뜨리고 내 넓적다리에 매달렸다. 엄마와 새아빠가 그 다음 순서였다. 나는 울지 않을 거라고 다짐했지만, 가족을 보자 그 다짐은 물거품이 되고 말았다. 우리는 껴안으며 생일 축하 노래를 불렀다.

모든 게 어느 정도 진정되자, 엄마가 나를 주방으로 데리고 가서 어떻게 지냈는지 물었다. 나는 피곤하고 조금 아프다고 말했다.

"말랐어."

"그럴 거예요."

엄마는 잠시 나를 바라본 뒤 다시 나를 안았다.

"돌아와서 기뻐."

"저도요."

"정상에는 못 올라갔다면서?"

"어떻게 아셨어요?"

"네 아빠가 오늘 아침에 전화를 했더구나. 너한테 생일 축하한다고 전해 달래."

아빠가 생일 축하 인사를 전한 건 처음이었다.

"아빠는 어디 있대요?"

"그런 말은 안 하던데. 산 위 어딘가에 있겠지. 연결 상태가 안 좋았어. 옛날 생각이 나더라고."

"전화를 해야 했다는 건 알아요. 하지만 놀라게 해 주고 싶었어요."

"아직도 놀라워. 생일에 맞춰 오지 못할 줄 알았어. 쌍둥이들은 내가 틀렸다고 우겼지만 말이야."

"여긴 다 괜찮죠? 그러니까 이제 제가 돌아와도 괜찮은 거죠?"

"네 빌딩 묘기는 이미 오래된 뉴스거리야. 새아빠와 나는 그렇게 되게 하려고 노력 중이야."

"노력 중이라는 게 무슨 말이에요?"

"홀리 안젤로."

"저런."

"그 여자가 우리 주변을 한참 맴돌았어."

"죄송해요."

"아냐. 괜찮아. 나는 그녀를 조금 좋아하는 편이야. 쌍둥이들은 아주 좋아하고. 새아빠? 글쎄, 새아빠는 그녀를 묵인하고 있어. 우리는 안젤로한테 네 에베레스트 등반에 대해 쓰지 말아 달라고 했어. 고층 빌딩 사건을 다시 건드리게 될 테니까 말이야. 그렇게 되는 걸 원하지 않아. 특히 네가 다시 마을로 돌아와 있으니까. 우리가 할 수 있는 최선은……."

그때 새아빠가 미안해하면서 주방 문을 열었다. 새아빠 얼굴에는 걱정이 가득했다.

"피이이이크!"

홀리 아줌마는 연분홍색 바지 정장과 연녹색 스카프, 그리고 여행 가방만 한 빨간 손가방을 들고 주방을 급습하며 새아빠를 옆으로 밀어냈다. 나는 아줌마가 가늘고 긴 팔로 나를 감싸게 놔두었을 뿐만 아니라 나도 아줌마의 등을 껴안았다. 아줌마를 다시 보게 되어 반가웠다.

아줌마는 마침내 팔을 풀고 스파이라도 찾는 듯 주방을 슬그머니 살폈다.

"네가 정상에 올라가지 못했다는 소식 들었어. 안됐다."

아줌마가 속삭였다.

"어떻게 알았어요?"

"지난 며칠 동안 조쉬하고 몇 차례 통화했거든."

홀리 아줌마는 귀여운 수다쟁이였다.

아줌마는 빨간 손가방을 조리대 위에 놓고 다시 주방을 둘러보았다. 그러고 나서 신문을 꺼냈다.

"이제 곧 발행될 신문이야."

최연소 등반가, 에베레스트 산 정상에 오르다.

-홀리 안젤로 기자

내가 찍은 비디오에서 고른 사진이 실린 전면 기사였다. 가장 큰 사진에는 정상 장대 옆에 서 있는 순조와 요기 아저씨와 야쉬 아저씨의 모습이 보였다.

홀리 아줌마가 말했다.

"무언가 사연이 있는 것 같아서 오늘 순조와 통화를 했어. 순조가 인사를 하더니 너한테 생일 축하한다고 전해 달래. 또 네가 준 생일 선물 덕분에 여동생들과 함께 즐거운 시간을 보내고 있다는 말도 했어."

나는 웃었다.

홀리 아줌마가 물었다.

"순조한테 뭘 선물했는데?"

"대단한 건 아니에요. 나가서 어울려야겠어요."

새아빠는 나를 의심스러운 눈길로 바라보았다.

사람들과 인사를 나누고, 쌍둥이 여동생들의 선물을 구경하고 나서야 빈센트 선생님이 구석에 혼자 앉아 있는 걸 발견했다. 나는 선생님을 보고 놀랐다. 우리 가족은 늘 선생님을 파티에 초대했지만 좀처럼 참가하지 않았다.

"선생님, 와 주셔서 고마워요."

"너만 보고 돌아가려고 했어. 지난 몇 주 동안 흥미진진한 시간을 보냈겠지?"

"몰스킨 노트 읽으셨죠?"

"그럼. 잘 썼어. 그런데 시작 부분하고 중간 부분 약간밖에 없었어. 물론 몰스킨 노트에 적는 게 쉽지 않았겠지만, 어쨌든 숙제는 미완성이야. 이야기에 클라이맥스, 결말, 대단원이 없어. 그래서 하는 말인데……."

"두 번째 몰스킨 노트가 있어요. 클라이맥스는 몰라도 일종의 결말은 있어요. 그리고 저는 대단원의 한가운데에 있어요. 글자 그대로요."

내가 파티에 참석한 사람들을 가리키자, 빈센트 선생님이 대답했다.

"그래, 무슨 말인지 알겠다."

"내일 아침까지 끝내면 안 될까요?"

"그래. 나는 내일 정오까지 학교에 있을 거야. 여름방학이 시작되었거든. 네 숙제 마감일이 지나기는 했지만 예외는 있는 법이니까."

선생님은 자리에서 일어나면서 말했다.

"다시 한 번 말하지만 이야기는 잘 썼어. 다음이 어떻게 될지 궁금했으니까. 이야기가 어떻게 전개되는지 꼭 알고 싶구나."

나는 몰스킨 노트에 글을 다 쓰고 침실에 앉아 있었다.

쌍둥이 동생들은 이미 깨어 있었다. 동생들이 오전 간식을 먹으며 낄낄거리고 웃거나 말다툼을 하는 소리가 들렸다. 몰스킨 노트를 제출하러 학교에 갈 때 동생들을 데리고 가기로 약속했다.

동생들이 온다. 동생들이 또닥또닥 작은 발소리를 내며 계단을 올라온다. 문이 열린다.

"오빠, 뭐해?"

"학교에 우리도 데려간다고 했잖아?"

"숙제하고 있었어."

"이게 뭐야?"

패트리스가 게시판에 꽂아 놓은 순조에 관한 신문 기사를 가리켰다.

"이게 오빠야?"

폴라가 순조를 가리키며 물었다.

"아니야."

"이 깃발들은 뭐야?"

"기도 깃발이야."

"기도 깃발이 뭔데?"

"깃발에다 기도를 적는 거야. 깃발이 바람에 날리면 기도가 하느님한테까지 가는 거지. 산꼭대기 높은 곳에 깃발을 달면 하느님한테 기도가 더 빨리 가는 거야."

"노란 바탕에 파란 산 그림이 있는 깃발은 오빠가 자주 그리던 그림 같은데."

"그럴 수도 있지. 오빠가 숙제를 마저 할 동안 침대에 가만히 앉아 있어."

"오빠, 보고 싶었어."

"오빠, 사랑해."

"나도 사랑해. 거의 끝났어."

나는 웃으면서 쌍둥이 동생들을 바라본 뒤 마지막 문장을 썼다.

누구라도 에베레스트 산 정상에 서면 알게 될 것이다.

정말 소중한 보물은 지상에 있다는 것을.

P⋯E⋯A⋯K.

두꺼운 영한사전을 앞뒤로 부지런히 넘겨 봅니다.

PEAK 〔piːk〕

1 (지붕, 탑 등의) 뾰족한 끝, 첨단. 2 (뾰족한) 산꼭대기, 봉우리(⇒ top1 〔유의어〕). 3 절정, 최고점, 극치; 최대량. 4 성수기;(성수기의) 할증 요금. 5 (군모 등의) 챙.

영문판 책의 표지 사진(눈과 얼음으로 덮인 산을 오르고 있는 두 사람의 모습)과 제목의 뜻을 봐서는 아무래도 등반에 관한 이야기가 펼쳐질 것 같습니다. 몇 페이지 뒤에 에베레스트 산 등반 루트가 나오는 걸로 보아, 에베레스트 산 정상 정복에 관한 작품이 분명합니다. 거친 숨을 몰아쉬며 에베레스트 산 등정에 나선 산악인들의 모습을 떠올리며 천천히 책장을 넘깁니다. 그러다 보면 곧 'PEAK' 라는 단어가

'산꼭대기'나 '봉우리'라는 뜻일 뿐만 아니라, 에베레스트 산을 오르며 삶의 진실을 깨닫는 한 소년의 이름이라는 걸 알게 됩니다.

피크가 에베레스트 산을 오르는 이유가 뭘까요? 피크에게 에베레스트 산은 어떤 의미일까요? 피크가 에베레스트 산을 오르며 만나는 건 무엇일까요? 피크가 에베레스트 산 정상에 오르며 느끼는 건 뭘까요? 작품을 모두 읽은 독자라면 이런 질문에 쉽게 대답할 수 있을 것입니다. 물론 대답은 독자들마다 조금씩 차이가 있겠지요. 하지만 이 작품을 읽은 독자라면 주인공 피크와 함께 에베레스트 산 정상에 오르며, 많은 생각을 했을 것입니다.

피크는 에베레스트 산에 오르며 가족의 의미를 생각합니다. 피크는 부모님이 이혼을 하는 바람에 엄마와 새아빠와 함께 지내게 됩니다. 어느 날 한밤중에 몰래 빌딩 벽을 등반하다가 경찰에 체포되면서 친아빠와 만나게 되지요. 피크는 도시에서의 평범한 생활 대신 산악인으로서의 삶을 선택한 아빠와 에베레스트 산을 오르며 갈등과 화해의 시간을 갖게 됩니다. 그리고 육체적인 한계 상황을 경험하며 새아빠와 엄마 사이에서 태어난 쌍둥이 여동생들에 대한 사랑도 확인합니다.

또 피크는 인연에 대해서도 생각합니다. 피크와 함께 에베레스트 산 정상에 오르는 티베트 소년 순조의 아빠는 셰르파였는데, 조난을 당해 죽음의 순간만을 기다리고 있던 피크 아빠를 구해 준 장본인이었습니다. 또 피크는 절벽을 오르다 위기에 처한 순조를 구하고, 정상 3미터 앞에서 최연소 정상 정복의 기회를 순조에게 양보합니다. 그건 아빠의 죽음으로 경제적 어려움에 처한 순조가 동생들과 함께 공부를 계속할 수 있는 유일한 기회였기 때문입니다.

그리고 피크는 글쓰기에 대해서도 생각합니다. 이 작품은 한 편의 소설이면서 피크가 학기말 시험 대신 빈센트 선생님에게 제출하는 숙제이기도 합니다. 글쓰기를 통해 자신의 상황을 객관화하고 내면을 응시하듯, 피크는 에베레스트 산 등반을 하며 가족과 삶의 의미에 대해 찬찬히 돌아봅니다. 이를 통해 피크에게 에베레스트 산 정상 정복은 명성을 얻기 위한 수단이 아니라 어울려 사는 지혜를 배우는 과정이 됩니다.

작품을 읽으며 여러분이 꼭 무엇을 느껴야 한다고 정해져 있는 건 아닙니다. 소설 읽기에 정답 같은 건 없습니다. 제가 옮긴이의 말을 적는 이유 또한, 그저 이 작품을 보면서 했던 생각들을 여러분과 함께 나누고 싶었기 때문입니다. 부디 편하게 읽고, 마음껏 생각하시길 바랍니다. 그리고 에베레스트 산 정상에 오르며 마음의 봉우리를 정복한 소년, 피크와 함께 긴 이야기를 나눠 보세요.

히말라야 8,000미터 14좌 등정과 세계 7대륙 최고봉 등정, 그리고 3극점을 정복하는 것을 산악 그랜드슬램이라고 합니다. 산악인 박영석은 세계 최초로 산악 그랜드슬램을 달성한 사람이라고 합니다. 박영석이 2005년에 인간의 한계를 시험하는 북극 원정길에서 대원들에게 했던 말로 이 글을 마무리합니다.

"1퍼센트의 가능성만 있어도 포기하지 않는다. 우리는 할 수 있다."

*시공 청소년 문학은 계속 출간됩니다.